Kim Jin Yeong

Le bugie sepolte nel mio giardino

Traduzione di
Althea Volpe

GIUNTI

Titolo originale:
마당이 있는 집
Lies Hidden in My Garden

This book is published with the support of the
Literature Translation Institute of Korea (LTI Korea).

Giunti Editore si impegna per uno sviluppo sostenibile
con l'utilizzo di carta certificata FSC® proveniente
da fonti gestite in maniera responsabile.

www.giunti.it

Via Bolognese 165 – 50139 Firenze – Italia
Via G. B. Pirelli 30 – 20124 Milano – Italia

Prima edizione: gennaio 2025

LE BUGIE SEPOLTE NEL MIO GIARDINO

Anno 2016

Sabato 9 aprile

JU-RAN

Stavo guardando l'aiuola dalla finestra.

Era una piccola sezione del giardino in cui erano stati piantati solo due alberelli di ciliegio e una piantina di rosa a cespuglio. Davanti all'aiuola c'erano numerosi vasi di tulipani, gerani e margherite in attesa di essere trapiantati. La luce del sole che entrava tenace dalla finestra di cucina mi fece pensare che ormai fosse davvero arrivata la primavera. Volevo essere calma e sobria. Un'elegante casa tradizionale in legno, in quella città dove la luce arrivava da tutte le direzioni, aveva bisogno di una proprietaria impeccabile.

Tuttavia, il grido che proruppe dalla camera da letto fece immediatamente crollare tutta la mia compostezza. Il bambino della mia amica Go-eun aveva iniziato a piangere. Seduta al tavolo della cucina, a godersi la quiete di aprile mentre beveva un caffè, Go-eun si alzò improvvisamente con un'espressione preoccupata e corse di sopra. Ma anche dopo essere entrata in camera, il pianto disperato non si arrestò. Io e le altre amiche, ancora sedute a sorseggiare caffè, ci scambiammo sguardi e leggeri sorrisi. Non potevamo certo irritarci o arrabbiarci perché un bambino piangeva.

Ma il pianto non cessava e cominciavo a preoccuparmi che Go-eun stesse cambiando il pannolino sul mio letto senza fare attenzione.

Il bambino era steso sul letto e piangeva così forte da avere il viso completamente rosso, sembrava pronto a esplodere. Pensai che se avesse continuato così, avrebbe potuto persino morire. Ma Go-eun, invece di occuparsi del figlio, stava annusando un qualche odore dalla finestra. Non era di certo il comportamento appropriato da tenere in una situazione del genere.

Non è degna di essere madre.

Fu il pensiero che mi passò per la mente guardandola. Le madri indegne non cercano la causa del pianto disperato del proprio bambino, ma rimangono così sconcertate da prestare attenzione a cose inutili.

«Ju-ran, che odore è questo?» Go-eun schiuse leggermente la finestra e si voltò a guardarmi.

«Quale odore?»

Invece di rispondermi, spalancò completamente la finestra. Il bambino, ancora abbandonato sul mio letto, iniziò a piangere più forte. Nel frattempo, le nostre amiche Yun-jeong e Min-yeong, che erano entrate in camera per vedere cosa stesse succedendo, si tapparono il naso. In realtà, non le avrei volute invitare. Non avevo ancora completato l'arredamento degli interni e, dopo il trasloco, avevo una montagna di cose da fare, incluso il trasferimento scolastico di mio figlio. Ma le amiche insistevano già da un mese. Inoltre, sembravano convinte che in una casa a due piani con giardino dovesse esserci sempre un buon profumo di caffè e torte pronte come dessert. C'è questa illusione che la padrona di una casa del genere debba sempre accogliere con gioia i suoi ospiti.

«Questo odore è davvero sgradevole» disse Yun-jeong avvicinandosi e chiudendo la finestra.

«È per questo… È a causa di quest'odore che il piccolo si è spaventato…»

Finalmente Go-eun prese il bambino in braccio e mi guardò. Sembrava che desse colpa alla mia casa per quel pianto e il loro disagio.

Anch'io ne ero stata infastidita negli ultimi giorni. Tuttavia, avevo pensato che il problema non fosse l'odore, ma la mia ipersensibilità. Dopo essermi trasferita in una casa così grande, le cose a cui dovevo prestare attenzione non riguardavano più solo l'interno, ma anche il giardino e la strada di fronte, e questo mi rendeva ancora più nervosa. Le persone chiedevano senza problemi il prezzo della casa all'agenzia immobiliare, si domandavano chi ci abitasse e discutevano delle mie informazioni personali. Ogni tanto c'era persino qualcuno che si scattava una foto con la mia casa sullo sfondo. A volte pensavo che ero più al sicuro quando vivevo in un appartamento anonimo.

«Potrebbe esserci la carcassa di qualche animale. Una volta mi è capitato di sentire un odore sgradevole che proveniva dall'aiuola di casa mia. Mi sono chiesta che cosa fosse… e c'era un gatto. Mi sono avvicinata per guardare quanto fosse carino e… la puzza era disgustosa, non avevo sentito niente di simile in tutta la mia vita. Il fetore di un corpo in decomposizione. È qualcosa che non dimenticherò mai. Ed è molto simile a quello di adesso.»

Yun-jeong guardò attentamente l'aiuola come se stesse cercando il cadavere di un gatto. Le amiche le si affiancarono osservando con serietà nella stessa direzione.

«Puzza di letame» dissi senza darci troppo peso.

Mi venne in mente che, qualche giorno prima, mio marito aveva comprato del fertilizzante e del concime per piantare la lattuga in un angolo. E le mie amiche, cresciute in città, probabilmente non ne avevano mai sentito l'odore.

«Non è che per caso, quando la ditta edile ha costruito la casa ha utilizzato un terriccio di pessima qualità per il giardino? Anche la terra può marcire, a modo suo... Al giorno d'oggi non si può davvero sapere che materiali usino» disse Min-yeong, aggiungendo così l'ennesima critica alla mia casa, che era stata il risultato delle scelte mie e di mio marito, dalla sua progettazione fino alla pulizia finale. Le parole di Min-yeong suonavano come un'accusa: aver scelto ditte sbagliate, che facevano uso di materiali scadenti.

«Scomparirà col tempo. È soltanto un odore.»

A quelle parole, mi fissarono tutte.

«Lo senti da quando ti sei trasferita?» riprese Min-yeong, arretrando di un passo dalla finestra con una smorfia sul viso.

«Non so... sarà una settimana? Forse qualcosa di più...»

In realtà, era passata già più di una settimana da quando avevo smesso di aprire le finestre a causa di quel tanfo.

«Ju-ran, perché non scavi nell'aiuola? Potrebbe esserci davvero la carcassa di qualche animale» suggerì Min-yeong.

«Una carcassa? Oh... Mi vengono i brividi solo a pensarci. Chi seppellirebbe una carcassa qui? Questi sono una casa e un terreno privati» risposi, cercando di scacciare dalla mente quell'idea a dir poco raccapricciante. «E se anche ci fosse una carcassa, cosa dovremmo fare? Non è mica un condominio con tanto di portiere. Non sarebbe meglio lasciarla lì a decomporre?»

«Parlane con tuo marito e trovate una soluzione.»

Ascoltavo i commenti delle mie amiche in modo passivo. Erano tutte cose che avevo già considerato. Avevo parlato a mio marito della puzza, ma lui aveva risposto con noncuranza che si trattava solo del concime.

«Per vedere cosa c'è, basta scavare... Non è poi così difficile» commentò con indifferenza Go-eun, che teneva in braccio il suo bambino. Poco prima, l'avevo guardata con una certa pietà mentre cercava di calmarne il pianto, ma ora era lei a fissarmi nello stesso modo. Il suo volto esprimeva disapprovazione per il mio atteggiamento apatico, come se mi stesse rimproverando di non adottare una soluzione semplice e ovvia.

Dopo che tutte se ne furono andate, tirai le tende e crollai sul letto, pensando al modo in cui mi avevano trattata.

Perché non mi rispettano? Sono l'unica persona che può aiutarle quando si trovano in difficoltà economiche. Eppure, si comportano come se fossero loro a fare qualcosa per me. Anche oggi non mi sono sentita rispettata. Cercano sempre, in tutti i modi, di mettere in risalto le mie debolezze.

Basta scavare... Non è poi così difficile.

Le parole di Go-eun mi rimbombavano nella testa. Era come se mi avesse rimproverato per la mia incapacità. A differenza delle mie amiche, io non avevo mai lavorato. Subito dopo essermi laureata, all'età di ventiquattro anni, mi ero sposata e avevo vissuto da casalinga. Naturalmente, non mi ero mai pentita di questi sedici anni di matrimonio.

Ora, a trentanove anni, Min-yeong era ancora single e Yunjeong aveva divorziato ed era tornata a vivere con i genitori.

Go-eun, invece, aveva recentemente dato alla luce il suo primo bambino, grazie alla fecondazione in vitro. Ero convinta di vivere una vita più precoce e stabile rispetto a loro.

La vita sociale non è così facile come credi.

Ogni volta che nasceva una discussione, loro tiravano fuori questa frase e, facendomi sentire incompetente, mi estromettevano dal dibattito.

Basta scavare... Non è poi così difficile.

Giusto. Bastava scavare. Per me, in realtà, non era questa la parte difficile, quanto piuttosto incrociare lo sguardo stanco di mio marito, una volta tornato dal lavoro, e chiedergli un favore.

La mia famiglia si era trasferita nella nuova zona abitativa di Pangyo il 28 febbraio. A soli venti minuti da Gangnam, con tutte le infrastrutture che questo distretto può offrire, Pangyo ci aveva attratti per la possibilità di costruire una casa secondo i nostri gusti e di avere finalmente un giardino con il cortile. Avevamo considerato anche la presenza di ottime scuole per nostro figlio e il valore che la casa avrebbe acquisito nel tempo, dato che avevamo comprato un terreno vicino al raccordo autostradale di Pangyo. Ci erano voluti cinque mesi per progettare la casa e sette per costruirla. In tutto, avevamo atteso un anno prima di poterci trasferire qui. Ma il trasloco non era stata la fine perché dopo abbiamo impiegato circa un'altra settimana per completare l'allestimento del giardino.

Dato che durante i lavori ero sola a casa, per sfuggire al rumore e agli operai mi rifugiavo spesso in un caffè nelle vicinanze. Magari mentre mi trovavo fuori, un gatto randagio era stato schiacciato da una gru in azione. Gli operai potevano averlo seppellito in giardino senza starci troppo a pensare, come accadeva con i cani morti quando ero bambina, che era usanza seppellire in un angolo del cortile.

Rimasi immobile sulle pietre del camminamento del giardino. In totale erano ventiquattro lastroni ottagonali, tutti posizionati lungo il prato. Ci camminai sopra, contandoli senza motivo. Quindici, sedici... Man mano che mi avvicinavo al cortile posteriore, il tanfo diventava sempre più forte.

Dal cancello, il giardino sul retro non era visibile. Era un'aiuola creata esclusivamente per me, così da poterla ammirare attraverso la grande finestra della cucina. Un regalo di mio marito, che sapeva quanto amassi i fiori e gli alberi.

Presi una pala dal capanno ed entrai nell'aiuola. Mi rimboccai l'orlo dei pantaloni e indossai i guanti di plastica. Iniziai a scavare il terreno e vidi dei vermi bianchi che si muovevano, sembravano larve.

«Ah!» urlai involontariamente, lasciando cadere la pala.

«Cosa succede? Va tutto bene?»

Sentii provenire da qualche parte una voce femminile dall'accento coreano-cinese. Alzai la testa e vidi una giovane donna sul balcone della proprietà accanto, a sinistra. Stava stendendo il bucato e guardava il nostro giardino. L'avevo già vista altre volte. Lavorava come domestica nella casa dei vicini.

«Tutto bene.»

Al mio sorriso disinvolto, la donna continuò a stendere i panni come se niente fosse. Nonostante l'aspetto giovanile che la faceva sembrare una ventenne, il suo viso rivelava una quarantina d'anni. Spesso usciva sulla veranda del primo piano per stendere il bucato o fumare una sigaretta e rilassarsi. Il suo sguardo finiva sempre sulla nostra casa e sapevo il perché: era per via di mio marito. Di solito, la donna usciva sulla veranda quando lui andava al lavoro o tornava a casa, e ogni volta che mi affacciavo per salutarlo, lei era sempre lì. Canticchiava una canzoncina o sorrideva civettuola rivolgendosi a lui.

Raccolsi la pala e fissai la donna. Lei mi guardò di sottecchi con i suoi occhi allungati e il suo sguardo mi infuse un certo coraggio. Mi sentivo in grado di fare più cose rispetto a lei, e mi travolse un senso d'orgoglio.

Questa casa aveva bisogno di una proprietaria saggia e coraggiosa e io volevo dimostrare che mi ci ero adattata benissimo. Piantai la pala più in profondità nel terreno. Mi ripromisi di non spaventarmi se avessi trovato un topo o un gatto morto... ma quella promessa si rivelò inutile poiché non trovai nulla. La paura si trasformò presto in sollievo.

«Non c'è nulla qui, è soltanto l'odore del concime.»

Avrei potuto fermarmi lì, ma conficcai la pala ancora più in profondità. Forse perché ero preda della fantasia di essere una proprietaria di casa coraggiosa, però stavolta non riuscii a sollevare facilmente il terreno perché c'era qualcosa che bloccava la punta dell'attrezzo. Forse una pietra? Mentre toglievo un po' di terra vidi diversi bastoncini, lunghi e sottili, dal colore leggermente bluastro. Fu solo quando rimossi del tutto i residui di terra che mi resi conto di cosa stavo guardando. Non era un bastoncino di legno blu quello che avevo davanti, né una radice o una carcassa animale.

Era un dito umano, lungo e sottile.

Non riuscii nemmeno a urlare, o forse lo feci. Non ricordo quale espressione mi si dipinse sul volto o cosa abbia pensato. Non ricordo nemmeno come entrai in casa. La mia mente si era completamente offuscata.

«Si vede che stai mangiando meglio, hai messo su un po' di peso.»

Kyung-hee, che lavorava al quarto piano, nel reparto casalinghi, mi strinse forte il braccio. Aveva superato i cinquanta anni, e mi aveva raccontato di aver fatto ogni tipo di lavoro, dall'insegnante privata all'assicuratrice. Forse era per la sua indole socievole che il suo reparto era quello con le vendite più alte di tutto il negozio di articoli per la casa.

Per mia sfortuna accanto al mio reparto, quello delle camere da letto al secondo piano, c'era la porta per il bagno, e i dipendenti del negozio mi salutavano amichevolmente ogni volta che passavano di lì. Era più faticoso che avere a che fare con i clienti.

«Già... Sono fuori forma, dovrei fare un po' di esercizio fisico.»

«Pensavo fossi una di quelle che non prende mai peso.»

Kyung-hee spinse con entrambe le mani sul materasso e poi si sedette, sollevando leggermente i fianchi.

«Le molle dovrebbero essere così, rigide, ma quelle di casa mia sono rotte e fanno sempre un gran fracasso.»

Continuai a ripetermi come un mantra di alzarmi e andare in bagno, ma lei si tolse le scarpe e salì sul letto. Se il responsabile l'avesse vista sarebbe stato un grosso problema, perché avrebbe sicuramente criticato me, che ho trent'anni, e non lei che ne ha cinquanta.

«Che bello! Sembra che la mia schiena stia tornando dritta.»

Kyung-hee, stesa sul letto con braccia e gambe divaricate, continuava a emettere versi di goduria, ma io non volevo rovinarle quel momento per la paura di una lavata di testa, quindi la assecondai.

«Cara cliente, questo materasso Comfort Slim è progettato per adattarsi alle curve del suo corpo. Le molle hanno tutte una rigidità diversa, per donare sollievo quando ci si sdraia. È realizzato in lattice naturale, con molle indipendenti, e il tessuto è al cento per cento lana, come può notare dall'aspetto lussuoso.»

«Quanto costa?»

«Al momento c'è uno sconto del venti per cento e può acquistarlo per soli due milioni e quattrocento won.»

Kyung-hee fissò il cartellino.

«Una tale cifra per un materasso? Oh, vorrà dire che mi limiterò a vivere sdraiata qui…»

Si stese nuovamente ma stavolta fissò me.

«La tua gonna…»

Abbassai lo sguardo e vidi che la fodera interna stava spuntando da sotto la cerniera. Mi dava fastidio e così avevo slacciato il gancio e la cerniera si era aperta.

«Sembri un po' gonfia… no, è solo pancia.»

Chiusi la cerniera della gonna e tirai fuori la camicetta, coprendomi velocemente la pancia.

«Devo cambiare taglia, ultimamente sto facendo molti spuntini serali…»

«Spuntini dici? Non è che per caso sei incinta?»

«Incinta? No, in realtà ho le mestruazioni.»

Alle mie parole, Kyung-hee sorrise imbarazzata.

«Mi dispiace, non dovevo.»

In quel momento, dei clienti sbucarono dall'angolo della camera da letto con in mano degli opuscoli.

Kyung-hee saltò giù, arricciò il naso, salutò velocemente e lasciò la stanza.

Mentre gli ospiti si sedevano sul letto e controllavano l'elasticità delle molle, io riattaccai i ganci della gonna.

Qualche giorno prima avevo preso un'uniforme di una taglia più grande, ma era comunque scomoda. Avevo negato la cosa con Kyung-hee, però in realtà ero al quarto mese di gravidanza. Anche se lavoravo tutto il giorno in un negozio tappezzato dalle parole "comfort" e "naturale", a noi commessi non era permesso stenderci o sederci sui mobili esposti. Dovevamo rimanere in piedi tutto il giorno e se avessi detto di essere incinta mi avrebbero consigliato di lasciare il posto. Questo perché i clienti si sarebbero sentiti a disagio nel ricevere assistenza da una commessa incinta. Non mettere a disagio gli altri è più difficile e importante di quanto si pensi.

Normalmente, dopo il cambio del turno, avrei preso l'autobus dal complesso Seo Incheon Furniture, sarei scesa alla stazione di Baegun per prendere la metropolitana, e infine sarei tornata a casa. Ma quel giorno presi un taxi fino all'ingresso posteriore del mio appartamento. Scesa dalla macchina guardai l'ora sul mio telefono: erano le quattro e mezza. Se avessi usato i mezzi pubblici, ci avrei messo circa quaranta minuti, ma così ne avevo impiegati solo dieci.

A differenza dell'ingresso principale, circondato da negozi, la strada che conduceva all'entrata posteriore non era molto frequentata. Era stretta e buia. Molti lavoratori a giornata e sino-coreani vivevano nei monolocali lì davanti, per cui la maggior parte delle persone preferiva fare il giro e usare l'ingresso principale. A parte l'odore sgradevole di olio esausto che proveniva dai condotti di ventilazione delle rosticcerie, trovavo comoda quella strada, perché l'entrata posteriore era più vicina al mio condominio, e non dovevo preoccuparmi degli sguardi altrui se mi veniva l'affanno.

«È il numero 106, appartamento 802, giusto?»

Mentre firmavo il registro dei pacchi in portineria, il guardiano, che stava trafficando accanto a me, chiese di nuovo il numero del mio appartamento, per conferma.

«Qui c'è 106, appartamento 802.»

Gli occhi dell'uomo, che aveva sollevato un pacco piuttosto pesante per depositarlo accanto a me, mi scrutarono dalla testa ai piedi.

«106, appartamento 802... Suo marito sta bene?»

«Prego?»

Perché chiede di mio marito?

«I giovani d'oggi sono davvero spaventosi. Ho paura che tirino fuori un coltello per qualsiasi cosa gli venga detta.»

Nonostante ritenessi il discorso del guardiano abbastanza inaspettato, mi limitai ad annuire e a dimostrarmi d'accordo con lui. Quel giorno non avevo voglia di lasciare una brutta impressione a nessuno. Il pacco conteneva un estratto di funghi chaga, che doveva essere consegnato qualche giorno prima, ma che, dopo diversi solleciti, era comunque arrivato in ritardo.

«Il mondo è un brutto posto. È sicura che suo marito stia bene?»

«Sì, certo» risposi, sbrigandomi a uscire dal suo ufficio. Ero confusa, non capivo se mi avesse chiesto quell'informazione per pura cortesia o se avesse qualche sospetto su mio marito. I custodi tenevano traccia di tutti coloro che vivevano negli appartamenti dei venticinque condomini del complesso? I pensieri si accumulavano nella mia mente, ma mi veniva abbastanza facile mettere da parte le informazioni che non conoscevo.

Salii con l'ascensore fino all'ottavo piano e mentre premevo il codice della serratura, mi resi conto che mio marito era rientrato a casa per primo. La sua presenza si percepiva già dalla porta. Quando l'aprii, vidi le sue scarpe nere sistemate ordinatamente nell'ingresso. A differenza di come le lasciavo io, sempre in disordine, le sue erano allineate in modo meticoloso, con le punte rivolte verso la porta, come facevano gli ospiti.

La casa era in disordine, esattamente come l'avevo lasciata la mattina prima di recarmi al lavoro. L'appartamento, vecchio più di vent'anni, era di soli settantanove metri quadri e pieno di scatoloni, come se ci fossimo appena trasferiti. Al loro interno erano stipati antidolorifici e complessi vitaminici facilmente reperibili in farmacia. Erano medicinali che mio marito era stato costretto a rivendere, con scarso successo e senza alcun rimborso da parte dell'azienda.

Mio marito lavorava per un'azienda farmaceutica e otteneva buoni risultati anche se non guadagnava molto. Era una persona diligente, ma faceva uso di quella diligenza per spingersi sempre oltre, convinto che solo attraverso i risultati potesse dimostrare il suo valore. Purtroppo però, i risultati non si traducevano in soldi. In parole povere, era un incapace che si limitava a lavorare diligentemente.

«Ah, sei rientrata?» Mio marito uscì dalla camera. Doveva essere appena arrivato a casa, dato che non si era neanche tolto la cravatta.

«Sei tornato prima del solito. Immagino che oggi tu non

abbia avuto molto da fare» chiesi mentre mi dirigevo in cucina.

Lui mi guardò sconcertato.

«Sei scema? Il sabato faccio sempre mezza giornata, te l'avrò detto mille volte.»

«Hai mangiato?»

«Lo farò ora, cucinami qualcosa. Avevamo concordato che avresti lasciato il lavoro.»

Invece di rispondergli, aprii il frigo e tirai fuori i contenitori dei contorni, posandoli sul tavolo. Mentre mettevo il riso congelato nel microonde e le posate sulla tavola, lui si sedette e mi fissò senza muovere un muscolo.

«Perché non mi rispondi? Ti ho chiesto quando lascerai il lavoro.»

Sollevò il cucchiaio e io sussultai e indietreggiai d'istinto.

«Cosa stai facendo?»

Rise del mio comportamento, facendomene vergognare. C'era stata una volta in cui, per darmi una lezione, mi aveva tirato addosso un cucchiaio mentre stava mangiando. Sembrava che quel ricordo fosse rimasto impresso nel mio corpo.

Lanciai un'occhiata alla piccola telecamera nascosta sopra al mobile della cucina, che non aveva mai registrato alcun tipo di violenza.

Dopo aver guardato i video, l'avvocato divorzista aveva semplicemente detto che sembravamo una famiglia normale. Tempo prima, avevo seguito il suo consiglio e installato quell'arnese per avere un qualche tipo di vantaggio nel divorzio, ma da quando mio marito aveva scoperto che ero incinta, non aveva più alzato un dito. Il bambino dentro di me era la sua priorità e lo sapevo bene. Mi stava graziando dalla violenza solo perché aveva paura che potesse nuocere a lui.

All'inizio del nostro matrimonio, quando avevo cominciato a capire che mio marito mi trattava male, non c'era nessuno con cui potessi confidarmi. Avevo cercato di fare del mio meglio per sopravvivere alla sofferenza. C'erano state anche delle volte in cui avevo pensato che il mio destino fosse sopravvivere allo scorrere del tempo. Alcune persone mi avrebbero sicuramente giudicata perché convivevo con un uomo del genere. Come succedeva al lavoro: se commettevamo lo stesso errore, io ricevevo più critiche di Kyung-hee. Quindi, anche nel caso del matrimonio, era più semplice criticare la persona più debole, ovvero io. Il mondo è sempre duro con i deboli.

Se avessi ottenuto il divorzio, non avrei avuto un luogo dove andare e non sarebbe comunque stato facile, specialmente con una gravidanza in corso.

Mio marito desiderava tanto un figlio e quando rimasi incinta, dopo quattro anni di matrimonio, disse che non avrebbe mai acconsentito a una separazione. Crescere un figlio era lo scopo principale della sua vita.

«Dicono che le donne minute e magre come te possono avere dei problemi con l'allattamento. Quindi cerca di non fare troppe storie e prendi un po' di peso.»

Non ho mai amato mangiare e il bambino dentro di me sembrava avere gli stessi gusti: non ho avuto desideri particolari né voglie. E nemmeno le nausee mattutine.

Tirai fuori dal frigorifero le verdure che stavano andando a male: avevo intenzione di fare un frullato detox con cavolo, broccoli, pomodori, peperoni e mele. Quando soffrivo di disturbi allo stomaco, avevo letto su un forum online che il succo detox poteva ripristinare la capacità digestiva eliminando le tossine, e avevo preso nota della ricetta. Questo frullato, fatto bollendo le verdure in acqua fino a ottenere un colore giallo-marrone, si era guadagnato il nome di "succo della strega", per il suo aspetto rivoltante.

«Vuoi mangiare qualcosa?» mi chiese mio marito girando con le bacchette il riso, mentre ero intenta a cucinare. «No, giusto, hai detto che hai problemi di digestione.»

Iniziai a tagliare le verdure per il succo e lui rise.

«Questo riso è freddo ma io ho quasi finito, sei tu quella che deve mangiare.»

Nonostante quelle parole, iniziò a mangiare in fretta, affamato. Poi diede un calcio al pacco che avevo portato in casa.

«Che altro hai preso? Compri continuamente vestiti che neanche sembrano tali.»

«È per mamma.»

«Tua madre? Non hai usato i miei soldi, vero?»

«Non ti sei scordato che oggi devi portarmi da lei, vero?»

«Senti, ti ho detto che stasera ho un impegno» si arrabbiò.

«Devi andare a Hwaseong, giusto? Puoi portarmi con te e lasciarmi a metà strada.»

«Perché ci vai? È scomodo per me, vacci un'altra volta.»

«Sono arrivati i risultati dei test e mamma… è nella fase iniziale della demenza senile.»

Aveva detto che quella sera sarebbe andato a pescare al lago Gisan a Hwaseong, dove dovevo andare io per far visita alla mia famiglia.

«Vacci un'altra volta. Non puoi andare in giro per strada la sera, potresti prendere freddo.»

«Tu non tornerai a casa… Ho anche un leggero mal di pancia… e stare da sola stanotte mi inquieta.»

Ovviamente la pancia non mi faceva male, era solo una bugia per convincerlo a portarmi da mia madre.

Stavo sbollentando le verdure in acqua quando lo sentii tossire dietro di me. Pensando che qualcosa gli fosse andato di traverso mi voltai e vidi che stava ridendo.

«Hai paura a stare da sola?» Continuò a ridere con la bocca piena di riso.

Potevo sopportarlo, non c'era niente che non potessi sopportare ormai. Presi una sedia e mi sedetti al tavolo vicino a lui.

«Allora mi accompagnerai? Dopo che hai finito di mangiare. Potremmo uscire un pochino prima.»

Guardò l'orologio.

«Vai in ospedale piuttosto. Ti ci porto io. Non disturbare gli altri senza motivo.»

«Con questo pancione mi è venuta voglia di rivederla, ora che anche io sto per diventare mamma...»

Lui smise di mangiare e mi guardò. Spesse gocce di sudore gli imperlavano la fronte.

«Cerca di ragionare e capire come gestire il denaro, piuttosto...»

Mio marito sudava sempre molto, ma non faceva ancora così caldo da giustificare tutto quel sudore.

«Devi trattarmi bene, perché un giorno mi sarai così grato che ti verrà da piangere.»

In preda a uno stato d'ansia e paura mescolate all'eccitazione, mio marito reggeva il cucchiaio con mano tremante, aveva il respiro affannoso e continuava a ridere.

JU-RAN

Aspettai il ritorno di mio marito come una bambina che attende il rientro della mamma e del papà. L'orologio segnava le otto di sera. Un uomo con in mano degli attrezzi e una donna con una borsa portadocumenti avevano suonato il campanello per qualche motivo, ma non avevo risposto, limitandomi a osservarli dal videocitofono. Come un fantasma che vaga dentro una casa vuota, avevo chiuso tutte le tende oscuranti, tenuto le luci spente e mi ero rannicchiata sul divano.

Dopo circa quattro ore, sullo schermo del citofono apparve un'auto a me familiare. Solo allora riuscii a tranquillizzarmi. Il cancello si aprì e la Mercedes bianca di mio marito entrò in garage. Prima che il motore si spegnesse del tutto, Seung-jae, che era stato a casa della nonna, saltò fuori con un'espressione imbronciata, come se fosse contrariato.

Quando entrò in casa notai che l'orlo dei pantaloni era ben sopra le caviglie, stava crescendo in fretta.

«Seung-jae, hai cenato con la nonna?»

Non rispose e salì direttamente in camera sua, al primo piano. Mi chiesi se la statura e la loquacità fossero inversamente proporzionali. Da qualche tempo, Seung-jae aveva iniziato a guardarmi con un'espressione di costante fastidio. Credevo fosse una cosa legata alla pubertà: il suo volto, un tempo rotondo, aveva sembianze sempre più maschili e intorno alla bocca si intravedeva una leggera peluria scura. La privacy era la sua priorità ora, chiudeva sempre a chiave la porta della sua stanza, e io ero diventata un'intrusa assillante che bussava continuamente.

«È andata bene la riunione di oggi?»

Mio marito sorrise radioso vedendomi in piedi sull'uscio, e grazie a lui la mia ansia sparì in un istante. Avevo atteso tutto il pomeriggio per quel sorriso accogliente e affidabile.

Ultimamente, mio marito, che era sempre stato di corporatura robusta, sembrava più esile, probabilmente per lo stress del lavoro in ospedale o forse era la giacca, che gli stava un po' larga. E questo un po' mi preoccupava.

«Non è stata granché, erano tutti presi a lamentarsi di quanto sia difficile.»

Ero ansiosa di raccontare a mio marito quello che avevo visto nell'aiuola, ma non riuscii ad arrivare al punto perché Seung-jae, che aveva gettato la sua borsa nella mia stanza, era tornato in soggiorno. Con ancora indosso i vestiti di prima, si buttò sul divano tenendo una gamba alzata.

«Che modi sono questi? Sai che non voglio vederti sdraiato così.»

«A me piace così» rispose con aria infastidita; accese la televisione e iniziò a fare zapping.

I ragazzi in età di sviluppo fanno tutto quello che i genitori detestano solo per ribellarsi. Mi ricordai di un libro che affermava che reagire a tali comportamenti voleva dire cadere nella loro trappola. Il libro conteneva anche un passaggio impressionante su come gli adolescenti fossero sempre pronti a litigare con i propri genitori.

C'era stato un tempo in cui ero felice di poter gestire e decidere tutto per Seung-jae, dai calzini che indossava al suo taglio di capelli, cosa dovesse usare per scrivere o le copertine dei suoi quaderni, e persino la marca del suo zaino.

Volevo donargli dei gusti perfetti, compensando così l'imperfezione e la miseria della mia infanzia. Ma ora, a soli quindici anni, mio figlio stava rifiutando tutte le preferenze che avevo creato per lui.

Seung-jae, ancora intento a fare zapping, si fermò sul canale UFC.

«Cambiati i vestiti prima di guardare la televisione.»

Alle parole ferme del padre, molto simili a un ordine, si alzò e, senza dire nulla, andò di sopra. L'atteggiamento di Seung-jae, di reagire soltanto alle parole di suo padre, era riprovevole. Mio marito, con un voluminoso fascicolo di documenti in mano, lo seguì al piano superiore e andò nel suo studio. Io lo raggiunsi. Appoggiò i materiali e i libri che aveva preso al convegno sulla scrivania, poi si voltò finalmente verso di me.

«Che ti succede? Hai visto di nuovo un fantasma?» mi chiese in modo scherzoso, dato che mi spaventavo al minimo rumore. Continuavo a sentire strani suoni che, se avessi ancora vissuto in appartamento, avrei liquidato come i soliti rumori di un condominio, ma che qui mi infastidivano. Ogni volta che reagivo, mio marito mi prendeva in giro dicendomi che si trattava di un fantasma, ma io non trovavo la cosa per niente divertente. Semplicemente odiavo che si parlasse di morte di fronte a me.

Speravo che mio marito capisse da solo il mio umore, così rimasi in silenzio. Sembrava avesse colto la mia ansia, perché mi guardò attentamente, con un'espressione preoccupata. Avevo sempre fatto affidamento su di lui, che era di dieci anni più grande di me. Che avesse trentatré, quaranta o quarantanove anni, l'età che aveva adesso, mio marito era sempre stato il mio sostegno e il mio protettore, tanto da chiedermi se i sentimenti che provavo per lui fossero più simili a quelli di una figlia per il proprio padre. Il mio era morto quando avevo cinque anni, quindi non avevo mai conosciuto il rapporto padre-figlia; potevo solo pensare alla sua assenza.

«Caro, potresti contattare di nuovo la ditta di giardinaggio?» Decisi di partire con una semplice conversazione prima di raccontargli quello che avevo visto nell'aiuola.

«La ditta di giardinaggio? Perché?»

Mentre mi chiedeva spiegazioni, mio marito tirò fuori il borsone da pesca nero che stava tra la libreria e il muro dello studio. Lo aveva ricevuto in regalo da un dipendente dell'azienda farmaceutica. Era nero con strisce argentate disposte in modo casuale e non corrispondeva ai gusti di mio marito, perché le strisce lo rendevano un prodotto pacchiano e palesemente economico.

«Caro, il giardino...»

«Ah, è per la puzza? Te l'ho detto, è colpa del fertilizzante; non hai alcun bisogno di preoccuparti.»

Sorrise con un'espressione che voleva farmi capire che non era niente di grave, ma non ero stata l'unica a trovare strano quell'odore. Le mie amiche oggi avevano reagito con una sensibilità ancora maggiore della mia, esprimendo in modo palese il loro disagio. E inoltre, sotto la terra c'era...

«Nell'aiuola... c'è qualcosa di strano. Come un animale morto.»

Naturalmente quello che avevo visto non era un animale, ma una mano umana. Anche se non avevo potuto osservarla bene perché era ricoperta di terra, era chiaro che quelle fossero unghie e dita. Ma non potevo dire che ci fosse un corpo nel giardino. Un cadavere... nell'aiuola... Chi non riderebbe sentendo una cosa del genere? Se avessi detto che si trattava di una carcassa animale, mio marito avrebbe sicuramente controllato di nuovo. Contrariamente a ciò che mi aspettavo, mi fissò con un'aria sorpresa.

«Un animale?»

«Tesoro, forse la ditta di giardinaggio ci ha fatto uno scherzo mentre realizzava le aiuole... oppure potrebbe trattarsi di qualcosa di orribile che neanche loro conoscono... quindi, penso che, prima di tutto, dovremmo verificare con loro... non è certo colpa nostra, quindi... Quello che voglio dire è che dobbiamo contattare la ditta e...»

Mentre cercavo di mettere ordine nei miei pensieri, dalla bocca uscivano frasi sconnesse. Mio marito corrugò la fronte cercando di concentrarsi su quello che stavo dicendo.

«Mmm... quindi hai visto qualcosa nell'aiuola?»

«Sì... forse qualcosa di terribile...»

Quando avevamo deciso di trasferirci nel nuovo distretto di Pangyo ed eravamo venuti a dare un'occhiata, avevo visto un topo passare per un canale di scolo su una delle strade nuove. Non mi ero messa a gridare né avevo mostrato il mio spavento, ma per la prima volta avevo avuto paura di costruire una casa direttamente sul terreno. Era la paura che qualcosa di sporco potesse entrare dentro l'abitazione. La sensazione indefinita che avevo provato al tempo sembrava ora manifestarsi nel nostro giardino, proprio davanti ai miei occhi.

«Devi esserti spaventata, fammi controllare, tu resta qui.»

Mi impedì di seguirlo, rimasi ferma nello studio mentre sentivo i suoi passi scendere lungo le scale. Dove avrei dovuto aspettarlo? Sarei dovuta rimanere lì immobile? Oppure sedermi sul divano? Forse sarebbe stato necessario chiamare la polizia o altro, quindi sarei dovuta scendere...

Proprio in quel momento, la borsa da pesca nera con le strisce argentate, che era appoggiata al muro, cadde a terra come se fosse stata spinta da un fantasma. Era completamente vuota.

Dopo aver visto qualcosa di così orribile in giardino, non riuscivo più neanche a entrare in cucina. Nonostante ci fosse una finestra a fare da barriera, cucina e giardino sembravano uno spazio unico.

Attraverso quella finestra vedevo mio marito che osservava l'aiuola con le mani sui fianchi. Sembrava riflettere su qualcosa, poi iniziò a rimettere in ordine la terra che avevo smosso. Non stava scavando, ma ricoprendo con la terra. Quindi si girò e guardò verso di me, che ero in piedi in cucina. Dal buio dell'esterno, l'interno luminoso della casa doveva essere ben visibile. Non riuscivo a vedere la sua espressione ma sentivo che mi stava fissando intensamente.

Ripose la pala nel capanno e iniziò a spazzare via la terra davanti all'aiuola in modo calmo e rilassato. Non era di certo qualcosa che si poteva fare dopo aver scoperto i resti di una mano... Mi ero sbagliata? Forse avevo visto male... Un'improvvisa ondata di vergogna e imbarazzo mi fece arrossire. A trentanove anni ero stata capace di scambiare la mano di una bambola per quella di un cadavere? Mi sentivo patetica per essere rimasta nascosta in casa con le tende chiuse tutto il pomeriggio, spaventata dalla mano di una bambola. Ma, d'altro canto, non potevo fare a meno di pensare che non ero stata l'unica a percepire la gravità di quella puzza. Anche le mie amiche avevano subito notato il tanfo e avevano ipotizzato la presenza di una carcassa animale. Quindi, sicuramente, non si trattava solo di un mio errore di percezione.

Mentre mio marito rientrava in casa, scuotendo le pantofole per togliere i residui di terriccio, osservai attentamente la sua espressione. Sembrava un attore che si preparasse a entrare in scena. Era come se fosse deluso da me e dai miei sospetti che davano adito a strane fantasie, ma al contempo volesse recitare il ruolo del marito premuroso pronto a rassicurarmi.

«Ho dato un'occhiata e capisco perché ti sei sbagliata: il terreno è pieno di cocci e rifiuti, quindi è facile confondersi.»

Le parole di mio marito mi resero ancora più ansiosa. Forse avevo sperato che anche lui vedesse una mano e ne rimanesse sconvolto. Ancora una volta, mi sentii debole e patetica.

Entrò in cucina e accese il bollitore. Preparò una tisana e me la porse. Quando presi la tazza, iniziò a massaggiarmi le spalle tese, provando a far rilassare i miei muscoli.

«Non c'è alcun motivo di preoccuparsi, né di essere in ansia. Va tutto bene, ammetto di essermi divertito. Immaginare che ci sia un animale è più realistico che credere alla presenza dei fantasmi.»

Se la rideva come se trovasse la cosa divertente. Io spostai lo sguardo sul calendario appeso sopra la credenza e vidi che il 27 aprile era stato cerchiato con il pennarello rosso. Non ero stata io a farlo, ma lui.

«L'anniversario della morte di mia cognata si avvicina. Però stai molto meglio da quando ci siamo trasferiti qui, non è vero?»

Annuii tranquillamente alle parole di mio marito. Volevo essere una moglie buona e gentile, una proprietaria di casa saggia e apprezzata da tutti. Ma quel desiderio durò poco e sentii un sentimento di rabbia, oscuro e pesante, farsi lentamente largo dentro di me.

Sedici anni prima, il 27 aprile del 2000, la mia amata sorella era morta. Se n'era andata improvvisamente, senza alcun segnale ad anticiparne la dipartita. Tra di noi c'era un legame profondo, avevamo sempre avuto bisogno l'una dell'altra. Lei era per me una madre e un padre, l'unico membro della famiglia su cui potessi fare davvero affidamento. E poi, all'improvviso, era morta, sparita dalla mia vita per sempre.

Sorseggiai ancora la tisana che mio marito aveva preparato. Il calore della bevanda si diffuse nel mio corpo, calmandomi. Lo guardai, era seduto accanto a me e indossava ancora la camicia.

«Sto meglio. Vai a cambiarti e a farti una doccia. Sarai stanco.»

«No, sto bene.»

Continuò a guardarmi, esitante. Il suo atteggiamento mi fece pensare che stessi dimenticando qualcosa, così mi sforzai di ricordare.

«Oh giusto... hai detto che stasera saresti andato a pescare, vero?»

«Sì... ma... tu ti senti bene?»

Mi osservava preoccupato.

«Te l'ho già detto, va tutto bene. La persona con cui vai è tranquilla? La pesca notturna è pericolosa.»

«Lo conosco per via del lavoro, tutto qui. Chi lavora per le case farmaceutiche deve avere contatti con noi medici e per noi è fondamentale mantenere questo tipo di rapporti.»

Mi accarezzò la schiena; la dolcezza di quel gesto, unito al calore della tisana, si diffuse in tutto il mio corpo.

Mio marito rimase con me fino a quando mi addormentai.

Ogni mia ansia svaniva grazie al tocco delle sue mani. Anche quando dormivo, sembrava riverberarsi dentro di me, donandomi calma. Quella sensazione di felicità e sonnolenza si trasformò presto in eccitazione sessuale. Mentre mi risvegliavo dal sonno, la calda e piacevole sensazione di quel torpore mi eccitò sempre di più. Tornò la trepidazione del primo bacio con una persona amata tanto tempo fa. Un uomo mi baciava leggermente sulle palpebre. Le mie palpebre tremavano sotto le labbra di questo sconosciuto. L'uomo si comportava come se fosse sottomesso a me. Sembrava disposto a fare qualsiasi cosa io volessi. Con deferenza, continuava ad accarezzarmi e io, come se fossi un'altra donna, lo accoglievo con maggiore audacia e sicurezza.

Gocce di sudore si formarono sulla fronte dell'uomo che, nonostante la situazione eccitante, trovavo disgustose. Nel momento culminante, quando una delle gocce cadde dalla sua fronte sul mio viso, mi svegliai con un grido simile al gemito di lui.

Quando aprii gli occhi e vidi la mia camera da letto, venni invasa da un senso di vuoto. Mi sentii anche in colpa per il fatto che la persona che mi aveva fatto eccitare non fosse mio marito e cercai di cancellarla allungandomi a cercarlo. Toccai il letto con la mano ma non sentii la sua presenza o il suo calore.

Mio marito non c'era. Solo allora ricordai che quella notte era andato a pescare. Risi amaramente e realizzai chi era lo sconosciuto del sogno: l'avevo incontrato la settimana prima, ricordavo anche la data esatta, il 1° aprile, il giorno del pesce d'aprile.

Il 1° aprile, intorno alle due del pomeriggio. L'uomo sembrava essere sempre stato in quel posto. Indossavo pantofole e vestiti da casa, avevo lasciato il cancello aperto solo per un momento mentre buttavo l'umido, quando lui era entrato nel nostro giardino. Appena lo vidi, intuii che qualcosa di brutto stava per accadere e immaginai il peggio. Mi avrebbe violentata... e dopo mi avrebbe accoltellata, per poi nascondere il mio corpo da qualche parte in casa e fuggire cancellando ogni traccia.

«Ah! Non si spaventi. Ho visto il cancello aperto...»

Notando la mia espressione impaurita, l'uomo si affrettò a tirare fuori il biglietto da visita dal taschino della giacca e me lo porse.

«Sono Kim Yun-beom, responsabile delle vendite di Eugene Pharmaceuticals. Sono un conoscente di suo marito.»

Lessi il suo nome sul biglietto. Ipotizzai che fosse venuto a trovare mio marito, che gestiva una clinica pediatrica, per motivi legati alla vendita dei farmaci. La pediatria era un settore in cui si prescrivevano molti medicinali e lui probabilmente, spingendosi fino a casa nostra, voleva incentivare mio marito a prescrivere i farmaci della sua azienda.

«Signora, non si ricorda di me?»

Sorrise, mostrando i suoi denti bianchi, e solo allora lo osservai meglio: era alto più di un metro e ottanta, aveva la pelle scura e un fisico atletico. Con i suoi occhi grandi e le sopracciglia folte, aveva un aspetto che ricordava una persona del sud-est asiatico. Se lo avessi incontrato prima, lo avrei sicuramente ricordato, perché aveva dei lineamenti che lo qualificavano come un uomo "bello".

«Non saprei. Dove ci siamo visti? Forse in clinica da mio marito?»

L'uomo non rispose. Sembrava che il suo atteggiamento si fosse fatto più disinvolto, come se si sentisse in vantaggio dato che io non disponevo di quell'informazione.

«La metto in contatto con mio marito.»

Sentendomi improvvisamente a disagio, infilai la mano in tasca per cercare il cellulare, ma mi resi conto che l'avevo lasciato in camera.

«No, sarà sicuramente impegnato con le visite in questo momento. Sono venuto a Pangyo per affari e ho pensato di passare un attimo. Ho fatto un giro per controllare i nuovi edifici vicino alla stazione, dove affittano spazi per cliniche. Ho dato anche un'occhiata alle farmacie associate.»

L'uomo teneva un borsone in mano. Riconobbi subito che si trattava di una borsa da pesca, dato che mio marito ne era un appassionato.

«Le case qui sono fantastiche, sembra di essere a Beverly Hills. Ci vivono anche molte celebrità, vero? Qual era il nome... di quell'attore famoso? Il prezzo di vendita in questa zona è ben oltre i due miliardi, giusto? Ho sentito che anche gli affitti degli appartamenti a Dongpangyo sono di sette o otto milioni di won. Wow, i prezzi delle case sono davvero... Poi, con la nuova linea della metropolitana Sinbundang, stanno proprio salendo alle stelle. Se avessi dei soldi da parte, mi piacerebbe comprare un bel monolocale e vivere di rendita. Oh, questo posto è davvero fantastico... Si dovrebbe vivere in una casa così almeno una volta nella vita, non è vero?»

L'uomo continuò a parlare con un largo sorriso sul volto. E sebbene sembrasse voler fare complimenti, il suo atteggiamento e le sue parole mi risultarono tanto futili da non sapere cosa rispondere. Stava osservando ogni dettaglio della casa. Vedendo la mia espressione imbarazzata e confusa, finalmente mi porse la borsa da pesca.

«Oh, è per questo che sono venuto; potrebbe consegnarla a suo marito?»

Presi la borsa, era nera con delle strisce argentate, vuota e leggera.

«Non posso accettare niente senza il permesso di mio marito. Per favore, vada in clinica e la consegni direttamente a lui. Non mi piace essere messa in mezzo in queste cose.»

Restituii il borsone usando mio marito come scusa, perché non volevo avere niente a che fare con lui. Speravo solo che se ne andasse il prima possibile dalla mia proprietà.

L'uomo continuò a sorridere. Il tipo di sorriso che un padre poteva avere guardando la giovane figlia, eppure sembrava quasi sprezzante nei miei confronti.

«Perché vuole così tanto il suo permesso? Questa… è una cosa importante anche per lui. Vuole chiamarlo e chiedere conferma?»

Si avvicinò di un passo, si chinò verso di me e soffiò sulla mia spalla. Il suo alito caldo mi toccò sgradevolmente il collo.

«Aveva una foglia sulla spalla.»

Guardai dove mi aveva sfiorato, ma non c'era nulla. Anche se fosse stato per rimuovere una foglia, il suo comportamento era comunque oltraggioso. Nonostante ne fossi disgustata, non potevo cacciarlo via in modo brusco, perché poteva essere qualcuno di importante per mio marito.

Lasciai l'uomo nel cortile ed entrai in casa per telefonare. Per sicurezza, chiusi a doppia mandata la porta d'ingresso, ma non fidandomi, mi avvicinai alla finestra per controllarlo.

Attraverso le tende, vidi i suoi movimenti frenetici: aveva il cellulare in mano ed era intento a scattare foto verso l'interno della casa. In quel momento partì il flash e io mi coprii il viso con entrambe le mani.

«Cosa sta facendo!?» gridai, ma lui, noncurante, continuò a scattare. Terrorizzata dal suo comportamento spiacevole, chiusi le tende e corsi in camera da letto a cercare il mio cellulare.

Contrariamente alle mie aspettative, mio marito non rispose, probabilmente era impegnato con un paziente. Non sapevo se accettare o rifiutare il borsone che l'uomo mi aveva offerto, e mi sentivo confusa. Guardai di nuovo furtivamente oltre la tenda. L'uomo non si vedeva più da nessuna parte, aveva lasciato la borsa a terra. Controllai il giardino sul retro anche dalla finestra della cucina, ma non c'era. Non volevo aprire la porta d'ingresso perché ero terrorizzata che si fosse nascosto lì dietro, e fosse pronto a minacciarmi con un coltello.

Mentre controllavo il sistema di allarme, pensai di chiamare la polizia. Avevamo un sistema attivo ventiquattr'ore su ventiquattro e delle telecamere a circuito chiuso, ma non mi fidavo di niente. Era troppo semplice entrare all'interno di una casa indipendente. Pensandoci bene, non avevo mai voluto trasferirmi lì. Era stata l'influenza di mia suocera a portarmi a quella decisione.

Mia suocera aveva acquistato un appartamento a Pangyo e l'aveva dato in affitto per tre anni. Quando il prezzo di vendita aveva raggiunto il picco e sembrava che non potesse salire ulteriormente, lo aveva venduto, guadagnandoci quattrocento milioni di won. Durante le sue frequenti visite in zona, aveva notato un terreno per una casa indipendente e aveva iniziato a considerare non un investimento ma una casa per il figlio e sua moglie. Mio marito si era lasciato influenzare. Anche lui pensava che ciò di cui io e Seung-jae avevamo bisogno fosse una casa con un giardino ampio e confortevole.

Mio marito mi convinse dicendo che mi avrebbe costruito la casa che tutti sognavano. Disse che vivere in un'abitazione dai soffitti alti e con vista sugli alberi ci avrebbe portato serenità. Durante gli incontri con il progettista e l'interior designer, aveva ordinato colori caldi e accoglienti, con mobili in linea con quello stile. Non avevo potuto rifiutare le sue proposte, essendo tutte fatte per il mio bene.

Quando annunciai il trasloco, i miei amici erano anche più emozionati di me. Ero invidiata da tutti. Sì, credo di essere stata felice e orgogliosa di quelle reazioni. Tuttavia, avrei preferito un attico in un grattacielo piuttosto che una casa con giardino. Piuttosto che suscitare l'invidia degli altri, avrei preferito che nessuno invadesse la mia privacy.

Dopo essermi trasferita qui, per alcune settimane ero stata felice, ma presto avevo cominciato ad avere paura quando mi trovavo in casa. Se soffiava il vento, dalle finestre del primo piano si sentivano rumori strani, forse a causa di qualche difetto degli infissi. Quando ero sola, spesso non riuscivo ad aprire le porte per paura che ci fossero intrusi nascosti da qualche parte, e così non riuscivo nemmeno a fare le pulizie. Continuavo a rimproverarmi per non aver insistito a fare il trasloco in un giorno più propizio, e di avere invece accettato di trasferirci il 28 febbraio.

Tremando per la paura che l'uomo fosse nascosto in giardino, strinsi il cellulare in attesa di una comunicazione da parte di mio marito. In quel momento, ricevetti un messaggio. Pensando che fosse lui, controllai in fretta, ma trovai la foto di un pinguino che volava. Sotto la foto c'era un articolo del *Times* che parlava di come i pinguini, minacciati di estinzione a causa del riscaldamento globale, avessero imparato a volare per sopravvivere. Il messaggio era di un genitore incontrato durante una riunione alla scuola di Seung-jae.

Se non fosse stato per quel messaggio, non mi sarei accorta che era il 1° di aprile.

Perché avevo sognato di avere un rapporto con quell'uomo proprio oggi? Avevo ancora impresse nella mente le gocce di sudore sulla sua fronte. Presi il cellulare dal comodino e controllai l'ora. Erano le due del mattino. Quando mi ero addormentata? Dovevo essere crollata presto, dato che ero spesso preda dell'insonnia. Probabilmente perché ero rimasta angosciata da quello che avevo visto in giardino.

A che ora sarebbe tornato mio marito? Lo chiamai ma non rispose. Quando andava a pescare la notte, metteva spesso la modalità silenziosa perché diceva che la suoneria e la vibrazione facevano scappare i pesci.

Mi sentivo sola, a letto senza di lui e presto ricominciai a prestare attenzione ai più piccoli rumori. Decisi che, la prossima volta che fosse voluto andare a pesca di notte, avrei provato a dissuaderlo. Ero stranamente preoccupata, quindi mi sedetti sul letto, mi feci il segno della croce e dissi una piccola preghiera. Chiesi a Dio di rimanere sempre al fianco di mio marito, di proteggerlo e vegliare su di lui; di donare la pace alla nostra famiglia affinché non ci accadesse mai nulla di male. Dopo aver pregato, mi sentii un po' più sollevata e finii per addormentarmi di nuovo.

Domenica 10 aprile

SANG-EUN

Quanto tempo avevo dormito? Il rumore dell'aspirapolvere e della televisione provenienti dal soggiorno era insopportabile. Avevo la bocca amara. Dovevo aprire gli occhi, alzarmi e riempirmi lo stomaco. Guardai l'orologio: non erano ancora le nove. Mentre dormivo, sul telefono era arrivato solo qualche messaggio pubblicitario. In un angolo della stanza erano ammucchiati giocattoli per bambini e articoli di uso quotidiano. Accanto a essi, una piccola televisione, biancheria e vestiti piegati e una crema da quattro soldi.

Quando aprii la porta, vidi mia cognata che passava nervosamente l'aspirapolvere. Il mio nipotino di cinque anni, Jeongmin, stava guardando i cartoni animati. Alzò il volume della televisione per contrastare il rumore dell'aspirapolvere.

Mia madre, intenta a piegare la biancheria, seduta in un angolo del divano, alzò lo sguardo verso di me e disse: «A che ora sei arrivata?».

Anche mia cognata mi guardò con curiosità.

«Non saprei, verso le nove. Che c'è mamma? Mi hai visto ieri sera e ora mi chiedi a che ora sono arrivata? Giusto, Jeongmin?»

«No, signorina. Intendo come mai sei arrivata a *quell'ora* della notte. Avresti dovuto avvisare.»

«Mi ha accompagnata mio marito. E tu a che ora sei arrivata?»

«Io? Ho preso il primo autobus, poco dopo le cinque, e sono arrivata verso le sei.»

Mia cognata, tre giorni a settimana, faceva i turni di notte nella cucina di un ristorante aperto h24 e che serviva il gamjatang.

«Tuo marito ti ha accompagnata e poi se ne è tornato a casa?»

«No, aveva un appuntamento per la pesca notturna al bacino di Gisan… quindi gli ho chiesto di darmi un passaggio, tutto qui. E poi, volevo portarti anche questo, mamma.»

Le mostrai la confezione di funghi chaga che avevo ricevuto il giorno prima tramite corriere.

«Devi assaggiarli. Dicono che facciano molto bene alla salute.»

«A che ora sei arrivata?»

Mia madre mi fece di nuovo la stessa domanda.

«Mamma, è arrivata ieri alle nove, non ha detto così? Oh, madre… è venuta di notte per darti questo. Ne sarai felice, è venuta per stare con te. Non sei contenta?»

Mia cognata voleva fare la sua parte nel rapporto tra madre e figlia e ci provava in modo piuttosto commovente.

«La mamma sta ancora bene e non dimentica le cose… ma devi fare attenzione quando dormi da lei, così come con tuo marito», disse sottovoce.

«Ehi, voi due! Vi ho per caso detto di trattarmi come una paziente? Sono più lucida di voi. Cosa pensate di fare, eh? Potrei anche essere in grado di uccidervi, sciocche.»

Mia madre lanciò il bucato che stava piegando verso mia cognata. I sintomi della demenza non erano ancora molto evidenti, ma i suoi modi violenti erano peggiorati da quando aveva saputo della malattia.

«E mio fratello?»

«Ieri è andato a Ulsan e non tornerà prima di stanotte.»

Mio fratello stava spesso fuori per giorni perché lavorava nel trasporto merci. E sapevo che ieri era a Ulsan.

«Dato che la mamma è qui, lascio Jeong-min con lei, così posso lavorare tranquilla. Giusto, mamma?»

Mia cognata aveva parlato dolcemente a mia madre e lei aveva risposto con un'espressione vuota, ma il suo sorriso gentile si era indurito e i suoi occhi erano infossati per la stanchezza. Aveva dormito solo tre ore da quando era tornata dal lavoro questa mattina?

Mia cognata cercava di vedere il lato positivo delle cose, ma dietro a quei commenti ottimisti si nascondeva un dolore profondo che mi torceva lo stomaco.

Non appena la panetteria di mio fratello era fallita e la casa che era stata data in garanzia pignorata, la sua famiglia si era trasferita nell'appartamento "Jugong" a Hwaseong, dove mia madre viveva da sola. All'arrivo, lui e sua moglie si appropriarono della camera matrimoniale di mia madre e mandarono lei nella stanza più piccola. Quando aprii il frigorifero e il pensile della cucina, trovai le cose di mia madre accatastate in un angolo, come se fossero ormai vecchie e inutili. Mio fratello si era sistemato con il lavoro di consegne, ma la sua famiglia non aveva intenzione di lasciare quella casa. Pareva considerarla come una proprietà che gli spettasse di diritto.

Quando mio fratello e sua moglie erano entrati qui dentro,

la mia famiglia sembrò sgretolarsi. Mia cognata mi chiedeva sempre di contattarla e di dirle se la stavo andando a trovare, ma questo equivaleva a chiederle il permesso, e nessun figlio lo dovrebbe chiedere per andare a casa della propria mamma. Questa casa era di mia madre, non di mio fratello.

Quando andavo a trovarla, mia cognata faceva costantemente la vittima. Si considerava una brava nuora che viveva con la suocera e si lamentava con me. Con la demenza di mia madre, mi chiedevo se la sua natura oscura si sarebbe potuta manifestare in modo violento. Agli occhi degli altri, la sua stanza era ormai diventata un magazzino, e lei sembrava non essere diversa dagli oggetti lì accatastati.

«Sarai sicuramente felice. Quando avrai un bambino... potrete vivere in totale tranquillità, voi tre... E poi, tuo marito ha un lavoro a tempo indeterminato...»

Annuii e sorrisi alle parole di mia cognata. Che invidia irresponsabile. Era così egoista che si autoproclamava costantemente vittima. Intanto esaminava sulla confezione l'efficacia del fungo chaga, come se fosse un regalo speciale appena arrivato per lei. Aveva l'aspetto di una persona che aveva sempre vissuto nella miseria. Io non volevo essere considerata una vittima. Odiavo la povertà che mi relegava in quel ruolo.

«Penso che ci trasferiremo presto.»

«Trasferirvi? Perché così all'improvviso? Per via del lavoro di tuo marito?»

«No, il proprietario di casa vuole aumentare l'affitto. Ho qualche scelta? Devo trasferirmi.»

«Oh, cinquemila won? E dove la trovi una somma del genere tutto d'un tratto? Capisco... Dovrete cercare una casa a schiera o una villetta invece di un appartamento. Potrebbe essere più economico e più adatto per crescere un bambino.»

Guardai verso mia cognata, ma lei evitò di stabilire un contatto visivo.

«Magari potrei vivere qui con la mamma. Lei ha sempre bisogno di qualcuno accanto. E poi, mio fratello ha trovato lavoro.»

«Ah...»

Mia cognata non rispose, sembrava imbarazzata.

«Be'... questo... dovrò discuterne... con le condizioni in cui si trova la mamma...»

Mia cognata si voltò verso di lei per dare un'occhiata.

«Non mi piace. Preferisco dormire in strada piuttosto che vivere con te senza mio figlio.»

Le parole di mia madre sembrarono darle sollievo. Ovviamente, io non lo avevo detto seriamente. Volevo capire, anche solo un po', i veri sentimenti di mia cognata, quindi mi preparai a esprimere in modo provocatorio quello che mi passava per la testa.

«Zia, questo è...»

Mio nipote Jeong-min mi porse il cellulare che vibrava. Presi il telefono e controllai. Era un numero sconosciuto. Diedi un'ultima occhiata alle espressioni di mia cognata e di mia madre e risposi.

«Pronto?»

«Salve. Parlo con una parente di Kim Yun-beom?»

«Sì, ma...»

«Senta, sono l'ispettore Yun Chang-geun della polizia di Hwaseong.»

«Sì, che succede?»

«Suo marito è Kim Yun-beom, nato nel 1979?»

«Sì, ma cosa sta succedendo?»

Rimase in silenzio per un momento. Dall'altra parte del telefono si udì un colpo di tosse secco.

«Dunque... Questa mattina, alla pompa di benzina di Gisan, è stato trovato il corpo di Kim Yun-beom... Attualmente è in fase di trasporto all'ospedale del Sacro Cuore di Dongtan. Credo che qualcuno della vostra famiglia debba venire a identificarlo.»

La voce dall'altra parte del telefono sembrava distante e si faceva sempre più flebile. Il corpo reagì per primo e gli arti iniziarono a tremarmi leggermente.

«Pronto, pronto?»

«... Sì, cosa ha appena detto?»

«Be'... Purtroppo, suo marito è deceduto.»

«Cosa?»

«L'hanno portato all'ospedale del Sacro Cuore di Dongtan. Quanto tempo pensa che le ci vorrà per arrivare?»

«...»

«Dove si trova adesso? Vuole venire con noi?»

«No, vengo da sola, posso farcela.»

«Va bene, le manderò un messaggio. Quando arriva, mi chiami.»

Riattaccai e cercai di immaginare l'aspetto dell'uomo solo dalla voce. Mi ricordava un tizio corpulento con l'accento della provincia del Gyeongsan.

«Insomma, che succede?»

Mia madre e mia cognata mi stavano fissando. Probabilmente avevano capito che non si era trattato di una semplice telefonata.

«Mamma… mio marito… hanno detto che è morto…»

Senza rendermene conto, lasciai cadere il cellulare. Un liquido amaro mi risalì dalla gola. In quel momento credetti di aver voglia di mangiare, ma dovevo recarmi in ospedale il prima possibile. Dovevo confermare che il corpo appartenesse a mio marito. Aiutata da mia cognata, scesi a fatica le scale dell'appartamento.

«No… Come… voglio dire… come…?»

Continuavo a ripetere le stesse parole, piangendo e sforzandomi di muovermi. Quando arrivò il taxi e salii, mia cognata si sedette accanto a me.

«Posso andare da sola. Devi essere stanca, rimani a casa.»

«No, vengo con te. Non ti lascio sola. Signore, per favore, ci porti all'ospedale del Sacro Cuore di Dongtan.»

Mia cognata, presa dall'emozione, cominciò a piangere più forte, e il tassista ci guardò con un'espressione interrogativa. Chiusi gli occhi; era più facile che mostrare altre emozioni. Non avevo pensato al fatto che lei mi avrebbe accompagnata. Mi infastidì. Pensavo a come mostrare un'espressione appropriata e a come reagire. Come sembrare naturale? Questi pensieri mi facevano sentire ancora più artificiale.

La chiamata della polizia era arrivata più tardi di quanto mi aspettassi. Avevo esitato molte volte prima di decidere di uccidere mio marito e portare il piano a termine, ma non avevo rimpianti. Ero l'assassina di mio marito e avevo deciso di dimenticare l'accaduto. Dovevo essere la moglie della vittima. Quando chiudevo gli occhi, continuava a tornarmi in mente la sua ultima espressione. Involontariamente, emisi un gemito e un tremore si diffuse nel mio corpo. Mia cognata mi strinse forte la mano.

Riuscii a sollevare a fatica le palpebre pesanti e a guardare l'orologio. La lancetta era chiaramente sul numero dieci. Le dieci in punto! Mi alzai di scatto, sorpresa. Ma ciò che mi sorprese più dell'orario fu che mio marito era disteso accanto a me. Giaceva supino, il suo respiro era regolare. Quando era rientrato? Misi una mano sul suo corpo e sentii che era ancora freddo. Bussai alla porta di Seung-jae, ma non udii alcun suono. Quando aprii e guardai dentro, lo trovai sempre addormentato.

«Seung-jae, devi alzarti.»

Lo scossi, ma non era tipo da alzarsi facilmente.

«Seung-jae!»

Non aveva intenzione di svegliarsi, si dimenava nel sonno. Ma doveva prepararsi in fretta per andare alla messa domenicale in cattedrale e quindi lo scossi di nuovo. Da quando ci eravamo trasferiti, avevamo cambiato parrocchia da Seoul a Pangyo e non volevo essere vista come quella che non aveva ancora preso parte alla messa. Tuttavia, contrariamente alla mia volontà, lui non aprì gli occhi.

Rinunciai a svegliarlo e mi sedetti sul letto a osservarlo. Mentre guardavo il suo volto addormentato, non potei fare a meno di pensare a lui come al «mio bimbo, frutto del mio ventre» e provai una profonda tristezza. Accanto al letto c'era una tazza, con dentro un liquido bianco. Annusandolo, sembrava che la sera precedente avesse bevuto del latte. Era strano. Quando Seung-jae assumeva yogurt o latte, l'intolleranza al lattosio gli procurava la diarrea; perciò, non lo beveva mai intenzionalmente. Presi la tazza e uscii dalla stanza, dirigendomi verso la cucina. Aprii il frigorifero e notai che il latte che avevo comprato qualche giorno prima era stato aperto e in parte consumato. Ma non ero stata io a darlo a Seung-jae.

Avrà avuto una voglia improvvisa di latte?

Guardai il giardino dalla finestra della cucina. La terra che avevo scavato ieri con la vanga era stata rimessa a posto. Forse era solo una sensazione, ma l'odore sgradevole che mi aveva tormentato fino al giorno precedente sembrava essere diminuito. Dovevo sollecitare mio marito a piantare i fiori il prima possibile. Guardando il giardino vuoto, mi sentii stranamente inquieta.

«Vai a messa?»

Mi accorsi che mio marito mi aveva raggiunto e stava bevendo dell'acqua.

«Riposati ancora un po', devi essere stanco dopo una notte in bianco. A che ora sei tornato ieri?»

«Eh? Di cosa parli? Ieri sono stato sempre a casa.»

Si sedette sulla sedia della cucina e mi guardò di nuovo con preoccupazione.

«Erano le undici, vero? Ho dormito fino a ora. Ho incontrato un sacco di gente alla conferenza... e quando sono tornato a casa con Seung-jae, la superstrada era bloccata, probabilmente perché era sabato. Ero così stanco che non mi sono nemmeno accorto di quando sono crollato.»

Mio marito aveva detto che aveva un impegno con il dipendente di una casa farmaceutica per andare a pesca. Mi ero confusa? Non avevo ascoltato bene quello che aveva detto? Ma lui era andato subito nello studio a prendere la borsa quando era tornato a casa.

«Non avevi detto che saresti andato a pescare ieri sera?»

«Ah, abbiamo annullato. Pensavo che non stessi bene. Come ti senti ora? Va meglio?»

«Ehm... sì, sto bene. Oggi mi sento anche più lucida. Ma sei rimasto davvero a casa tutto il tempo?»

Quando mi ero svegliata brevemente all'alba, lui non era accanto a me. Magari era nello studio o nel soggiorno? Non mi era mai capitato di notare l'assenza di mio marito da quando avevamo cominciato a dormire insieme. Il suo calore permaneva nel letto anche dopo che si era alzato. Notò la mia espressione e subito mostrò segni di preoccupazione.

«Sei sicura di stare bene? Eri sul divano, ti ho svegliata e ti ho fatto andare in camera da letto. Ti ho anche fatto un massaggio alle gambe... Pensavo che non stessi bene e ti ho tenuta d'occhio.»

«Ah, sì, mi sembra di ricordare. Sì, è vero, è andata così.»

Guardai il pigiama che stavo indossando: era proprio il mio?

«Mi preoccupa che ultimamente continui a vedere cose strane.»

Il volto di mio marito si fece serio.

«Se hai bisogno di qualcosa, dimmelo. Fammi sapere se posso aiutarti, d'accordo?»

Annuii in silenzio alle sue parole.

«Lo sai che ci siamo trasferiti qui per te, vero?»

Certo che lo sapevo. Mio marito era sempre pronto a fare tutto il possibile per me. Si assicurava che non mi mancasse nulla e cercava di soddisfare ogni mia esigenza. Nessuno ci credeva ma, in sedici anni di matrimonio, non avevo mai avuto grandi litigi con lui. Sapeva tutto di me e si adattava al mio carattere. Anche quando non riuscivo a controllare le mie emozioni, lui era paziente e mi amava, senza mai lasciarmi sola.

Tuttavia, io tendevo a concentrarmi più su ciò che mi mancava piuttosto che su ciò che avevo, e mi ossessionavo per quelle mancanze.

Mio marito si avvicinò da dietro, mi afferrò i capelli che scendevano sulle spalle e iniziò a legarli con un elastico.

«Che ne dici di fare una passeggiata con Seung-jae al parco vicino al fiume Unjung questo pomeriggio? Ci sarà uno spettacolo all'aperto. Ho visto il cartellone pubblicitario ieri mentre tornavo a casa.»

Mi sentii sollevata mentre mio marito mi legava i capelli.

«Grazie. Mi dispiace.»

Lo ringraziai con un gesto formale, unendo le mani come in segno di rispetto. Ultimamente pensavo che il sesso con mio marito fosse diventato noioso. Entrambi eravamo piuttosto tradizionalisti in questo campo. Forse era per questo che la sera precedente avevo sognato di avere una tresca con uno sconosciuto. Mi sentii in colpa nei suoi confronti e tentai di scusarmi indirettamente.

Cinque anni fa, su consiglio di mia suocera, avevo intrapreso un percorso di conversione. Mio marito, invece, dato che i seminari si svolgevano ogni domenica, era diventato un assenteista cronico. Ma oggi, sorprendentemente, aveva deciso di venire in chiesa con me. Da quando ci eravamo trasferiti, ogni volta che andavo da sola alla messa, qualcuno mi faceva notare che sarebbe stato opportuno che mio marito mi accompagnasse. Guardando le altre coppie che partecipavano insieme, mi sentivo in imbarazzo e speravo, senza ammetterlo a voce alta, che lui decidesse di tornare a frequentare la chiesa.

Oggi, come se avesse sentito i miei pensieri, aveva deciso di accompagnarmi. Mio marito era già pronto, indossava pantaloni neri e una camicia a righe blu. Mi piaceva con quel look casual, e mi dava una certa soddisfazione pensare che sembrava più giovane ed elegante grazie a me. Anche se apprezzavo il suo stile, io volevo essere impeccabile. Perciò decisi di indossare un paio di scarpe basse color menta che avevo comprato di recente. Volevo che le scarpe si notassero, così optai per un semplice vestito bianco, senza ulteriori accessori. Seung-jae scese indossando jeans e una felpa con cappuccio, il suo aspetto assonnato era accentuato dai capelli spettinati come un nido di corvi. Rimase silenzioso mentre lo pettinavo, probabilmente era ancora mezzo addormentato.

«Oggi anche papà viene a messa. Quindi, Seung-jae, lavati il viso e unisciti noi.»

«Va bene» rispose il mio bambino senza fare storie, dirigendosi verso il bagno.

Nonostante il risveglio tardivo, tutto sembrava procedere meglio del solito. Dopo la messa, avevamo in programma di passeggiare nella zona delle caffetterie e di cenare fuori, un'abitudine che ultimamente avevamo trascurato. Aprii l'armadietto delle scarpe e osservai le mie ballerine color menta. Erano perfette per la primavera. Realizzate in pelle di agnello, morbide e confortevoli, ideali per iniziare la giornata con un tocco di freschezza. Mentre chiudevo l'armadietto, notai gli scarponi da trekking di mio marito: avevano la suola ancora sporca. Era normale che sulle suole si accumulasse della terra, ma io mi premuravo sempre di pulirle prima di metterle via. Detestavo le scarpe sporche e non sopportavo l'idea di insudiciare l'armadietto. Tuttavia, lo spazio dove erano riposti gli scarponi di mio marito era particolarmente sporco, così presi un pacchetto di salviette umidificate e lo pulii.

La chiesa si trovava a dieci minuti di auto da casa nostra. Mio marito aveva avviato il motore e stava aspettando Seung-jae e me. La Mercedes bianca, lavata da poco, splendeva sotto i raggi del sole. Quando Seung-jae salì sul sedile posteriore, mio marito uscì dal garage e si mise in marcia. Seduta accanto a lui, guardavo nervosamente il cancello d'ingresso.

«Avremmo dovuto mettere un cancello di metallo e più alto» commentai, osservando il cancello di legno che arrivava appena all'altezza della mia vita. Era basso per ragioni di design, e non di sicurezza.

«Chi farebbe una cosa del genere al giorno d'oggi?» rispose mio marito, notando il mio imbarazzo. Mi sentii a disagio, come se avessi rivelato una mia debolezza.

«Un cancello del genere esporrebbe la nostra casa ancora di più. Non solo non ci farebbe sembrare accoglienti, ma darebbe l'impressione di luogo abitato da gente strana.»

Mentre avviava l'auto e cambiava marcia, mio marito fu costretto a frenare improvvisamente per evitare una collisione con un'auto rossa coperta di polvere.

«Ma che modo di guidare è questo?» esclamai, mentre l'auto faceva pericolosamente retromarcia verso di noi. La portiera si aprì e ne scese una donna con i capelli corti e una lunga gonna. Unendo le mani e chinando il capo, si scusò.

«Scusatemi!»

«Nessun problema; faccia attenzione la prossima volta» rispose mio marito con un sorriso.

«È che ho delle questioni urgenti da sbrigare e sono uscita

di fretta. Ah, ma voi siete la famiglia che vive nella casa accanto! Sono stata così impegnata da non essere neanche venuta a salutarvi. Mi dispiace molto.»

«Va bene, non si preoccupi. Faccia attenzione» risposi, mentre mio marito chiudeva il finestrino e ripartiva, dando un'ultima occhiata alla donna nello specchietto retrovisore.

«Sembra fuori di sé... È la nostra vicina?» chiese mio marito.

«Sì, penso di sì.»

«E cosa fa di preciso?»

«Non lo so. Neanche io ho avuto occasione di presentarmi.»

Avevo provato a salutarla più volte da quando ci eravamo trasferiti, ma sembrava sempre occupata e non era mai in casa. Una donna con un forte accento cinese mi aveva sempre risposto al citofono che non c'era.

Mentre ci allontanavamo, vidi la donna rientrare nella sua casa come se avesse dimenticato qualcosa. Mi domandai cosa facesse il marito. Era a conoscenza del fatto che la sua donna delle pulizie si metteva tutti i giorni sul terrazzo a fumare? Il mio sguardo si spostò lentamente verso la nostra casa e, con terrore, notai due uomini sospetti che si aggiravano davanti al nostro cancello. Ebbi un colpo al cuore: i due avevano un aspetto minaccioso ed erano proprio lì davanti.

«Tesoro, ferma la macchina!» urlai a mio marito, che frenò bruscamente.

«Che succede adesso?» chiese, sorpreso.

«Chi sono quelle persone?»

Anche Seung-jae, distratto dal suo telefono sul sedile posteriore, si girò per guardare. Mio marito, vedendo i due uomini sospetti davanti alla nostra casa, tirò il freno a mano e scese dall'auto.

«Non andare!» provai a trattenerlo, ma lui ignorò le mie parole e si avviò verso casa. Proprio in quel momento, l'auto rossa della nostra vicina passò accanto a noi. La donna abbassò il finestrino e mi salutò con un sorriso amichevole e un cenno del capo. Non avevo però la mente libera per ricambiare. Tutta la mia attenzione era concentrata sui due uomini inquietanti che si aggiravano davanti a casa nostra. Questi sconosciuti erano comparsi proprio mentre esprimevo la mia preoccupazione per il cancello basso. Venni assalita nuovamente da un sinistro presentimento. Gli uomini, con le loro giacche e scarpe da ginnastica, e i capelli tagliati corti, sembravano del tutto fuori luogo in quel quartiere.

«Che succede qui?» chiese mio marito, avvicinandosi ai due con passo deciso. Questi, prima di tutto, osservarono la nostra auto, poi si avvicinarono a lui e iniziarono a parlargli in tono sommesso.

L'espressione di mio marito era seria e preoccupata. Man mano che la conversazione si prolungava, un'altra ondata di inquietudine mi travolse: e se ci fosse stato un problema grave con lui e l'ospedale?

«Amore, che succede?» Scesi dall'auto e mi avvicinai, cercando di sentire meglio.

Gli uomini, notando la mia presenza, conclusero rapidamente la conversazione.

«Buongiorno. Siamo della polizia e dobbiamo farvi alcune rapide domande» disse uno uomo di bassa statura e dal volto rotondo, mentre estraeva il tesserino dalla giacca.

«Sembra che sia successo qualcosa a qualcuno che conosco... Devo andare al commissariato per chiarire alcune cose» spiegò mio marito, calmo, come se non fosse niente di grave.

«Che cosa è successo? Perché proprio tu… perché?»

Vedendo il mio evidente turbamento, mio marito tentò di sorridere per tranquillizzarmi.

«Non preoccuparti, è richiesta solo la mia testimonianza. Dovrai guidare tu fino alla chiesa. Avevo pensato di andare a messa oggi per confessarmi, ma sembra che dovrò rimandare…»

Mio marito continuò a parlare con un tono quasi scherzoso e poi si voltò verso Seung-jae.

«Vai con Seung-jae. Ti chiamerò appena ho qualche notizia. Credo che al commissariato scoprirò qualcosa di più in merito alla questione.»

Prese il cellulare e il portafoglio e si avviò verso l'auto della polizia, una Hyundai Avante bianca, parcheggiata nei pressi della nostra casa, seguito dai poliziotti. Sebbene mio marito avesse minimizzato, la loro presenza suggeriva che potesse trattarsi di qualcosa di più serio.

Mi sistemai al posto di guida e accesi il motore. Mi voltai e vidi Seung-jae con un'espressione spaventata.

«Non è nulla di grave. Papà deve solo sistemare una questione riguardante un suo amico» cercai di rassicurarlo.

«Quale questione?» chiese Seung-jae, visibilmente preoccupato.

Non avevo risposte concrete da offrirgli. Anche io avrei dovuto attendere il ritorno di mio marito per comprendere meglio la situazione.

«Mamma, dobbiamo davvero andare in chiesa?» chiese Seung-jae, con un tono che tradiva la sua inquietudine.

«Non lo so…»

Il timore improvviso di dover conversare con le persone

dopo la messa mi stava bloccando. Sapevo che le discussioni sarebbero inevitabilmente ricadute su argomenti banali: la colazione, le polveri sottili, i figli. Pensare di partecipare a tali discorsi mentre mio marito era al commissariato mi sembrava insopportabile. Decisi quindi di tornare a casa. Le mie eleganti scarpe color menta, che fino a poco prima avevano aggiunto un tocco di gioia alla mia giornata, mi sembravano ora insignificanti. Il loro fascino si era rivelato effimero e superficiale.

Parcheggiai l'auto e, scendendo, notai con stupore della terra sul tappetino in gomma del conducente. Era strano che solo il tappetino fosse sporco, dato che la macchina era stata lavata internamente pochi giorni prima e il viaggio al vivaio era avvenuto la settimana precedente. Mentre stavo per spegnere il motore, controllai l'ultima destinazione del navigatore. La memoria era stata completamente cancellata.

Sebbene mio marito avesse negato tutto, i dubbi che non fosse stato a casa la notte precedente iniziarono a insinuarsi nella mia mente. Ma lui raramente si sbagliava nei suoi giudizi, mentre era frequente che io commettessi errori a causa delle mie supposizioni errate.

Non posso fidarmi di me stessa. Devo basarmi solo sui fatti oggettivi.

Accesi il computer portatile e cercai di esaminare i filmati delle telecamere di sorveglianza installate nel soggiorno e nel giardino. Tuttavia, non riuscii a trarre conclusioni. I video registrati fino a quella mattina erano stati cancellati. Non dovevo fidarmi di me stessa. L'unica persona con cui avrei potuto discutere e chiedere chiarimenti era mio marito. Ma potevo davvero fidarmi di lui?

Mi sentivo come se fossi bloccata da sola in una stanza buia, con la mente confusa e disorientata.

SANG-EUN

Dopo aver visto il corpo di mio marito, corsi verso la hall dell'ospedale. I movimenti frenetici degli sconosciuti in qualche modo mi calmavano. Il telefono vibrava incessantemente, ma non lo consideravo nemmeno. Attendevo semplicemente il momento in cui avrei potuto restare da sola.

«Cognata...»

Sentii la voce di mia cognata chiamarmi a bassa voce mentre tenevo gli occhi chiusi.

«Dobbiamo scendere. La polizia ci sta cercando e...»

I suoi occhi erano rossi e gonfi. Non riuscivo a capire se piangesse per la sorte di mio marito, per la mia o se stesse semplicemente reagendo con le lacrime a questa situazione angosciosa.

«Sì, dobbiamo scendere.»

Mia cognata mi prese di nuovo per il braccio, il peso del suo corpo sembrava drenare ulteriormente le mie forze. Girando l'angolo della hall, vidi il minimarket dell'ospedale. Alcuni pazienti in pigiama stavano mangiando del ramen istantaneo.

Era dal pomeriggio del giorno prima che non mangiavo. Mio marito pensava forse che le persone non sentissero la fame dopo un lutto? La mia frustrazione nei confronti di mia cognata crebbe improvvisamente. Sentii una rabbia improvvisa nei suoi confronti, perché sebbene cercasse di aiutare, non mi stava offrendo l'attenzione di cui avevo realmente bisogno.

«Vado a mangiare qualcosa. Non posso resistere senza mangiare, il bambino ne soffre.»

Quando mia cognata abbassò lo sguardo sul mio ventre, finalmente capì la situazione.

«Ti porto qualcosa. Cosa vuoi? Qualsiasi cosa.»

«Tranquilla, non serve...»

«Non so, vuoi che ti porti del riso o qualcos'altro da mangiare...»

«Per favore, basta. Faccio da me. Tu fai quello che devi fare.»

Lo stress accumulato esplose in una rabbia incontrollata. Mia cognata rimase ferma, smarrita, e mi guardò con un'espressione ferita e incredula, come se non potesse credere che il suo tentativo non fosse stato apprezzato.

Senza pensarci ulteriormente, entrai nel minimarket. Pagai il ramen e, subito dopo aver aggiunto l'acqua calda, iniziai a mangiare in modo vorace. Non importava cosa stessi mangiando, volevo solo farlo da sola. Mia cognata mi osservava da fuori. Consumai il pasto frettolosamente, con la consapevolezza che, secondo lei, il trauma per la morte di mio marito mi aveva fatto impazzire.

Quando tornai all'obitorio, mi accorsi che i parenti problematici di mio marito erano già arrivati. Era più corretto definirli "parenti problematici" piuttosto che "familiari". Mio marito era orfano. Aveva perso i genitori in un incidente stradale quando aveva sei anni, e l'unica famiglia che aveva era quella del suo zio maggiore, che lo considerava un peso e si era sempre occupato solo dei propri figli.

«Ipocrita!»

Il nipote più grande, ora ventiseienne, urlò appena mi vide. Indossava delle ciabatte di gomma e una tuta grigia, come se prima di venire fosse stato a casa a giocare con i videogame.

«Finalmente sei riuscita a divorare tuo marito!»

La zia iniziò a gridare. Accanto allo zio, c'era una poliziotta in uniforme. I parenti sembravano voler attirare la sua attenzione.

«Ma che stai dicendo? Cosa credi di fare? È questo il modo di parlare adesso?»

Mia cognata non si lasciò intimidire e rispose con la stessa forza.

«Guarda che devi stare attenta anche tu. Quella potrebbe uccidere anche te!»

Il nipote, che imitava l'atteggiamento dei genitori, mi chiamava ormai "quella" con disprezzo. Il sapore salato del brodo di ramen che avevo mangiato poco prima mi era rimasto in bocca. Mentre mi leccavo le labbra, osservavo il caos che mi circondava. La poliziotta sembrava abituata a simili scene e, con calma, mi porse il suo biglietto da visita. Sul cartoncino c'era scritto: SERGENTE KIM MI-SOOK, UFFICIO DI POLIZIA DI HWASEONG. Era alta e l'uniforme le stava bene.

«Nei prossimi giorni richiederemo l'autopsia per determinare la causa esatta della morte. Il funerale potrà essere organizzato solo dopo questa procedura. Cercheremo di completare tutto il più rapidamente possibile e di ridurre al minimo le vostre preoccupazioni. Se avete domande durante l'indagine, non esitate a contattarmi.»

Lo zio di mio marito si avvicinò alla poliziotta, la scrutò dall'alto in basso e le parlò.

«Non c'è un poliziotto uomo? Non è meglio avere una persona adatta per un'indagine del genere?»

«Non sono solo io a occuparmi dell'indagine» rispose la

poliziotta, visibilmente irritata. Sembrava volersene andare il prima possibile per evitare discussioni inutili.

«La prego di venire con me alla stazione per fornire alcune informazioni sul comportamento di suo marito.»

«Va bene.»

La poliziotta lanciò uno sguardo alla mia pancia, come se si rendesse conto solo allora della mia gravidanza.

«Sta bene? Se ha bisogno di qualcosa...»

«Sì, è un compito che devo affrontare.»

I parenti, vedendomi rispondere con lucidità, sembravano increduli. Lo zio di mio marito afferrò la mano della poliziotta con un gesto brusco.

«Agente... anche mia nuora, cioè Sang-eun, deve essere interrogata. È capace di qualsiasi cosa. Assicuratevi di indagare bene, per favore.»

«Tutti coloro che sono presenti saranno interrogati come testimoni, quindi avrete modo di esprimere le vostre preoccupazioni.»

La poliziotta ritirò rapidamente la mano, visibilmente imbarazzata. Lo zio di mio marito vacillò, come se stesse per crollare a terra. Il nipote si avvicinò a lui e lo sorresse, quasi a proteggerlo. Li osservai mentre si comportavano in quel modo, e solo quando indietreggiarono terrorizzati, mi resi conto della mia espressione.

Senza accorgermene, stavo sogghignando beffardamente.

Non sapevo quanto tempo fosse passato, ma mi trovavo in una stanza di due metri quadrati, con le pareti di cemento, seduta con due ispettori di fronte a me. Ero stanca e avevo una sete insaziabile.

«È stanca, vero? Le chiediamo solo di dirci la verità. Non ci vorrà molto.»

L'ispettore Yun Chang-geun, lo stesso che mi aveva informato della morte di mio marito, era una presenza rassicurante. Il suo viso duro mi dava un senso di sicurezza. Aveva l'aria di chi, nel suo mondo, comprendeva gli altri e prendeva decisioni con fermezza, costruendo solidamente le proprie convinzioni. Se fossi riuscita a essere credibile con lui, avrei potuto superare questa situazione senza ulteriori sospetti.

«A che ora è uscita di casa ieri con suo marito?»

«Verso le sette, credo. Mio marito doveva arrivare alle undici, così siamo usciti un po' prima. Gli ho chiesto di portarmi a casa di mia madre.»

«A che ora è arrivata a casa di sua madre?»

«Questo lo ricordo bene. Quando sono salita, stava iniziando il telegiornale delle nove di KBS.»

«Il telegiornale delle nove?»

«Sì, parlavano dell'alta affluenza alle elezioni generali.»

Stavo anticipando le domande dell'ispettore, fornendo subito il mio alibi.

«Perché è andata da sua madre quel giorno?»

«Avevo comprato dei prodotti per la sua salute. Inoltre, il lago dove doveva andare mio marito è vicino a casa sua. Volevo portarle il regalo e non amo stare a casa da sola senza mio marito. Ultimamente ho avuto dolori all'anca e volevo vedere mia madre. Il giorno dopo, mio marito mi avrebbe riportata a casa.»

«Va spesso a trovare sua madre?»

L'ispettore continuava a indagare sui miei spostamenti piuttosto che su quelli di mio marito.

«No, solo quel giorno, perché mio marito doveva andare al lago. Il lago è vicino a casa di mia madre.»

«È mai stata a quel lago con lui?»

«Sì, quando eravamo fidanzati. Non c'erano molti posti dove andare a fare una passeggiata, così ci andavamo per prendere un po' d'aria.»

«E dopo il matrimonio?»

«No, dopo il matrimonio non ci siamo mai andati. Viviamo a Incheon ora, non c'è motivo di andare fino a Hwaseong per passeggiare.»

L'ispettore sfogliò i documenti nel suo fascicolo. La mia sete diventava sempre più insopportabile.

«Potrei avere un po' d'acqua?»

L'ispettore mi fissò intensamente.

«Finiremo presto. Quando il medico legale ha esaminato il corpo di suo marito questa mattina, ha notato dei lividi sul lato destro delle costole e sulla schiena. Sa perché?»

«Lividi? No, non ne sapevo nulla.»

Non sapevo davvero di quei lividi. L'ispettore studiò attentamente la mia espressione.

«Com'è il rapporto con suo marito di solito?»

«Normale.»

«I lividi sembrano vecchi. È da molto che non avete rapporti?»

La domanda dell'ispettore mi infastidì. Sembrava mossa da una curiosità fuori luogo.

«Sono incinta. Siamo stati molto attenti e ultimamente abbiamo dormito in camere separate. Mio marito ha il sonno agitato e non voleva rischiare di colpirmi al ventre.»

Solo allora l'ispettore notò il mio stato e io mi lasciai andare, mostrando segni di stanchezza. Sembrava che nel corso dell'interrogatorio non vi fosse alcuna intenzione di darmi un momento di tregua, nemmeno per un bicchiere d'acqua. La sete mi tormentava, l'ansia cresceva, e volevo solo che finisse. Iniziai a rispondere a domande che l'ispettore non aveva ancora fatto. Desideravo uscire di lì il prima possibile.

«Suo marito desiderava avere figli?»

«Certo. Li voleva ardentemente.»

Quando le domande dell'ispettore iniziarono a toccare il rapporto con mio marito, la mia sicurezza vacillò.

«Ispettore...»

«Sì?»

«Il medico che mio marito doveva incontrare quella sera...»

L'ispettore mi guardò con un interesse rinnovato.

«Credo c'entrasse qualcosa il pagamento di tangenti. Mio marito non sapeva neppure pescare. Quella sera, l'incontro di pesca notturna era solo una scusa per un affare di lavoro.»

L'ispettore annuì come se già sapesse tutto.

«Ma lei non sa che il signor Kim Yun-beom... suo marito, è stato licenziato?»

Quella era una notizia completamente nuova per me. Fino al giorno prima, mio marito si era vestito di tutto punto per andare in ufficio.

«Licenziato? Mio marito?»

«Non ne era a conoscenza, vero? Credo sia successo circa un mese fa.»

Era chiaro che questo ispettore, che aveva visto mio marito solo da morto, sapeva molte più cose di quante io immaginassi. Rimasi a fissarlo, sentendomi sempre più confusa e sopraffatta. Mio marito mi aveva ingannata. Solo poche settimane prima, mi aveva dato i soldi per le spese di casa come se avesse ricevuto lo stipendio. In salotto c'erano ancora le scatole di medicinali che doveva restituire all'azienda.

«Suo marito trovava duro il suo lavoro?» chiese l'ispettore.

«Non saprei. Mi diceva spesso che era difficile avere a che fare con i medici. Nonostante non potesse bere a causa della sua costituzione, doveva partecipare a tutte le cene e prendersi cura dei medici ubriachi.»

«Anche ieri sembrava stanco?»

«No, in macchina parlava solo del bambino che sta per nascere e fantasticava sul tipo di persona che sperava diventasse.»

Una forte emicrania e un senso di vertigine mi colpirono all'improvviso. Emisi un debole gemito.

«Vuole fare una pausa?» chiese l'ispettore.

«Potremmo continuare più tardi? Non mi sento molto bene.»

L'ispettore mi osservava con attenzione, studiando ogni mia parola e gesto.

«Va bene, facciamo una pausa.»

L'ispettore Yun Chang-geun fece un cenno all'altro agente, che aprì la porta di quella soffocante stanza di cemento.

«Aspetti un attimo...» L'ispettore mi chiamò mentre mi alzavo dalla sedia. «Non vuole sapere come è morto suo marito?»

Per un attimo, le mie gambe quasi cedettero.

«Mi hanno detto che è finito con l'auto nel lago... ma che avrebbero scoperto i dettagli con le indagini.»

«Esatto. La terremo informata sull'andamento delle indagini.»

Gli occhi dell'ispettore mi seguirono mentre lasciavo la stanza. Capii che per lui ero ancora una possibile sospettata. Non era stato un semplice colloquio informativo, ma un vero e proprio interrogatorio. Il mondo non sta dalla parte dei deboli. Bisogna essere forti e determinati, altrimenti vieni sbranato.

Quando uscii dalla stazione di polizia, il sole era già tramontato. Salii su un taxi fermo davanti alla stazione.

«A Incheon, per favore. Quartiere di Sipjeong.»

«Incheon?»

Il viaggio mi sarebbe costato parecchio. Avevo detto alla polizia che sarei tornata dai miei, ma dovevo andare a casa mia, a Incheon. Non sapevo che mio marito era stato licenziato. Avevo preparato ogni cosa nella mia mente, e ora i suoi segreti stavano complicando tutto.

«Deve aver avuto una giornata terribile, signora. La porterò a casa sana e salva» disse il tassista, guardandomi con un sorriso gentile.

Non avevo fatto un pasto decente per tutto il giorno. La situazione si stava rivelando molto più complessa di quanto avessi previsto. Il pensiero dell'autopsia mi angosciava. Sebbene fosse una procedura normale, avevo firmato il consenso con crescente inquietudine. Mentre il taxi partiva, mi sentii sopraffatta dalla stanchezza. Se la strada non fosse stata trafficata, ci avremmo messo un'ora per arrivare a casa. Decisi di chiudere gli occhi per un po' e riposare. Avrei avuto tante cose da fare e a cui pensare una volta arrivata a casa.

Martedì 12 aprile

JU-RAN

Mio marito tornò a casa dopo essere stato interrogato dalla polizia per tutta la domenica, ma non mi disse nulla al riguardo. Si limitò a riferirmi che si trattava di una faccenda legata a una persona che conosceva, quindi niente di grave. Tuttavia, ero tormentata dal fatto che fosse stato al commissariato. E lui continuò a non offrirmi risposte precise.

10 aprile, due del mattino. Nel registro del mio cellulare c'era una chiamata fatta a mio marito. Se il suo telefono avesse squillato in casa, non avrei potuto non sentirlo. Non teneva mai il telefono in modalità silenziosa, anzi, selezionava sempre la suoneria più rumorosa e alzava il volume al massimo. Era una sua ossessione di natura professionale, poiché temeva sempre che potesse arrivare una chiamata urgente dall'ospedale o da un paziente. Anche quando andava a pescare e doveva togliere la suoneria, lo lasciava vicino alla canna da pesca, dove poteva facilmente vederne lo schermo.

Quella mattina non feci nemmeno i piatti della colazione, saltai il pranzo e mi stesi sul divano, cercando di mettere insieme tutti i pezzi di una storia che non mi tornava. Dove si trovava mio marito la notte del 9 aprile? Se era stato davvero a casa, come diceva, e tutto era solo frutto della mia immaginazione, allora come spiegare le immagini cancellate dalle telecamere e la cronologia del navigatore ripulita?

I miei pensieri si accumulavano, uno sopra l'altro, in una pila traballante. Fu in quel momento che il telefono squillò. Era la professoressa di Seung-jae: era la prima volta che mi contattava dopo che avevo partecipato alla riunione dei genitori a marzo.

«Signora, avrei bisogno di vederla per parlare di Seung-jae. Sarebbe possibile incontrarci oggi? È molto occupata?»

«Oggi?»

La sua voce era ferma ma trasmetteva una certa urgenza, come se la questione non potesse aspettare.

«Sì, sarebbe meglio incontrarci subito. Penso che Seung-jae dovrà uscire prima da scuola.»

«Perché? Sta male?»

Il mio cuore sprofondò. Un'ansia improvvisa mi assalì, come se fossi stata punita per il tempo speso a concentrarmi sui miei dubbi.

«Oh no, no. Se ha tempo, vorrei semplicemente parlarle di persona di una questione importante.»

Stranamente, la paura mi diede una spinta di energia, rendendo improvvisamente lucidi i miei pensieri, che fino a quel momento erano stati annebbiati. Appena riattaccai, mi alzai senza esitazione e indossai una gonna nera a pieghe e una camicetta a fiori. Legai i lunghi capelli in una coda stretta e mi avviai verso la scuola di Seung-jae, che distava una decina di minuti a piedi.

La sala insegnanti era quasi vuota, c'erano solo alcuni professori che non avevano lezione. Il posto della docente di Seungjae era vicino alla porta, accanto al distributore dell'acqua e alla fotocopiatrice. La scrivania era coperta di documenti e libri, aveva un aspetto disordinato. La donna era concentrata sul computer e, anche quando mi avvicinai, sembrò non accorgersi della mia presenza.

«Salve.»

Solo allora si fermò e alzò lo sguardo verso di me.

«Oh, salve. Allora è venuta...»

Aveva i capelli corti, indossava un paio di occhiali, una semplice felpa e dei jeans, era più simile a una studentessa universitaria che a un'insegnante. Avevo scoperto che quella giovane donna di ventisette anni si era laureata da poco. Durante la riunione con i genitori, altre madri si erano lamentate del fatto che fosse troppo giovane per insegnare matematica e per essere responsabile della classe. Ma, nonostante la sua età, sembrava piena di entusiasmo.

«Ah ecco... da dove cominciare... Mi dia solo un momento.»

Si alzò con un movimento sgraziato, quasi riflettendo il caos presente sulla sua scrivania, e si trascinò con le sue pantofole verso una piccola porta a lato della sala insegnanti. Sulla porta era affisso un cartello con la scritta SALA CONSULENZE.

«Può attendere qui per un momento?»

La stanza indicata dall'insegnante era un piccolo spazio in cui a malapena stava un tavolo. In un angolo erano ammucchiati diversi libri di testo per bambini; nonostante fosse stata designata come sala per le consulenze, sembrava più che altro un ripostiglio. Poco dopo, l'insegnante rientrò portando due bevande energetiche.

«Prenda questa, signora. A scuola non abbiamo molto altro.»

«Grazie. Ma perché Seung-jae deve andare via prima?»

Andai dritta al punto. L'insegnante si sedette e prese un lungo respiro, sembrava più nervosa di me.

«Ecco... Signora, com'è Seung-jae a casa? Le parla spesso di quello che succede a scuola, di eventuali problemi?»

«Non molto, ma qualche volta sì, mi racconta delle cose.»

In realtà, erano mesi che non avevamo una vera conversazione. Ma non volevo ammetterlo: confessare una distanza emotiva tra me e mio figlio, pur non essendo una donna che lavorava, mi faceva sentire come una madre incapace. Quand'era alle elementari, mi seguiva sempre ovunque, chiacchierando senza sosta. Da quando era alle medie, però, era diventato molto più taciturno, e di recente si limitava a dire lo stretto necessario. Avevo spesso sentito ripetere che il secondo anno delle medie fosse un periodo critico per i ragazzi. E come molti altri, anche Seung-jae, una volta arrivato in seconda, aveva cominciato a mostrare segni di ribellione. Io, però, pensavo che stesse attraversando una normale fase adolescenziale e che, prima o poi, sarebbe tornato a essere il mio dolce bambino.

«Perché? C'è stato qualche problema a scuola?»

«Seung-jae... parla poco. Devo insistere più volte per fargli dire qualcosa. Però è davvero intelligente. Come saprà, eccelle soprattutto in matematica. È tra i migliori, tanto da poter rappresentare la scuola nei tornei interscolastici.»

Fin da piccolo, senza nessun tipo di istruzione, Seung-jae aveva mostrato un grande interesse per i numeri.

«Inoltre, è alto e bello, probabilmente ha preso da lei, quindi è molto popolare tra le ragazze. Sa com'è, a quest'età si è sempre attratte dal ragazzo bello e taciturno.»

«Sì, ma... per quale motivo mi ha chiamata oggi?»

Le parole dell'insegnante sembravano i classici elogi che precedevano un argomento spinoso, e il suo prendere tempo non mi piacque affatto.

«Seung-jae... C'è un problema con lui...»

La parola "problema" mi mise in allarme.

«Un problema?»

«Sì. Seung-jae... a una ragazza della mia classe...» L'insegnante parve riflettere su come esprimersi. «Le ha mostrato i suoi genitali.»

«Come scusi?» Non riuscii a comprendere le sue parole.

«A una compagna di classe... oggi... La ragazza è tornata a casa piangendo. Sua madre ha espresso il suo disappunto con un certo fervore, quindi io e il responsabile della componente studentesca abbiamo ammonito Seung-jae, ma... ho ritenuto che anche lei dovesse saperlo. Lo dovrete tenere d'occhio anche a casa.»

Trovai le parole dell'insegnante assurde e, allo stesso tempo, venni assalita dalla vergogna.

«È la prima volta che accade. È un'età in cui i ragazzi sono estremamente curiosi, e vorremmo considerarlo uno scherzo, ma sa quanto la società sia diventata sensibile a questi problemi. Se il fatto dovesse ripetersi, non potremmo lasciar correre.»

La giovane insegnante, che fino a quel momento mi era apparsa come una sorella minore, parlava con tono deciso, facendomi sentire come se mi stesse rimproverando. Sembrava volesse dire che, se un episodio simile fosse accaduto di nuovo, la responsabilità sarebbe stata mia.

«E poi, Seung-jae...»

Seduta nella sala delle consulenze, come una studentessa

che veniva rimproverata, non riuscivo a sollevare lo sguardo.

«Seung-jae... mentre parlava con noi ha detto di voler morire.»

«Cosa?»

«Penso che sia stato un tentativo di minimizzare il suo errore, ma considerando che è un adolescente e, dato che suo padre è un medico... sarebbe meglio se consultasse un centro specializzato.»

Il fatto che Seung-jae avesse detto quelle parole mi aveva colpita profondamente, come se tutte le mie disgrazie fossero state esposte. I consigli preoccupati dell'insegnante mi lasciarono completamente sconvolta e allibita. La donna mi guidò verso l'infermeria dove si trovava Seung-jae e, senza lasciare che i nostri sguardi si incrociassero, io e mio figlio lasciammo la scuola. Mentre lui mi seguiva passo dopo passo, non potevo fare a meno di sentirmi intimamente tradita. Tutto il tempo trascorso a crescerlo sembrava frantumarsi e pugnalarmi.

«È una menzogna.» Seung-jae, che si era tenuto a distanza, in quel momento mi raggiunse e iniziò a parlare.

«Una menzogna?»

«Quella ragazza diceva che le piacevo e mi seguiva ovunque.»

«E quindi?»

Il mio ragazzo mi lanciò uno sguardo ferito, come se non comprendesse perché non accettassi la sua spiegazione.

«È tutto falso!»

«Allora avresti dovuto dire la verità. Ora sei tu quello che ha commesso il danno. Sei davvero certo di non aver fatto nulla di sbagliato?»

«Sì.»

«Ne sei sicuro?»

«Ne sono sicuro.»

«E con me? Non hai fatto nulla di male nei miei confronti?»

Di fronte alla mia domanda, il ragazzo si limitò a guardarmi senza rispondere. I suoi occhi si inumidirono. Non riuscivo a capire se stesse piangendo per ingiustizia o per rimorso. Quello che provava era incomprensibile per me, ma mi sentii sopraffatta e, incapace di trattenermi, lo abbracciai e piansi insieme a lui. Non ero commossa per la sua tristezza o per il mio senso di colpa. Da quando avevo sentito che Seung-jae aveva espresso il desiderio di morire, stavo solo aspettando il momento per piangere. Proprio come con il cane di Pavlov, la parola "morte" mi aveva sempre fatto piangere in automatico.

Nell'aprile del 2000, quando avevo ventitré anni, la mia amata sorella ci aveva lasciato improvvisamente. Ed ero io la persona che l'aveva condotta alla morte. Le avevo chiesto di accudire il mio gatto per due notti e tre giorni, mentre io e mio marito partivamo per un viaggio a Hong Kong. Lei aveva accettato volentieri. Era così stanca di occuparsi di nostra madre, che reagiva in modo eccessivamente emotivo per un nonnulla: quell'occasione sarebbe stato un modo per avere uno spazio tutto per sé, anche se solo per breve tempo.

All'epoca ero una comune studentessa universitaria che si stava specializzando in lingua inglese. Mia sorella, che era di quattro anni più grande di me, lavorava per un'azienda che produceva articoli sportivi, come tappetini da yoga e palle da ginnastica. Il suo stipendio mensile era di un milione e cinquecentomila won, e un terzo lo destinava a me. Non so cosa mi fosse preso, ma desideravo uno spazio tutto mio e, senza esitazione, accettai il suo denaro e affittai un piccolo appartamento per quattrocentomila won al mese.

L'appartamento si trovava in un edificio di nuova costruzione vicino all'università, e disponeva di tutte le comodità. Sebbene l'affitto fosse elevato, ottenni un prezzo relativamente basso perché si trovava al pianoterra. C'erano delle inferriate alle finestre, e ora mi chiedo se siano state queste a impedire a mia sorella di scappare.

Avevo appena preso il mio primo cellulare e lo portavo sempre con me, ma quella volta, non avendo attivato il roaming dati per il viaggio, lo tenni semplicemente spento nella borsa. Al rientro in aeroporto, accesi il telefono e trovai molte chiamate e messaggi di mia madre che non riusciva a mettersi in contatto con mia sorella. Non ci feci molto caso e, dopo aver mangiato un hamburger con mio marito, tornai a casa, eccitata all'idea di mostrarle la trousse che le avevo preso come regalo. Era un set di cosmetici con una grande varietà di colori e prodotti, da ombretti a rossetti, che avrebbe sicuramente apprezzato, visto che per risparmiare non ne comprava mai.

Appena aprii la porta dell'appartamento, realizzai con dolore che non avrei mai potuto darle il mio regalo. Mia sorella giaceva morta, stesa sul pavimento con gli occhi spalancati.

L'investigatore che si occupava del caso disse che era stata stuprata e poi strangolata. Non ci fu modo di catturare il colpevole. C'erano alte probabilità che il criminale, per commettere quell'atrocità, l'avesse seguita dopo averla vista per strada. Dissero che non si trattava di qualcuno che lei conosceva. L'anello d'oro che indossava e la collana di platino erano spariti. L'anello era di famiglia, mentre il collier di Agatha con il ciondolo a forma di cagnolino era l'unico lusso che mia sorella si era concessa, lo aveva acquistato con i suoi risparmi.

Tutto ciò ovviamente non fu sufficiente per acquietare la mia famiglia. Il colpevole non venne mai catturato e colui che poi divenne mio marito prese in mano la situazione e gestì i rapporti con la polizia. La sua dedizione e l'approccio proattivo al caso erano stati estremamente rassicuranti. Dopo quell'episodio, decisi di sposarlo immediatamente, convinta che solo così mi sarei potuta liberare dalla morte di mia sorella. Successivamente, pensai anche che generare e accudire un figlio mi avrebbe aiutata a superare il lutto. Ma ancora oggi sono incapace di sopportare il peso della sua perdita e continuo a piangere per lei. Sono costantemente tormentata dal rimpianto... Se non fossi partita per il mio viaggio, lei non sarebbe morta. I rimorsi non mi danno tregua.

Mi inginocchiai davanti alla statua di Maria.

«O Dio, che ti rallegri per la salvezza degli uomini, ti prego per la misericordia di mia sorella che ha camminato con me, servendo Te e amando il prossimo. Ascolta le mie preghiere e concedile la felicità eterna nel Tuo regno.»

Più tardi, quella sera, sentii rientrare mio marito. Teneva in mano i volantini elettorali trovati nella cassetta della posta e stava controllando i luoghi delle elezioni parlamentari dell'indomani. I suoi comportamenti così ordinari mi infastidivano.

«Domani mattina andiamo a votare. Dobbiamo far vincere l'opposizione.»

Mio marito non era un loro sostenitore. Anni fa aveva votato per il partito attualmente al governo, ma ultimamente, deluso dalle azioni di quest'ultimo, aveva dichiarato il suo sostegno all'opposizione. Era solito considerarsi un moderato ragionevole.

«Cara, vota anche tu per il numero 2. Okay?»

Quando non risposi, si accorse finalmente dell'atmosfera insolita e mi guardò. Sembrava aver notato la candela accesa davanti alla statua di Maria nel soggiorno.

«Stai... piangendo?»

Si avvicinò a me, che ero rannicchiata in un angolo, e cercò di sollevarmi il viso. Non stavo più piangendo. Le lacrime si erano seccate e i miei occhi bruciavano.

«Perché? Perché? Cosa succede?»

«Niente, stavo solo pregando per mia sorella.»

«Ah, certo, immaginavo.»

La sua risposta, piena di rassegnazione, mi infastidì. «Immaginavo? Non parlare così!»

«Mi dispiace, scusa. Be', la settimana prossima...» Guardò il calendario. «Il prossimo fine settimana andiamo con Seungjae e tua madre a trovare tua sorella.»

«Non mentirmi.»

«Mh?» mugugnò sconcertato.

«Domenica quando sei andato in commissariato... era per il caso di mia sorella, vero? Ora conservano il DNA degli stupratori, quindi anche i colpevoli di reati passati possono essere identificati.»

«Ma che cosa stai dicendo? Niente affatto.»

«E allora perché non me ne parli? Perché non mi dici cosa è successo in commissariato? Perché non mi dici come mai la registrazione delle videocamere di sicurezza del 9 aprile è stata cancellata?»

In quel momento un sorriso crudele attraversò il volto di

mio marito, poi aggrottò la fronte, lasciando spazio a un'espressione piena di compassione, quella che odiavo di più.

«Perché non era qualcosa che avevi bisogno di sapere. Non era necessario parlarne.»

Lo guardai con diffidenza e continuò.

«Un dipendente dell'azienda farmaceutica con cui lavoravamo in clinica è morto. Sembra si sia suicidato... Mi hanno interrogato per questo.»

«E perché proprio te?»

«Avevamo programmato di andare a pescare insieme sabato. Ma, come sai, ho annullato l'incontro e sono rimasto tutto il giorno a casa.»

«Quindi la persona con cui dovevi andare a pesca è morta?»

«Sì. Era l'uomo che ti ha sorpreso presentandosi a casa all'improvviso quel giorno...»

«L'uomo che ti ha dato il borsone da pesca? Si tratta di lui?»

Mio marito annuì.

«Parlarti della morte di una persona che conosco... Non volevo toccare un argomento così deprimente.»

«Dovevi semplicemente dirmelo. Perché nasconderlo? Che importanza ha per me la morte di quell'uomo?»

Mio marito scrutò il mio volto. «Ritengo che non sia mai sbagliato agire con cautela. E poi, con tutti i rumori strani e gli odori sgradevoli che abbiamo avuto in casa, come avrei potuto parlarti di questo?»

«E come è morto quell'uomo? Se è stato un suicidio... Si è impiccato?»

«No, è annegato dopo essere finito nel lago con la macchina. Quando è stato trovato, la marcia era in posizione *drive*.»

«Non ci posso credere... È terribile.»

«È un peccato. Aveva solo trent'anni.»

«Amore... ma... Non sono così sconvolta dalla morte di una persona che non conosco.»

«Lo so, lo so. Ma non fa mai male essere cauti, vero?»

«... Che dici, ceniamo?»

«Sì, lasciami solo controllare questi un momento...»

Mio marito tornò a concentrarsi sui volantini elettorali. Io andai in camera da letto, presi il portafoglio dalla borsa e cercai il biglietto da visita di quell'uomo. Kim Yun-beom. Quello era il suo nome.

E quella notte avevo sognato di avere un incontro intimo con quel tipo, che ora era morto. Lo stesso giorno in cui mio marito doveva andare a pesca con lui. Anche se affermava di aver dormito accanto a me, io avevo una sensazione diversa. Mi sembrava che fosse tornato a casa solo all'alba del giorno dopo.

SANG-EUN

Consultai gli appunti nel taccuino. Era un'abitudine che accumunava me e mio marito. Lui era il tipo di persona che si sentiva tranquillo solo pianificando e annotando tutto. Nella sua agenda, le attività erano suddivise in intervalli di trenta minuti, a volte addirittura di dieci. Anch'io, più che fidarmi della memoria, mi basavo sugli appunti ed ero solita organizzare dettagliatamente le giornate. Mentre mio marito pianificava per il futuro, io lo facevo per affrontare il presente. Era doloroso vivere in un tempo impercettibile. Nonostante le azioni fossero simili, le nostre intenzioni erano ben distanti. Forse per questo motivo, criticavamo e disprezzavamo a vicenda il nostro modo di programmare ed eseguire le cose.

Martedì 12 aprile, ore 20.00, Caffè 185, stazione di Bupyeong, Song Jeong-su

Essendo uscita mezz'ora prima da casa, avevo dieci minuti di anticipo rispetto all'orario dell'appuntamento. Vagabondai senza meta nei dintorni della stazione di Bupyeong, per arrivare puntuale alle venti. Il Caffè 185 si trovava al pianoterra di un edificio da cui sporgevano le grandi insegne di un'agenzia matrimoniale e di un salone di bellezza. Entrando nella caffetteria un minuto prima delle otto, vidi un uomo dall'aspetto familiare chinato su dei documenti.

«Ah! Eccoti. Mi dispiace davvero che tu sia dovuta venire fin qui, sarei dovuto venire io da te. Perdonami.»

Era un compagno di università di mio marito. Entrambi avevano studiato ingegneria elettronica in un istituto universitario di formazione al lavoro, ma mentre mio marito era diventato un rappresentante farmaceutico, quest'uomo, Song Jeong-su, era diventato consulente assicurativo.

«Sei molto provata, vero? Be'... come sta andando la questione di Yun-beom? Ah... è davvero un mondo complicato e pieno di tristezza.»

«E tu, Jeong-su, come stai? Non ho avuto il tempo di darti subito la notizia. Non abbiamo ancora nemmeno celebrato il funerale.»

«Oh, non preoccuparti. Ma, allora, quando si terrà?»

«Credo che dovremo aspettare che l'autopsia venga completata.»

«Tienimi aggiornato. Sono il riferimento per tutti i compagni di università. Se hai bisogno di aiuto da parte nostra, chiamami.»

Nella caffetteria c'erano molti posti vuoti, ma l'uomo si era seduto proprio di fronte al bancone. Il rumore della macinazione e dell'erogazione del caffè che proveniva da lì accanto era fastidioso.

«Quindi... allora... Ah... Ah...»

L'uomo guardò il soffitto con un'espressione dispiaciuta. Gli concessi il tempo necessario per riprendersi. Il suo volto addolorato era il frutto di una pessima recitazione.

«Lavorando in questo settore, mi rendo sempre più conto che non si può prevedere il futuro, che non si sa mai davvero cosa accadrà domani... Ma io continuo a stipulare contratti con i clienti e non avrei mai pensato che Yun-beom sarebbe finito così. Mi disse che voleva acquistare un'assicurazione per supportarmi... Era una cosa di poco conto e l'abbiamo redatta senza preoccuparci troppo.»

Annuii alle sue parole.

«Non possiamo mai sapere cosa ci riserva il futuro. Proprio lì, dove sei seduta ora... Yun-beom ha firmato questo documento, solo quattro mesi fa. E ora eccomi qui, allo stesso tavolo, a parlarti di tale questione.»

Venni assalita da un senso di disagio e alzai lo sguardo verso Jeong-su, che mi scrutava con occhi ricolmi di tristezza. Mi aveva fatta sedere lì di proposito. Avevo la sensazione di essere stata usata solo per alimentare il suo racconto, lui che faceva firmare al suo vecchio compagno di università una polizza assicurativa e poi ne discuteva con la moglie.

«Non sapevo che mio marito avesse stipulato una polizza. L'ho scoperto per puro caso quando ho dato un'occhiata alla sua agenda, sperando ci fosse qualche indizio utile alle indagini della polizia. Vorrei solo venire a capo della questione.»

Si trattava, ovviamente, di una bugia. Quando mio marito aveva scoperto della gravidanza, si era crogiolato in uno smisurato senso di responsabilità e aveva sottoscritto la polizza per dimostrare la sua dedizione. L'assicurazione era il suo modo per celebrare il bambino che portavo in grembo.

«Ah, sì... Questa è una polizza a scopo protettivo. Non c'è alcun rimborso alla scadenza. Pagando solo ventimila won al mese è possibile coprire ogni tipo di infortunio o malattia. Ma immagino che questi dettagli non ti interessino... no, ovviamente no. Vado dritto al punto e mi limito solo a quello che ti serve sapere. In caso di morte della persona assicurata, in questo caso Yun-beom, i figli beneficiano del premio assicurativo. Il bambino che hai in grembo rientra dunque fra i discendenti diretti.»

Ascoltai in silenzio le parole dell'uomo, fingendo di non sapere. Lui osservò attentamente la mia espressione.

«La somma assicurativa per i beneficiari diretti in caso di decesso del contraente ammonta a duecento milioni di won.»

Ci sono molte tipologie di assicurazioni e l'importo può variare enormemente. Mio marito aveva sottoscritto una polizza con una copertura di duecento milioni di won. Questo significa che aveva dato alla sua vita quel valore.

Un gruppo di donne entrò nel bar. Si fermarono accanto al nostro tavolo e iniziarono a esaminare il menu, consigliandosi a vicenda e chiacchierando distrattamente. Il rumore delle loro risate e della macchina del caffè si mescolavano, ma la cifra di duecento milioni rimase impressa nella mia mente.

«Tuttavia, la polizza non copre i suicidi.»

«Cosa?»

«Se l'indagine della polizia concludesse che si è trattato di suicidio, l'assicurazione non verrà erogata. Come saprai, sei tenuta a presentare alla compagnia anche il certificato sulla causa della morte rilasciato dalla polizia, e i suicidi non sono coperti. Qui…»

Sul documento che mi mostrò era scritto, in caratteri minuscoli, che i suicidi avvenuti entro due anni dalla stipula della polizza non erano soggetti a copertura.

Era una clausola che non avevo visto né verificato.

«Però, in caso di morte accidentale o per evento catastrofico è prevista la liquidazione della somma.»

Ciò voleva dire che per ottenere i soldi dovevo dimostrare che la morte di mio marito era stata un incidente. Doveva risultare che era morto per un errore con il cambio dell'auto, che lo aveva fatto finire nel laghetto. Chissà se una simile distrazione poteva essere considerata un incidente. Mi tormentavo con queste domande. Poi, mi tornò in mente che mio marito era stato licenziato un mese prima. E sembrava che per la polizia questo potesse essere un movente di suicidio. Molte persone, dopo aver perso il lavoro, sceglievano di porre fine alle loro vite. Le conseguenze delle informazioni che mio marito non mi aveva rivelato erano devastanti. Se avessi saputo del suo licenziamento, avrei potuto prepararmi meglio.

Fino a poco fa, credevo che non avrei perso nulla anche se la morte di mio marito fosse stata considerata un suicidio. Ma ora, se così fosse stato, avrei perso duecento milioni. Con quella somma, io e il bambino avremmo potuto sostenerci per un po', anche se non saremmo diventati ricchi.

Mi ritrovai a rivedere i calcoli e a verificare i fatti, con la mente in subbuglio. La morte di mio marito doveva essere considerata un incidente o un omicidio da parte del medico con cui aveva appuntamento quel giorno. Dovevo trovare il modo di aiutare la polizia a risolvere questo enigma.

«Be', in ogni caso, se posso fare qualcosa, sarò felice di farlo... Non esitare a contattarmi... Oh, poi...»

Le parole dell'uomo sembrarono dissolversi nell'aria, prima ancora di raggiungere le mie orecchie. La gonna di una donna che chiacchierava vicino al nostro tavolo mi sfiorò leggermente la mano. Era una sensazione piacevolmente morbida, ma al contempo anche amara. Anche se eravamo nello stesso spazio, io e quelle donne sembravamo appartenere a mondi differenti. Quanto tempo era passato dall'ultima volta che avevo sorriso senza preoccupazioni? Cercai di ricordare, ma non riuscivo a farlo. Solo negli ultimi tempi avevo provato nuovamente un po' di "speranza".

Quando avevo visto per la prima volta i documenti sul tavolo, avevo provato un misto di paura ed eccitazione. Quella documentazione avrebbe potuto aprirmi le porte di una nuova vita. Tuttavia, quella speranza poteva essere di nuovo annientata. Vivere in questo mondo non era affatto facile.

Sulla strada del ritorno verso casa, continuai a fare calcoli nella mia mente. Due anni prima, mio marito e io avevamo preso un prestito di cinquanta milioni di won per trasferirci nel nuovo appartamento, ottanta metri quadri invece dei precedenti trentatré. Ma, a ridosso della scadenza del contratto di affitto, il proprietario aveva imposto un aumento di cinquanta milioni, seguendo l'andamento del mercato. La morte di mio marito rappresentava un grande danno economico. Tuttavia, considerando i duecento milioni di won dell'assicurazione... e il fatto di essere finalmente libera, la sua morte sarebbe risultata vantaggiosa sotto ogni punto di vista.

Dopo il parto, avrei potuto richiedere un appartamento in affitto o trasferirmi di nuovo in un piccolo monolocale. Il problema principale era che, subito prima e dopo la nascita, la mia situazione economica sarebbe tornata a zero. Crescere un bambino richiedeva più denaro di quanto avessi immaginato.

«Lei è la signora dell'appartamento 802 del blocco 106, giusto?»

Un guardiano, uscito frettolosamente dalla portineria, mi salutò.

«Salve.»

«Ah, non so proprio cosa dire... Mi dispiace tanto. Si faccia coraggio.»

Quelle comuni parole di conforto e incoraggiamento mi travolsero provocandomi una sensazione di stanchezza improvvisa.

«La ringrazio.»

La mia risposta, dettata dalla formalità, stava per farmi scoppiare a ridere. Grazie per cosa, esattamente?

«Vede, i poliziotti sono venuti oggi pomeriggio... ma non ero di turno; quindi non ho potuto avvisarla.»

L'idea che i poliziotti fossero stati nell'appartamento mi allertò immediatamente.

«Venga dentro, per favore.»

Il guardiano, con i capelli bianchi e un tono che faceva presagire che stava per dirmi qualcosa di importante, mi fece strada.

Quando entrai nella portineria, il monitor mostrava le

immagini delle telecamere di sorveglianza del parcheggio. La macchina nera visibile nel video era familiare: era il SUV Sportage di mio marito. Mentre il veicolo entrava lentamente nel complesso, due motociclette salirono sul marciapiede accanto al cancello.

«Guardi qui» disse l'uomo.

Le motociclette si fermarono accanto al veicolo di mio marito, che stava cercando di parcheggiare nel garage sotterraneo. Due uomini con casco, armati di lunghi bastoni di legno, giravano intorno alla sua macchina. Lui rimase dentro. Il confronto tra gli uomini e mio marito, immobile all'interno del veicolo, era durato un po'. Poi, a un certo punto, la portiera si era aperta e mio marito era uscito dalla macchina. Sembrava che stesse parlando con gli uomini con il casco e, subito dopo, questi iniziarono a colpirlo con i bastoni. Una volta a terra lo pestarono senza pietà. Quando il guardiano era sceso verso il parcheggio con il telefono, i due uomini erano fuggiti in moto.

«Quando sono sceso per controllare, ho minacciato di chiamare la polizia e loro sono scappati. Sembravano giovani, al massimo ventenni... erano chiaramente dei ragazzi.»

«Quando è successo tutto questo?»

Il guardiano guardò lo schermo. «Il 3 aprile, tra le 22.45 e le 22.57.»

Pensai al 3 aprile. Era una domenica. Non avevo notato nulla di strano nel comportamento di mio marito quando era tornato a casa. Né il giorno dopo, né in seguito, avevo visto segni di violenza su di lui.

«Ma la cosa strana è che, quando stavo per chiamare la polizia, lui mi ha assicurato che era tutto okay. A me, però, sembrava che ci fosse qualcosa di strano e pericoloso, quindi ho cominciato a porre maggiore attenzione ogni volta che l'auto entrava o usciva. E, come sospettavo…»

«Per favore, salvi il video e non lo cancelli.»

«Certamente, lo farò!»

Scattai una foto allo schermo con il mio telefono, riprendendo bene gli uomini in moto.

Accesi la luce del soggiorno ed entrai in casa. Ero di nuovo sola. Trovai conforto nel fatto che, in questo spazio, sia ora che in futuro, sarei rimasta soltanto io. Per alcuni, la solitudine poteva essere motivo di grande paura, ma io avevo sopportato tutti quei momenti difficili proprio per rimanere da sola.

Aprii la cerniera della mia borsa e tirai fuori una pochette, dalla quale estrassi un cellulare rosa. Era un Samsung Galaxy, un modello un po' datato. Lo schermo del telefono era rotto a metà e la custodia, in silicone trasparente, era decorata con piccoli adesivi ormai rovinati, applicati in modo disordinato. Conoscevo quel tipo di persone che, decorando i propri oggetti con gli adesivi, cercavano di lasciare costantemente una traccia di sé stesse. Si trattava di adolescenti che, temendo di scomparire come polvere, bramavano essere riconosciuti da chiunque.

La proprietaria del cellulare avrà massimo vent'anni?

Pensai alle parole del guardiano riguardo alla possibilità che coloro che avevano inseguito mio marito fossero degli adolescenti. Forse questo telefono e quei ragazzi in moto erano collegati.

Quando ero scesa nel parcheggio con la scatola di funghi chaga per andare a casa dei miei genitori, mio marito stava ispezionando il SUV e tutte le portiere erano aperte. Era talmente concentrato da non accorgersi che lo stavo fissando. Aveva controllato gli spazi tra i sedili, sollevato i tappettini e, infine, aperto il vano portaoggetti del sedile anteriore per metterci dentro qualcosa. Per un momento, avevo pensato che stesse cambiando il filtro del condizionatore, ma a guardare bene non sembrava. Quando, dopo aver chiuso il vano, mi aveva trovato in piedi dietro di lui, aveva sussultato.

Quel giorno, a differenza del solito, mio marito aveva commesso un errore dietro l'altro. Dopo aver viaggiato a lungo con lo specchietto laterale chiuso, non era riuscito a cambiare corsia in tempo e, invece di immettersi nel sottopassaggio, aveva finito per prendere la sopraelevata, allungando notevolmente il percorso. Avevo finto di non notare i suoi errori e lui si era infuriato per il mio silenzio.

«Sei strana oggi. Pensi di ingannarmi fingendo tutta questa calma? So bene cosa succede quando senti odore di soldi.»

«Odore di soldi?» Avevo annusato l'interno della macchina. «Non sento altro che l'odore del deodorante.»

Il freddo era pungente e avevo toccato il pulsante di accensione del riscaldamento.

«Ehi! Cosa stai facendo?!? Togli le mani di lì, cazzo!» Mio marito aveva gridato furiosamente.

Avevo pensato che la sua reazione fosse dovuta al fatto che avevo notato qualcosa nel condizionatore. Senza replicare, avevo ritirato la mano e mi ero messa a osservarlo. Lui si era voltato verso di me con un'espressione di disprezzo e mi aveva deriso.

«Devi comportarti bene con me, capisci? Hai idea di quanto mi umili fuori casa? Mi hai mai dato ragione almeno una volta a casa? Mentre vivi con i soldi che porto io... Allora? Vuoi divorziare?»

Aveva tirato fuori, senza contesto, un episodio che l'aveva fatto infuriare mesi prima. Si comportava sempre così quando voleva provocarmi e mandare in frantumi le mie emozioni. Trasformava piccole discussioni in litigi più grandi, per poi vincerli e sfogare lo stress accumulato. Sapevo bene cosa volesse da me: che fossi la perdente della famiglia. Per lui dovevo essere la parte debole, la sconfitta.

«Perché tiri fuori una storia di mesi fa? Ti ho già detto che ho rinunciato al divorzio.»

«Rinunciato? Eh, che cazzo. Non ricordi che volevi divorziare senza dirmi nemmeno che eri incinta? Non lo dimenticherò mai.»

Mio marito brandiva le sue ferite come fossero un'arma, esercitando violenza. Perché sono orfano… Perché lavoro sodo… Devi accettarlo e cedere…

«Hai ragione, non sono una buona moglie per te. Ma posso prometterti una cosa: crescerò bene il nostro bambino.»

Ero stata sincera, era un sentimento che volevo trasmettergli quel giorno, a tutti i costi. Ma mio marito si era limitato a sorridere in modo incomprensibile.

«Non ricordi quanto eri eccitata e ansimante quel giorno, e quanto hai urlato e pianto alla fine? Hai mai subito danni dando retta alle mie parole? Ora che sei incinta, ti è anche venuto l'istinto materno.»

Le parole di mio marito mi avevano causato un tremore e un'ira incontrollabili. Quel giorno, in cui urlai e piansi, era il giorno in cui mi aveva stuprata perché volevo il divorzio. Quel giorno rimasi incinta e, alla fine, il divorzio fu annullato. Gli altri avevano considerato immatura la mia decisione di avere un rapporto con mio marito e restare incinta mentre preparavo il divorzio. Anche se avessi raccontato che era stato uno stupro, nessuno mi avrebbe creduto. La responsabilità di mio marito verso di me e il bambino aveva catturato l'attenzione delle persone.

Per mascherare la mia rabbia avevo rivolto lo sguardo verso il finestrino. L'auto si stava immettendo nell'autostrada di Yeongdong. Mentre contemplavo il mio volto riflesso nel vetro, avevo solo un pensiero per la testa: dopo aver parcheggiato a casa di mia madre, avrei dovuto fargli bere un succo pieno di sonniferi. Avrei dovuto agire con precisione per evitare che il piano fallisse. Ma, fino a quel momento, dovevo continuare a comportarmi come la moglie sottomessa che lui desiderava.

Contrariamente alle mie preoccupazioni, mio marito aveva bevuto avidamente il succo, attratto dalla promessa dei suoi benefici per la salute. Lo avevo lasciato nel parcheggio con la scusa di dover parlare con mia madre e, dopo dieci minuti, aveva cominciato a mostrare segni di sonnolenza.

Quando aveva perso conoscenza cadendo in un sonno profondo, ero stata assalita da una inutile curiosità. Cosa aveva cercato di nascondere? Avevo aperto il vano portaoggetti con una moneta e controllato l'interno del filtro dell'aria. Avevo il sospetto che ci fosse una ragione se mio marito aveva reagito in quel modo riguardo al riscaldamento. Forse nascondeva dei soldi lì, visto che aveva accennato al loro "odore". Mi ero addirittura chiesta se quella della pesca notturna non fosse semplicemente una scusa per estorcere dei soldi al dottore.

Avrei dovuto far affondare l'auto, quindi se mio marito avesse nascosto dei soldi avrei dovuto estrarli prima. Ma non avevo trovato nulla di quello che speravo. Solo un telefono rosa non funzionante e con la batteria scarica. Essendo rosa, probabilmente era di una donna. Mi tradiva? Non che avessi qualche interesse nei confronti delle sue relazioni extraconiugali. Senza pensarci ulteriormente, avevo messo il telefono rosa nella mia borsa ed ero andata avanti con i miei piani. Poi me ne ero dimenticata per un po'.

Trovai il caricabatterie accanto al letto e collegai il telefono rosa. Fino al giorno prima non avevo avuto il tempo di esaminarlo. E ora avevo finalmente l'opportunità di scoprire a chi appartenesse e perché mio marito quel giorno avesse cercato disperatamente di nasconderlo.

Il telefono si accese con una melodia allegra, e subito dopo si connesse alla rete Wi-Fi, facendo comparire decine di messaggi di testo, notifiche di KakaoTalk e avvisi di chiamate perse.

Nella galleria fotografica c'erano centinaia di selfie di una giovane adolescente, con un'espressione vivace e giocosa. I suoi grandi occhi erano spalancati come quelli di un coniglio e le sue labbra, tinte di un rosso brillante, sembravano appartenere a una ragazza innocente e felice. Tuttavia, i messaggi non letti su KakaoTalk erano tutti richieste di informazioni sulla sua posizione.

Dove sei, Lee Soo-min? Non rispondi al telefono?

Soo-min, per favore, contattaci. Siamo Yong-tae e Tae-kyung, ti stiamo cercando.

Il nome della proprietaria del telefono che mio marito aveva cercato disperatamente di nascondere sembrava essere Lee Soo-min. Lee Soo-min. Chi diavolo era questa ragazza e che rapporto aveva con lui? Questo segreto sconvolgeva nuovamente i miei piani.

In quel momento arrivò una nuova notifica:

> Anyang, centomila won per due ore. Richiesto scambio foto in anticipo. Niente minorenni.

Fissai a lungo lo schermo, cercando di decifrarne il significato. Solo dopo aver letto i messaggi successivi, compresi vagamente cosa significassero.

> Stazione di Beomgye. Centomila won per un'ora. Niente grasse. Possibile anche anale?

Nonostante le parole volgari mi avessero fatto aggrottare le sopracciglia, finalmente potei percepire l'odore di denaro di cui mio marito parlava in relazione a questo telefono. E, all'improvviso, mi innervosii.

Mercoledì 13 aprile

JU-RAN

Oggi è il giorno delle elezioni per i membri della ventesima Assemblea Nazionale, è festa in tutto il paese. Non appena ci siamo svegliati, io e mio marito siamo andati a votare e poi ci siamo seduti in una caffetteria vicino alla scuola elementare, dove si trovava il seggio elettorale, per prendere un caffè.

Sebbene Seung-jae avesse negato ogni responsabilità, implorandomi di mantenere il segreto con suo padre, alla fine non ce l'ho fatta e gli ho raccontato tutto quello che era successo il giorno prima a scuola. Avevo paura che la situazione potesse creare problemi a nostro figlio e speravo che mio marito avesse una soluzione.

«Ma di cosa ti preoccupi? Alla sua età può capitare. Basta fare una telefonata di scuse ai genitori della ragazza. Sai, per chi ha una figlia, una cosa del genere può essere presa diversamente.»

Sembrava che mio marito volesse sminuire la questione, infastidito dalla piega che la conversazione stava prendendo. Ma per Seung-jae, che era direttamente coinvolto, si trattava senza dubbio di una cosa seria.

«E se a scuola dovessero prenderlo in giro per quello che è successo?»

«Andrà tutto bene. Cosa potrebbe fare? Smettere di andare a scuola? Tranquilla, ci parlo io con lui. Non ti preoccupare.»

Mentre parlava, mio marito spostò lo sguardo verso la fila di persone in attesa davanti alla scuola.

«Oh, guarda quanta gente è venuta a votare. Speriamo che vinca l'opposizione.»

Per lui le elezioni sembravano essere molto più importanti del problema di Seung-jae.

Tornata a casa, presi e digitai il numero della madre della ragazza, che l'insegnante di Seung-jae mi aveva dato. Il telefono squillò a lungo, ma nessuno rispose. Proprio quando stavo per riattaccare, sentii una voce femminile.

«Pronto?»

«Salve, parlo con la madre di Da-eun?»

«Sì, chi parla?»

«Io... sono la madre di Park Seung-jae, il compagno di classe di Da-eun...»

«Ah... sì.»

Non appena menzionai il nome di mio figlio, il tono della donna cambiò, dimostrando di sapere chi io fossi.

«Posso rubarle un momento?»

«Certo, mi dica pure.» Il modo in cui mi parlava mi faceva sentire sminuita e mi infastidiva, ma cercai di ignorarlo e proseguii.

«Ecco, volevo scusarmi per l'incidente accaduto ieri tra Seung-jae e Da-eun a scuola.»

«Ah... ma non si è trattato di un incidente, è colpa di Seung-jae.» Mi corresse subito, come se volesse farmi la lezione.

«Sì, Da-eun sembra essersi impressionata molto, e volevo

quindi porgervi le mie scuse. Mi accerterò che non accada più, ne parlerò con Seung-jae.»

«Ufff...» La donna emise un profondo sospiro. «È che... Capisco che sia un ragazzino, quindi non voglio biasimarlo, ma Da-eun è ancora sconvolta. Deve tornare a scuola domani, e rischiamo che l'evento le causi dei problemi! Educate meglio vostro figlio!»

Le sue parole mi fecero ribollire di vergogna.

«Io... mi scuso di nuovo.»

«Bene... la saluto.»

La donna sospirò di nuovo e riattaccò. La sua arroganza mi fece arrabbiare. Non l'avevo mai vista alle riunioni dei genitori o agli incontri scolastici. Forse nella coppia lavoravano entrambi? Oppure mi aveva trattata con sufficienza perché credeva che vivessimo in un appartamento in affitto? Se fosse venuta a una riunione dei genitori e avesse scoperto il lavoro di mio marito, non mi avrebbe trattata in maniera così sprezzante.

Mi tornarono in mente le parole di Seung-jae: Da-eun lo seguiva ovunque e aveva raccontato bugie per metterlo in difficoltà. Avrei dovuto fidarmi di mio figlio e difenderlo, invece di scusarmi così stupidamente... Ero arrabbiata con me stessa per essere stata tanto sciocca.

Uscii in salotto alla ricerca di mio marito.

«Tesoro!»

Avrei voluto raccontargli tutto: di come avessi seguito il suo consiglio e di come quella madre fosse stata così maleducata e sgarbata. Ma in salotto non c'era nessuno. Guardai fuori dalla finestra della cucina e vidi mio marito in giardino, vicino all'aiuola. Stava piantando delle piante. Poteva benissimo chiamare qualcuno per farlo... Ma eccolo lì, a sudare copiosamente mentre faceva un lavoro che non aveva mai fatto prima. I gerani, le margherite, le peonie e i tulipani sembravano finalmente aver trovato il loro posto, ed erano più vivaci rispetto a quando si trovavano nei vasi.

Presi un succo di banana e aronia e lo portai a mio marito.

«Potrebbero appassirsi presto» disse, bevendo il succo mentre guardava la fioriera.

«Cosa?»

«Ho colpito per sbaglio le radici con la pala. Per quest'anno ormai non c'è più niente che possa fare. Ma alcune piante possono germogliare nuovamente dai bulbi, quindi immagino che dovremmo aspettare l'anno prossimo. Per colpa di queste non sono neanche uscito a festeggiare oggi. E quest'anno non sono andato a caccia di rane pescatrici neanche una volta.»

Probabilmente parlava della pesca. Sembrava che lo dicesse apposta per farmi sentire in colpa.

«Abbiamo della birra, vero? Beviamocela mentre guardiamo la trasmissione sui risultati delle elezioni. Chissà quanto sarà stata alta l'affluenza.»

«Pare sia stata abbastanza alta. Dicono che molti giovani siano andati a votare in massa. Su, vai a farti una doccia.»

Mio marito si asciugò il sudore dalla fronte con l'asciugamano che aveva intorno al collo e si stiracchiò. La mattina, dopo essere andati a votare, aveva comprato altri vasi al vivaio e aveva passato tutto il giorno a sistemare e piantare fiori. Ora sembrava esausto.

«Amore...»

«Mh?»

Stavo per raccontargli del trattamento che mi aveva riservato la madre di Da-eun, ma mi fermai. Sembrava davvero troppo stanco.

«Sembri sfinito...»

«Sì, lo sono. Ho passato tutto il pomeriggio sotto il sole... Non credo che lo farò mai più.»

Quando mio marito sospirò, mostrando segni di fatica, sapevo già quale sarebbe stata la risposta giusta da offrirgli.

«Grazie, lo so che lo fai per me. Hai fatto davvero un ottimo lavoro, amore.» Lo abbracciai e gli diedi una pacca sulla schiena.

«Ti ho sporcata con la terra.» Mi allontanò, ma finalmente sorrise. «Allora, ti piace?»

«Sì, anche se avessi piantato del ferro arrugginito, mi sarebbe piaciuto comunque.»

Sembrava gratificato dal lavoro che aveva fatto e rientrò in casa con un'espressione soddisfatta.

Le aiuole erano splendide. I tulipani rossi, gialli e arancioni, che da bambina vedevo solo nei parchi, adesso sbocciavano nel nostro giardino. I gerani rossi e le margherite bianche con gli stami gialli erano tutte mie. Potevo coglierli e metterli in un vaso quando volevo. Quei fiori erano stati piantati per me, per il mio piacere.

Mi avvicinai all'aiuola e presi un profondo respiro. Il dolce profumo dei fiori, mescolato all'odore della terra e dell'erba, riempì l'aria. Il tanfo non c'era più. Proprio quando mi stavo godendo quel breve momento di tranquillità, un odore di sigaretta, proveniente da qualche parte, mi distrasse. Alzai lo sguardo infastidita e fissai il balcone al secondo piano della casa accanto. Era lei. Indossava una maglietta kitsch con paillette e portava i capelli raccolti in una coda di cavallo intrecciata.

Quando la guardai, spense la sigaretta sulla ringhiera del balcone e rientrò in casa. Era chiaramente uscita solo per osservare mio marito mentre lavorava in giardino. Mi chiesi se i proprietari sapessero che la loro donna delle pulizie fumava. Continuai a fissare il balcone. Lo fissai intensamente, convinta che si stesse nascondendo dietro una finestra per spiarmi.

Fu allora che notai la telecamera installata nell'angolo del suo balcone.

In questo quartiere tutte le telecamere di sicurezza erano dello stesso tipo. Anche quella registrava immagini come la nostra, con lo stesso campo visivo, e aveva la capacità di memorizzare i dati per tre settimane.

Non volevo essere una moglie che sospettava di suo marito, ma per evitare di dubitare dovevo assolutamente guardare quel filmato.

Suonai il campanello dei vicini e questa volta, invece della solita voce rude della domestica di origine cinese, sentii quella gentile della padrona di casa. Era un giorno festivo e sembrava essere a casa per la prima volta dopo tanto tempo. Avevo un piatto con una porzione di budino alla banana e una fetta di torta red velvet che avevo preparato lunedì, seguendo una ricetta della Magnolia Bakery. Dopo due giorni in frigorifero, la crema si era indurita, ma non volevo presentarmi a mani vuote.

Prima di trasferirmi, ci eravamo scambiate solo qualche saluto di cortesia la domenica, e da allora non avevamo avuto molti contatti. Né io né la vicina avevamo mai mostrato un vero interesse nel fare amicizia, e probabilmente era troppo impegnata per farsi vedere in giro. La donna che aprì la porta indossava una lunga gonna beige e un top smanicato, un abbigliamento non proprio adatto per il mese di aprile.

«Salve. Oh, ma non dovevate disturbarvi, non ho nulla da offrirvi in cambio.»

«L'ho preparato io, quindi potrebbe non essere il massimo della bontà.»

«Oh mio Dio! L'ha fatto lei? Incredibile!»

La sua voce acuta sembrava leggermente frivola. Appena entrata nell'atrio, osservai subito l'interno della casa. Dall'esterno, con il suo stile in cemento a vista, mi aspettavo un arredamento moderno, ma dentro c'era una strana combinazione di costosi pezzi d'antiquariato e mobili economici in pannelli di fibra. Sul pavimento era steso un grande tappeto che sembrava provenire dal Medio Oriente, con l'immagine di una donna con il velo che suonava uno strumento a bordo di un cammello.

Al centro del soggiorno si vedevano una pila di documenti sparsi disordinatamente sul tavolo. Dando una rapida occhiata, sembravano provenire da un ente pubblico.

«Non la sto disturbando mentre lavora, vero?»

«Oh, no, non si preoccupi. Sto solo fingendo di lavorare, giusto per fare scena mentre bevo un caffè. E proprio ora è arrivata la torta! Ah ah ah.»

La sua risata era quasi esagerata. Prese dalla borsa Mulberry che aveva appoggiato sul divano un porta biglietti da visita e me ne porse uno. C'era scritto: STUDIO LEGALE SEONMYEONG, AVVOCATA GU EUN-HA.

«Mi dispiace per la scorsa domenica, ero così impegnata da non aver avuto modo di salutarvi.»

«Oh, no, non si preoccupi. Noi stavamo uscendo di corsa...»

Presi il biglietto e, vedendo che era un'avvocata, mi sentii un po' in soggezione. Io non avevo nessun biglietto da visita da darle in cambio.

«Vuole del caffè o del tè verde? In realtà ho solo caffè. Ah ah ah.»

«Il caffè andrà benissimo.»

La donna prese un boccone di torta con la forchetta e poi andò in cucina per riempire d'acqua la macchina del caffè. Dalla scala che portava al secondo piano sentii dei passi, e guardai in su. Era la donna che ci spiava sempre. Mi guardò di sfuggita e poi si diresse verso la cucina per aiutare la padrona di casa.

«Va bene così, faccio io.»

La donna, Eun-ha, che sembrava avere più di quarant'anni, si rivolse alla domestica con tono rispettoso. Mi chiesi chi altro vivesse in quella grande casa. Dato l'arredamento, non sembrava ci fossero bambini. Avrei voluto chiederglielo, ma mi sembrava inopportuno.

«Ah, lei è Yun Mi-ryeong, vive con noi.»

Notando il mio sguardo curioso, Eun-ha mi presentò la donna.

«Salve.»

Mi-ryeong mi salutò con sicurezza, senza cercare di mascherare il suo accento.

«Ma… come mai insieme? Non siete parenti, giusto?»

Sapevo che era la domestica, ma chiesi comunque, fingendo di non saperlo.

«No, lavoro qui» rispose in fretta Mi-ryeong.

«Ah, questa era casa di mio padre. Ha vissuto a Pangyo per molto tempo ed è stato lui a decidere di costruirla. Mi-ryeong ha fatto da badante quando mio padre si è ammalato. Come può vedere, ho troppo da fare per occuparmi di tutto. Ah ah ah. Mio padre è morto l'anno scorso, ma Mi-ryeong è rimasta e ora ci aiuta in casa. Viviamo insieme, siamo praticamente coinquiline. Ah ah ah.»

Non riuscivo a capire perché offrisse vitto e alloggio alla sua domestica. La casa sembrava troppo grande solo per due donne. E poi, quando lei era via per lavoro, quella casa era praticamente tutta di Mi-ryeong. Mi sembrava eccessivo.

«Ma… perché è qui?»

Eun-ha mi porse il caffè e si sedette sul divano. Anche se sorrideva, c'era una strana tensione sul suo viso, come se la mia presenza la stesse distraendo dal lavoro.

«Be'… avrei un favore da chiederle.»

Mi sentivo a disagio perché Mi-ryeong, ancora seduta in cucina, stava ascoltando la nostra conversazione, ma non potevo certo chiederle di andarsene.

«Mi dica pure.»

«Vorrei chiederle se posso vedere il filmato della telecamera al secondo piano, quella che dà sulla strada. Qualcuno ha buttato un sacchetto della spazzatura davanti al nostro cancello, ma la nostra telecamera non ha registrato nulla.»

«Un sacchetto della spazzatura?»

Ovviamente nessuno aveva buttato niente davanti a casa nostra. Quello che volevo davvero sapere era se mio marito fosse uscito con l'auto la notte del 9 aprile.

«E… quando sarebbe successo?»

Il tono di Eun-ha, che prima aveva cercato di riempire i silenzi con risate esagerate, si fece freddo e distaccato.

«La notte di sabato scorso, il 9 aprile.»

«Uhm...»

Eun-ha rifletté per un attimo, appoggiando il mento sulla mano.

«Facciamo così. Controllerò il filmato di quel giorno e, se c'è qualcosa di strano, glielo farò sapere. Ma perché non fa una denuncia per abbandono di rifiuti?»

«No... non voglio creare troppo trambusto.»

«Ah ah ah, capisco. Ma per queste cose è meglio seguire le vie ufficiali. Nelle registrazioni potrebbero esserci anche questioni private e non voglio rivelarle. Controllerò e le farò sapere.»

Contrariamente alle mie aspettative, Eun-ha non mi mostrò subito il filmato, anzi, il suo rifiuto fu del tutto logico. Imbarazzata, sentii il calore salirmi fino al viso. Mi-ryeong mi guardava con curiosità, come un gatto che osserva un topo in trappola.

Dopo aver salutato, me ne andai di fretta, quasi scappando. Ai loro occhi, ero apparsa incapace e ridicola. Volevo essere ammirata, non mostrarmi in questo modo patetico. La mia autostima era a pezzi, e mi sentivo come se non fossi in grado di fare altro che imitare i dolci di una nota pasticceria.

In fondo, non ero diversa da Mi-ryeong. Lei e io eravamo nella stessa situazione: vivevamo nello stesso quartiere, in case simili, e facevamo gli stessi lavori domestici. L'unica differenza era che lei veniva pagata per farlo, mentre io lo facevo per il benessere di mio marito e di mio figlio. Mi davano fastidio sia Mi-ryeong, che sembrava vivere gratis in una casa che non le apparteneva, sia Eun-ha, che l'aveva accolta. Mi-ryeong, con la sua sola presenza, rendeva insignificante tutto quello che possedevo.

Mio marito era seduto sul divano intento a guardare la trasmissione sui risultati elettorali. Sul tavolino davanti a lui c'erano dei nachos e una lattina di birra, come quando guardava una partita.

«Dove sei stata? Ho messo una birra in frigo anche per te. Il Partito popolare e il Partito democratico sono praticamente pari, e sembra che il Partito popolare stia andando forte a Honam.»

Guardai mio marito, all'apparenza sereno e contento. A quarantanove anni, ormai era più vicino alla vecchiaia che alla giovinezza. Cominciavano a vedersi delle piccole macchie scure vicino alle tempie e a volte, quando guardava il cellulare, si tirava gli occhiali sulla fronte. Aveva qualche capello bianco, ma la sua chioma era ancora folta e per lo più scura, cosa di cui alla sua età poteva dirsi fortunato. Continuava ad ascoltare vecchi chitarristi scomparsi, come B.B. King o Stevie Ray Vaughan, e preferiva i film americani degli anni '50 e '60 a quelli più recenti. Ogni tanto guardava programmi di sport estremi, ma quando poteva, amava andare a pescare da solo, in silenzio. Insomma, mio marito era un tipo da passioni classiche e tranquille.

Ricordo ancora quando lo incontrai per la prima volta. Era il compagno di scuola del ragazzo che frequentava la mia migliore amica. Non avevo alcuna voglia di uscire con un uomo più grande di me di dieci anni, ma alla fine accettai, solo per accontentare la mia amica, sperando di passare semplicemente una bella serata. Più tardi venni a sapere che mio marito aveva visto una mia foto insieme a lei e aveva insistito per conoscermi.

Quel giorno indossava un maglione beige e dei pantaloni di cotone blu scuro. Parlava poco e si limitava ad ascoltare, sorridendo. Stare con lui mi faceva sentire intelligente, brillante, bella. Mi piaceva la sua tranquillità e il suo stile unico, distante dalle mode comuni. Mio marito era una di quelle persone che, al ristorante, non si perdeva nel decidere cosa ordinare: aveva sempre le idee chiare. E io ero una donna che rispondeva ai suoi criteri.

Per me era scontato accettare "la regola": assecondare i gusti di mio marito senza mai contrariarlo. Non gli facevo domande su ciò che non mi raccontava. Le amiche mi avevano messa in guardia sugli uomini che avevano come hobby la pesca, ma pensavo che fossero dei consigli banali. Non volevo essere una donna frivola e sospettosa, pronta a controllare o a rimproverare il proprio compagno.

Lui era di poche parole. Io gli raccontavo ogni dettaglio della mia giornata, persino se avevo un dubbio su quale olio d'oliva scegliere al supermercato, ma lui non mi parlava mai del suo lavoro in ospedale. Anche quando licenziava o assumeva nuove infermiere, non mi diceva nulla. Così, quando mi capitava di incontrarne una nuova, ero in imbarazzo a salutarla, sorpresa quanto lei. Le infermiere mi guardavano come se fossi una donna ignorante, una che non sa nulla del lavoro del marito. Quando provavo a spiegargli come mi faceva sentire questa situazione, lui si limitava a scusarsi senza cercare di capirmi. Era una dinamica che si ripeteva, e finivo per sembrare troppo meticolosa, una che si preoccupa di dettagli insignificanti.

Mio marito mi spiegava nei minimi dettagli la trama dei suoi film preferiti, ma non mi parlava mai dei problemi legali che affrontava in ospedale. Ripensandoci, il comportamento di Eun-ha non era così diverso dal suo. Mi escludeva dalle questioni importanti, proprio come fa un datore di lavoro premuroso, che alla fine decide tutto da solo.

«Non credo che tu l'abbia fatto apposta.»

«Cosa?» Mio marito mi guardò sorseggiando la birra.

«Penso che tu abbia fatto tutto per me.»

«Che cos'è questa faccia seria all'improvviso?»

«Quella notte non eri a letto con me. Mi sono svegliata e ti ho chiamato, ma non hai risposto. E in casa non ho sentito squillare il telefono.»

«Oh no, di nuovo con questa storia.» Mio marito sospirò, esasperato.

«Ho bisogno di sapere. Questa cosa mi sta logorando.»

«Ti ho già detto che ero lì accanto a te. Cosa vuoi che dica di diverso?»

«Quella sera hai incontrato Kim Yun-beom, vero? E guarda caso, quella stessa notte è morto. E adesso menti dicendo che eri a casa per non essere sospettato, giusto?»

In televisione, la sede dell'opposizione esultava per i risultati elettorali favorevoli. Mio marito distolse lo sguardo per fissare lo schermo.

«Forse ti sei svegliata, mi hai chiamato e hai solo immaginato che non fossi lì. Vuoi solo credere che non ci fossi.»

«No, ho allungato la mano sul letto per cercarti.»

«E se fosse stato tutto un sogno?»

Un sogno? Forse, ma i sogni non lasciano prove di chiamate fatte dal cellulare.

«Il partito di maggioranza sta finalmente cambiando.» Mio marito, soddisfatto, applaudì leggermente.

«Pensi che ogni cosa che faccio, ogni mia parola... sia una sciocchezza, non è così?»

Mio marito agitò la lattina di birra, mandando giù l'ultimo sorso, poi mi guardò dritto negli occhi.

«Abbiamo fatto cambiare scuola a Seung-jae, e io ogni giorno affronto il traffico sull'autostrada solo per te, nella speranza che trasferirci qui ti avrebbe fatta sentire meglio. Posso accettare che tu pianga da sola o che tu sia ipersensibile. Posso tollerarlo. Ma non puoi continuare così, prendendotela con gli altri. Non puoi riversare il tuo dolore sugli altri.»

«Cosa stai dicendo?»

Le parole di mio marito, che mi accusavano di esporre il mio dolore, mi sconcertarono. Avevo pensato di aver condiviso il mio dolore con lui ma era solo una mia illusione.

«Se hai ragione, allora al primo piano c'è uno spirito che fa rumori simili all'acqua o lascia le finestre aperte e nel giardino ci sono carcasse di animali... e io che ero in casa, in realtà non ero qui...» Mio marito schiacciò la lattina che teneva in mano. «Non ricordi l'anno scorso? Quando hai accusato l'inquilino di sopra di essere un assassino...»

Quella menzione abbatté la mia autostima in un istante e fece crollare l'ultimo filo di razionalità che stavo cercando di mantenere.

«Non tirare fuori quella storia! Perché devi parlarne proprio adesso? Ti ho detto più volte che non voglio parlarne! Perché la tiri fuori?»

Sapevo che mio marito citava quell'episodio solo per farmi passare per pazza. E così, appena proferì quelle parole, non riuscii a trattenere la mia rabbia. Lui mi guardò con calma e poi, in silenzio, andò in camera da letto. Non litigava mai con me.

Io, incapace di controllarmi, piansi nel tentativo di trattenere la frustrazione, che continuava ad accumularsi senza trovare sfogo. In questi momenti, avrei voluto che lui alzasse la voce e litigasse con me. Restare sola a quel modo mi faceva sentire davvero come se fossi impazzita. Naturalmente ricordavo bene ciò di cui parlava. E sapevo anche che non dovevo fidarmi di me stessa.

Ricordo che era circa in questo stesso periodo, due anni fa. All'epoca eravamo in procinto di commemorare l'anniversario della morte di mia sorella. La nostra famiglia viveva al sedicesimo piano di un appartamento a Gaepo-dong. Iniziai a sospettare qualcosa quando dei nuovi vicini si trasferirono al piano di sopra. Ogni volta che mio marito usciva per lavoro, il rumore di un trapano elettrico proveniva inevitabilmente dall'alto. All'inizio pensai che stessero forando il muro per appendere delle cornici. Ma il rumore continuava ogni giorno, e quel fastidioso trapano sembrava puntato proprio verso il nostro soffitto. Sembrava che stessero per farci un buco e installare una telecamera per spiarci. Il sospetto e l'angoscia divennero intollerabili, così un giorno salii al diciassettesimo piano e suonai il campanello, ma nessuno rispose. Quando tornai a casa il rumore del trapano ricominciò, come se mi stessero prendendo in giro.

Fu solo dopo una settimana che scoprii chi abitasse a quel piano. Durante una corsa in ascensore, incontrai la coppia di quarantenni che si era trasferita lì. Stranamente, quando arrivai al sedicesimo piano e scesi dall'ascensore, tennero le porte aperte e mi osservarono finché non premetti il codice sulla serratura della porta d'ingresso. Da allora, incontrarli in ascensore divenne una costante. Il marito, con i capelli corti e sempre in tuta sportiva nera, sembrava non avere un lavoro fisso, ma ogni volta che lo vedevo, aveva un profumo diverso. Una volta, lo vidi fermo davanti alla cassetta della posta, ma il suo sguardo era rivolto verso la nostra.

Dopo di che, iniziarono a verificarsi piccoli incidenti come la scomparsa della posta o la consegna errata di pacchi. Con il crescente sospetto che l'uomo si stesse aggirando intorno a me, iniziai a essere sempre più diffidente verso la coppia. Un giorno, dopo aver accompagnato Seung-jae a scuola, stavo aspettando l'ascensore al piano interrato. Senza preavviso, i due apparvero dietro di me, come se mi avessero tenuta sotto controllo e avessero trovato il momento giusto per comparire. Avevo paura di stare da sola con loro, ma non volevo farglielo capire.

Una volta dentro l'ascensore, il cattivo odore di profumo da due soldi della coppia riempì l'aria. I tacchi a spillo neri della donna erano visibilmente consumati, indossava una blusa bianca macchiata di marrone e una gonna a matita nera piena di pelucchi. Non sembrava adatta a quel condominio. Forse non erano sposati, ma amanti. Fingevo di guardarmi nel riflesso dello specchio mentre continuavo a osservarli furtivamente. Ma anche loro mi stavano osservando! La donna si toccava il collier come se volesse farmelo notare, mentre l'uomo mi guardava ridacchiando.

Riconobbi subito la collana. Era il collier in platino di Agatha che mia sorella aveva perso, o piuttosto, che era stato rubato dal colpevole sedici anni prima. Tutto diventava chiaro. Perché quel tipo continuava a girarmi intorno e a spiarmi… Stava cercando di minacciarmi e deridermi. Era certamente l'assassino di mia sorella.

Facendo del mio meglio per restare obiettiva, chiamai l'investigatore che si era occupato del caso di mia sorella. Dopo aver fatto la denuncia, ero agitata e infuriata, così salii al piano superiore e mi piazzai davanti alla porta dei sospetti per impedire loro di fuggire. Non avevo paura dell'assassino. Ero pronta a combattere anche a costo della mia vita.

Ma i poliziotti, arrivati in ritardo, non erano venuti lì per l'uomo, bensì per me. Mi portarono via il coltello da cucina che tenevo in mano e mi riconsegnarono a mio marito poi, considerando il loro lavoro concluso, se ne andarono. Quando la mia rabbia si placò, mio marito mi spiegò che la collana di Agatha era diventata popolare perché la indossava la protagonista di una serie TV molto seguita, e di conseguenza era diventata di moda in tutto il paese. Per strada ce l'aveva ormai una ragazza su dieci. La donna stava solo ammirando la sua collana, non mi stava spiando; aveva semplicemente trovato attraente il mio aspetto. L'uomo era un insegnante presso una nota accademia a Daechi-dong, e lei un'impiegata dell'Agenzia delle Entrate. La storia si diffuse rapidamente nel condominio. Io ero la pazza che aveva scambiato una normale coppia per due assassini e aveva fatto una scenata. Mio marito decise di trasferirsi, cercando nella zona di Gyeonggi invece che a Seoul. Non era lontano, ma almeno si trattava di due aree amministrative separate. Persuadendomi che ne andava della mia stabilità mentale, mio marito non mi lasciò modo di esprimere alcuna opinione al riguardo. Del resto, ero io l'origine del problema.

Rimasi seduta sul divano in attesa che la mia rabbia si placasse. Quando le emozioni sono così forti e non riesco a controllarmi, sono sempre io a pentirmene e a soffrirne. Decisi che era più saggio aspettare la risposta della vicina di casa piuttosto che continuare a sollecitare mio marito. Inizialmente, odiai l'idea che mi stesse mentendo. Dopo aver scoperto che era uscito il giorno in cui Kim Yun-beom era morto, speravo che mio marito ne discutesse e risolvesse il problema con me. Ora volevo solo dimostrare che non ero una persona confusa che mescolava sogno e realtà, ma che avevo ragione. Volevo dimostrare che ciò che avevo visto, udito e sentito poteva essere vero.

Decisi di scusarmi con mio marito per aver alzato la voce. Dietro questa scelta c'era anche la paura che lui mi considerasse un caso perso e potesse lasciarmi.

Entrai in camera, ma lui non c'era. Sentii il rumore dell'acqua provenire dal bagno. Mi sedetti sul letto e aspettai che uscisse.

Proprio in quel momento, arrivò la notifica di un nuovo messaggio. Era il telefono di mio marito e anche se il suono era chiaro e distinto, per un attimo pensai che potesse essere solo una mia illusione. Presi il cellulare.

E se non fosse arrivato alcun messaggio?

Fortunatamente, c'era eccome. Tuttavia, vedendolo, i miei pensieri e la mia logica si confusero di nuovo. Rimasi sbalordita.

Sul telefono di mio marito erano arrivati un messaggio e una foto. La foto mostrava una ragazza adolescente con indosso una blusa con le spalle bianche scoperte e un sorriso luminoso. Sotto la foto si leggeva:

Signor Park Jae-ho, si ricorda di me?

Venerdì 15 aprile

SANG-EUN

Quando salii nell'ascensore del negozio di arredamenti, un uomo in completo nero, riconoscendomi, sembrò imbarazzato. Era un coordinatore che si occupava di proporre soluzioni di arredamento e consulenze ai clienti. L'uomo tentò di dire qualcosa, ma rinunciò dato che finsi di non accorgermene.

Scendendo al secondo piano, nella sezione delle camere da letto, venni assalita da una improvvisa familiarità. Un profumo delicato, studiato per il comfort dei clienti, pervadeva tutto il negozio. Con l'estate che si avvicinava, i letti erano già decorati con piumini leggeri dai colori e dalle fantasie vivaci.

Notai che i volti degli impiegati si incupivano quando passavo loro accanto. Sembrava che tutti sapessero della morte di mio marito. Erano forse indecisi su cosa dire per consolarmi? Volevo alleggerire le loro preoccupazioni e così, per non metterli ulteriormente in difficoltà, li superai con passo deciso, facendo finta di niente.

Nella mia postazione delle camere da letto, c'era una donna che mi sostituiva nel servizio ai clienti. Sul petto aveva una targhetta dorata con il nome inciso sopra. Non venivano fornite targhette ufficiali agli impiegati temporanei, questo voleva dire che era stata assunta al mio posto. E, per ironia della sorte, era l'unica in quel luogo che non mi conosceva. Era divertente pensare che solo dopo aver smesso di lavorare lì, potevo finalmente sedermi comodamente su uno di quei letti.

«Per favore, provi a sdraiarsi. Potrà sentire che la durezza delle molle cambia a seconda delle curve del corpo» disse la donna, ripetendo fedelmente le stesse parole che ero solita dire io.

Seguii il consiglio e mi sdraiai sul letto.

«Che ne dice? Questo prodotto è realizzato in pura lana e utilizza lattice naturale. È attualmente in offerta con uno sconto del venti per cento, quindi non perda questa occasione e lo acquisti. Ne rimarrà soddisfatta.»

Provai a sentire la durezza del materasso premendo con la mano sulle molle.

«Be', non avverto alcuna differenza significativa con questo tipo di molle.»

«No? Se preme qui, non nota qualcosa di diverso? Anche al tatto, vedrà, con la lana cento per cento è difficile che proliferino i batteri...»

«No, per niente.»

Mi sedetti di nuovo sul letto, esercitando una pressione maggiore. «Perché questo materasso dovrebbe essere considerato comodo?»

La donna tentò di forzare un sorriso.

«Se passa una notte qui sopra, farà un sonno davvero rigenerante. Al giorno d'oggi, la qualità del sonno è fondamentale. I materassi in fibra sintetica tendono a favorire la proliferazione di batteri, ma questo è realizzato con fibre naturali, quindi non deve preoccuparsene. Inoltre, le molle cambiano durezza in base alle curve del corpo...»

«Questo me lo ha già detto. Cambiare solo il materasso può garantire un sonno confortevole? Ha mai provato a dormire su questo materasso?»

«Certamente. Testiamo tutti i prodotti prima di venderli, altrimenti non saremmo in grado di fare una buona pubblicità.»

«Sta mentendo.»

«Cosa?»

«Non ha nemmeno provato a sedersi qui. Se non sa qualcosa, è meglio ammetterlo. Non cerchi di indorare la pillola. Non è necessario sforzarsi tanto. Questo non sarà il suo lavoro a vita.»

«Mi scusi?»

La donna si imbarazzò per un momento, ma poi riprese subito a sorridere. Sorridere ed essere gentile, per quanto strano potesse sembrare, era il primo insegnamento che avevo ricevuto e probabilmente era lo stesso che avevano ripetuto anche a lei.

«Ehi, Sang-eun!»

Voltandomi, vidi Kyung-hee che mi salutava con la mano. Accennò un breve inchino verso la donna. Solo allora questa capì chi fossi e che lei ora lavorava lì solo perché mio marito era morto.

«Quindi, cosa dice l'azienda?» Kyung-hee mescolava il suo caffè, sciogliendoci dentro della panna.

«Inizialmente hanno proposto un congedo non retribuito, ma ora hanno deciso di rescindere il contratto.»

Quando avevo chiesto alcuni giorni di ferie per la morte di

mio marito, l'azienda si era mostrata riluttante. Non mi ero arrabbiata. Era solo questione di tempo prima che mi licenziassero, ero diventata troppo problematica per loro.

«Che cavolo! Ah, che importa... Che senso ha imprecare? Alla fine, è solo la mia bocca a sporcarsi. Ma come possono essere così irrispettosi e privi di etica...? Bastardi! Non possono offrire conforto o aiuto, e ora minacciano di rescindere il contratto!»

«È difficile trovare lavoratori a tempo determinato. Ultimamente, se si pubblica un annuncio del genere, nessuno risponde.»

«Certo che si trovano! Che scuse ridicole!»

Mi sentii stranamente sollevata dalla reazione arrabbiata di Kyung-hee.

«Ho lavorato in questa azienda per quasi due anni... e non hanno mai considerato di trasformare il mio contratto in un impiego a tempo indeterminato... Probabilmente mi hanno licenziata per questo. Comunque, me lo aspettavo.»

«Mi chiedo dove possano trovare persone che lavorano sodo come te. Anche se il contratto sta per scadere, non è il momento di cacciarti così. È davvero ingiusto.»

«A dire la verità, sono incinta. Sono quasi al quinto mese.»

Kyung-hee rimase sbalordita e non riuscì a proferire parola. Il silenzio si protrasse. Era strano, quasi inquietante, vedere Kyung-hee, solitamente loquace e invadente, rimanere così silenziosa, ma sembrava una reazione sincera.

«Non... non posso... ah...»

Kyung-hee era il tipo di persona che, sebbene a volte potesse stancare con la sua parlantina e la sua intrusività, non cercava mai di mostrarsi sotto una luce migliore. Parlava e agiva secondo i suoi sentimenti, e anche se a volte scatenava discussioni, era capace di accettare a braccia aperte e con facilità gli altri. Avendo quattro figli, sembrò particolarmente colpita dalla notizia della mia gravidanza.

Dopo un momento di silenzio, mi porse cautamente una borsa di carta. Dentro c'erano le mie scarpe nere, una molletta per capelli, un bicchiere, uno spazzolino, una cipria e un rossetto, oltre a un profumo. Il motivo per cui ero venuta qui oggi, però, non era questo. Avevo bisogno delle conoscenze di Kyung-hee in qualità di ex agente assicurativo.

Tirai fuori il certificato dell'assicurazione che mio marito aveva sottoscritto e glielo porsi.

«Volevo chiederti una cosa.»

Kyung-hee, sorpresa, prese il documento che le avevo passato. Tolse gli occhiali per vedere da lontano e avvicinò il foglio per esaminarlo.

«Non riesco nemmeno a pagare le spese per il funerale di mio marito. Con il licenziamento, la mia situazione economica è tragica...»

Mi chiedevo se ci fossero dei suggerimenti che potesse darmi per ottenere l'indennità per la morte di mio marito.

«È per questo che sono venuti i poliziotti?» Kyung-hee annuì, come se finalmente avesse capito.

Polizia? La polizia?

«Cosa intendi?»

«Be', qualche giorno fa sono venuti degli agenti e hanno fatto varie domande ai dipendenti. Siamo vicine sì, ma ho trovato strano il fatto che mi abbiano voluto sentire.»

«Cos'ha detto la polizia?»

«Cosa hanno chiesto...? Hanno chiesto se fossi una persona onesta, se avessi avuto conflitti con gli altri... Se avessi mai espresso lamentele riguardo al rapporto con tuo marito. E se ci fossero stati problemi economici...»

Non sapevo che la polizia fosse passata di qua. La sensazione di essere sorvegliata mi fece venire i brividi. Qualcosa stava andando storto.

«Be'... quando c'è un'assicurazione sulla vita, è normale che ci siano delle indagini. Di solito, il primo sospettato è proprio il beneficiario dell'assicurazione.»

Pur avendo pensato che la polizia potesse sospettare di me, fu scioccante scoprire che avevano fatto delle indagini anche sul mio posto di lavoro. Contemporaneamente, una preoccupazione crescente mi assalì: che tipo di prove potevano aver trovato?

«Non preoccuparti. Ho solo detto la verità. Ho detto che sei una persona onesta e non hai problemi con nessuno, e che il rapporto con tuo marito era buono. Non potevo dire che eravate ricchi, visto che lavoravi qui per motivi economici, ma ho detto che non eravate in difficoltà.»

«Mi dispiace. Non dovevi affrontare tutto questo.»

In quel momento, il mio cellulare vibrò. Il numero era quello della sergente Kim Mi-sook. Kyung-hee, seduta di fronte a me, osservava con curiosità la mia esitazione a rispondere. Pensai di dover mantenere un atteggiamento il più naturale possibile e risposi alla chiamata.

«Pronto?»

«Salve, sono la sergente Kim Mi-sook. Potremmo vederci un momento a casa sua?»

«A casa mia?»

«Sì, va bene per lei?»

Esitai un momento, poi decisi che non dovevo fare nulla che destasse sospetti nei miei confronti.

«Va bene. Ma non è lontana dalla stazione di polizia?»

«Non si preoccupi. Abbiamo degli impegni in zona.»

«Okay, ma impiegherò almeno un'ora per arrivare a casa.»

«Allora che ne dice di fare tra un'ora? Ora sono le due, quindi facciamo alle tre.»

Kim Mi-sook fissò senza esitazione l'appuntamento e riattaccò.

«È la polizia?»

Kyung-hee mi guardò preoccupata. Le parole della poliziotta riguardo agli impegni nei pressi della mia casa mi inquietavano. Già la volta scorsa, quando avevo parlato con il guardiano, avevo avuto l'impressione che stessero indagando su di me. Mi sentivo accerchiata.

Kyung-hee, osservando la mia espressione turbata, mi porse di nuovo il documento dell'assicurazione.

«Sai... Sarebbe meglio occuparsi prima dei funerali e poi dell'assicurazione... Non credi? Credo sia la cosa giusta da fare...»

Annuii al suo consiglio, iniziando a pensare che la mia fretta potesse solo complicare le cose.

«Si tratta di annegamento» dichiarò Yun Chang-geun con tono deciso. L'ispettore Yun sembrava osservare tutto più attentamente rispetto al nostro primo incontro. Per evitare il suo sguardo, iniziai a fissare distrattamente le mie unghie, che erano lunghe e trascurate. Pensai che avrei dovuto tagliarle non appena fossero andati via.

«Il referto dell'autopsia sarà pronto tra circa una settimana.

È stata completata senza intoppi, e sono venuto a informarla prima che siano disponibili i documenti ufficiali. Può proseguire senza problemi con il funerale.»

Un calore rassicurante mi avvolse le spalle. Era il tocco confortante della sergente Kim Mi-sook, che indossava jeans e maglietta al posto della divisa.

L'ispettore Yun staccò lo sguardo da me e iniziò a esaminare attentamente il soggiorno.

«Cosa sono quelle?» chiese, indicando una serie di scatole di medicinali accatastate vicino alla finestra.

«Sono cose che ha portato mio marito.» C'era effettivamente qualcosa da dire in merito.

«La Eugene Pharmaceuticals, la compagnia per cui lavorava, non le accetta. Io devo riavere indietro i soldi. Le doveva acquistare la farmacia e nel frattempo mio marito aveva coperto la spesa di tasca sua. Quindi...»

«Di solito i farmaci per il raffreddore contengono ingredienti che provocano sonnolenza, sbaglio?»

L'ispettore Yun aprì una delle scatole e cominciò a esaminarne il contenuto, che si rivelò un comune rimedio per raffreddore e influenza.

«Kim Yun-beom era una persona molto ambiziosa? Per esempio ossessionata dal raggiungere la vetta o incapace di sopportare la sconfitta?»

Mi chiesi se l'ispettore volesse conoscere le mie opinioni personali o avesse bisogno di una valutazione obiettiva. Mio marito era una persona che voleva sempre eccellere. Desiderava ottenere risultati migliori di chiunque altro e raggiungere un alto tenore di vita. Tuttavia, non riusciva a ottenere i risultati sperati. Era come uno studente che desiderasse ardentemente essere il primo della classe, ma che, nonostante gli sforzi, restava sempre al decimo posto.

«Be', era sempre stressato per le sue prestazioni.»

La sergente Kim Mi-sook continuò a esaminare con attenzione l'etichetta degli ingredienti sui farmaci che aveva preso dall'ispettore Yun Chang-geun e poi cercò qualcosa sul suo cellulare. Cominciò ad aprire le scatole e a controllare il contenuto.

«Cosa sta facendo?» chiesi.

La sergente Kim Mi-sook, concentrata, non rispose subito. Alla fine, trovò quello che cercava e sorrise. Tra i farmaci c'era un sonnifero chiamato Rozalmin. Iniziò a esaminarne l'etichetta.

«Kim Yun-beom assumeva spesso questo sonnifero?»

«Non saprei... Questi farmaci devono essere restituiti all'azienda, quindi noi non li abbiamo aperti né usati.»

«E se non avesse avuto intenzione di restituirli?»

«Scusi?»

«Kim Yun-beom potrebbe aver evitato di restituire i farmaci per paura di essere penalizzato sul lavoro. L'azienda probabilmente non sa che i farmaci sono accumulati qui. Dovremo verificare questa cosa, ma è possibile che abbiano rifiutato la restituzione. In ogni caso, il signor Kim Yun-beom può averle prese anche senza l'intenzione di restituirle.»

Io non riuscivo a comprendere del tutto.

L'ispettore Yun aggiunse: «Nel sangue di Kim Yun-beom è stata trovata una grande quantità di un componente chiamato doxilamina, che è presente anche nell'etichetta del sonnifero. Questo significa che deve averlo assunto prima di annegare».

«No, mio marito considerava patetiche le persone che usavano sonniferi per dormire.»

Derideva coloro che dipendevano da quei farmaci. Voleva essere forte in ogni aspetto della sua vita. Anche se lavorava in campo farmaceutico, si rifiutava di prendere medicine quando era ammalato, credeva di poter combattere i virus senza alcun aiuto esterno. Poteva anche essere diventato più resistente ai virus, ma era sicuramente sensibile ai farmaci. Era il tipo di persona che subiva anche gli effetti di una piccola quantità di caffeina. Fu per questo che dopo aver preso venti pasticche di quel sonnifero, si era addormentato più in fretta di quanto mi aspettassi.

«Siamo venuti a sapere che suo marito ha ottenuto un prestito garantito sul deposito per la casa. Lei ne era a conoscenza?»

«Sì, quando ci siamo trasferiti in questa casa, non avevamo abbastanza denaro per il deposito... Ma era un prestito per lavoratori dipendenti.»

«Ah, oltre a quel prestito, ne ha ottenuto un altro di cinquanta milioni di won garantito da un'altra banca. Circa un anno fa. Il motivo per cui Kim Yun-beom è stato licenziato è principalmente perché ha ignorato le raccomandazioni dell'azienda riguardo ai rimborsi illegali e ha continuato a commettere degli illeciti. Inoltre, ci sono testimonianze secondo le quali ha cercato di ottenere denaro da alcuni medici con cui aveva avuto affari in passato. Sembra che dopo essere stato licenziato, Kim Yun-beom abbia tentato di recuperare i soldi che aveva speso per gli omaggi offerti. Recentemente stava anche affrontando una causa civile per minacce. Di questo era a conoscenza?»

Un altro prestito.

Venni colta dalle vertigini. Sembrava che mio marito, anche dopo la morte, stesse cercando di tormentarmi.

«Quindi, pensate che si sia suicidato? Non era il tipo d'uomo che fa una cosa del genere.»

Kim Mi-sook mi guardava con pietà. Da quello sguardo capii che i due agenti sospettavano che la morte di mio marito fosse un suicidio.

«L'indagine è ancora in corso, quindi dobbiamo aspettare.»

Al contrario, quelle parole sembravano suggerire che l'indagine fosse quasi conclusa. Persi la pazienza.

«Ha detto che mio marito stava minacciando i medici e che il giorno della sua morte doveva incontrare un dottore chiamato Park Jae-ho. Era il direttore di una clinica pediatrica con cui lui era in affari. E quel medico? Perché non lo state interrogando? Perché l'auto è stata trovata solo il giorno dopo? La parte posteriore emergeva dal bacino. Perché quel dottore non ha segnalato l'incidente alla polizia?»

Parlare in quel modo richiese una certa dose di coraggio. Mi espressi in modo goffo per paura che, dando voce ai miei dubbi, potesse emergere qualcosa che finisse per incriminarmi. Ma una volta che iniziai a parlare, la mia rabbia contro il dottore aumentò, e mi sentii trascinata da un'ondata di indignazione.

«Naturalmente, abbiamo subito avviato un'indagine. Tramite le chiamate e i messaggi sul telefono abbiamo confermato che Kim Yun-beom quella sera aveva un incontro con quel medico.»

«E allora? Il dottore è stato arrestato?»

«Il dottore non era presente sul luogo quel giorno.»

«Cosa?»

«Dopo le nove di quella sera, l'unico veicolo che è entrato nell'area del bacino è stato quello di Kim Yun-beom.»

Credevo che Park Jae-ho fosse arrivato al bacino intorno alle undici e avesse visto l'auto di mio marito, per poi fuggire.

«Perché non ci è andato? Siete sicuri? Potrebbe essere arrivato in taxi, no?»

«Sì, siamo più che sicuri. In quell'orario, il dottor Park Jae-ho era a Seoul, non nel luogo dell'accaduto.»

Era chiaro che il dottore non aveva avvisato mio marito di un eventuale annullamento. Perché non si era presentato all'appuntamento? Forse lo riteneva così insignificante da non meritare neanche un avviso?

«Intende celebrare il funerale entro due giorni?»

Mi ero persa nei miei pensieri, dimenticando per un attimo la presenza dei due poliziotti.

«Possiamo portare via i pacchi di medicinali per la nostra indagine?»

«Va bene... Fate pure. Ma...»

Mi rivolsi loro con uno sguardo supplicante, sperando che i miei sentimenti li colpissero.

«Mio marito è stato sicuramente assassinato.»

La mia voce era ferma e determinata, ma i due poliziotti non risposero e mi guardarono in silenzio. Il fatto che mio marito fosse stato ucciso era una delle poche verità che ero assolutamente certa di poter affermare.

Sabato 16 aprile

JU-RAN

I grandi container del porto e i fumi delle fabbriche in lontananza apparirono di fronte ai miei occhi con inquietante familiarità. Questa era Incheon, la città dove ero nata e cresciuta. La nostra casa era vicino al molo; mio padre lavorava per una compagnia portuale e per questo avevamo deciso di trasferirci lì. Anche dopo che morì di cancro restammo a vivere nei pressi della sua società. Odiavo quel posto. Alla sua morte, passai in un istante dall'essere la bambina intelligente e graziosa, alla miserabile senza padre. Volevo solo scappare da lì, dove tutti sapevano che ero rimasta orfana.

«Non c'era bisogno che venissi con me» disse mio marito distrattamente, mentre era intento alla guida.

«È sabato, e poi è bello fare un giro in macchina insieme dopo tanto tempo. Che c'è di male?»

All'orizzonte, tra le fabbriche, il sole iniziava a tramontare. Aprii il finestrino e mi sembrò di sentire l'odore familiare del mare.

«Mi piace davvero fare questi giri. Una volta venivo insieme a te molto più spesso. Daecheon, Chuncheon, Seorak, Yeosu, Tongyeong…»

La voce del navigatore annunciò che eravamo arrivati a destinazione.

«Dovremmo esserci. Ma dov'è l'ingresso?»

Apparve un cartello che indicava l'obitorio dell'università Inha. Quando seppi che il funerale di Kim Yun-beom si sarebbe tenuto a Incheon, senza pensarci troppo decisi di accompagnare mio marito. Era una coincidenza inquietante. Mi chiedevo se anche Kim Yun-beom fosse nato e cresciuto lì. Nonostante il nostro incontro fosse avvenuto in sogno, avevo l'impressione di conoscerlo da tempo e di essere legata a lui da un filo.

Volevo vedere di nuovo il suo volto, anche solo dalla foto commemorativa. Da quando era apparso e poi scomparso nel nostro cortile, avevo dei dubbi sul fatto che Kim Yun-beom fosse davvero reale. Ma era ovvio che lo fosse. Mi aveva dato il suo biglietto da visita, mi aveva parlato, mi aveva sorriso. Volevo osservare nuovamente il suo volto. Il volto di un uomo che aveva un appuntamento con mio marito proprio il giorno della sua morte.

La sala del funerale era tranquilla. Si vedevano corone di fiori inviate dalla Eugene Pharmaceuticals, W Flag Shop e Neizen Bedding. Mio marito e io scrivemmo i nostri nomi sul registro delle condoglianze, consegnammo la busta con il denaro e ci dirigemmo verso la camera ardente.

Lì vidi la foto commemorativa dell'uomo. Era sorridente, con le rughe che gli si formavano agli angoli degli occhi. Ma, anche in quella immagine, sembrava che stesse recitando, come se il sorriso fosse solo una facciata e nonostante quel sorriso, appariva stanco e affaticato.

Dopo aver fatto un inchino davanti alla foto di Kim Yunbeom, incontrammo sua moglie, una giovane minuta e molto magra, che indossava il tradizionale abito funebre. Ero curiosa di vedere il volto di quella donna che aveva appena perso il marito. Sembrava avere poco più di trent'anni, ma il suo aspetto era completamente diverso da quello di Kim Yun-beom. A differenza di lui, di bell'aspetto, nel volto di lei non c'era armonia: i suoi occhi, dalla doppia palpebra, erano eccessivamente grandi, mentre il naso era troppo piccolo e la bocca sproporzionatamente larga. Sebbene fosse in lutto, appariva fredda e dura. I capelli secchi e la pelle sciupata sembravano raccontare una storia di vita difficile.

«Non oso immaginare il dolore che prova» dissi, chinando il capo in segno di rispetto.

Quando alzai lo sguardo, la donna stava fissando intensamente mio marito.

«Lei è il dottor Park Jae-ho, giusto?» disse all'improvviso, chiamandolo per nome.

«Ah… sì…»

Gli occhi della donna si illuminarono quando pronunciò il suo nome. Lui, visibilmente a disagio sotto quello sguardo penetrante, cercò di allontanarsi, ma lei continuò a fissarlo con insistenza mentre indietreggiava di qualche passo.

Mio marito era un normale visitatore, aveva fatto le condoglianze, offerto denaro e recitato una preghiera, e ora stava seduto tra gli altri presenti, mangiando il cibo preparato dall'agenzia funebre, un assortimento dolce, salato e secco. A quel punto, un giovane sulla trentina gli si avvicinò con fare amichevole.

«È venuto, alla fine… anche con sua moglie.»

«Oh, sì. Lui è Kang In-seop, un mio collega. Fa l'otorinolaringoiatra a Bucheon.»

«Piacere di conoscerla, signora. Ma come mai è venuto? In molti non erano convinti di farlo.»

Il giovane parlava a bassa voce, in tono cauto.

«Lo conoscevo, quindi è naturale che sia qui a porre i miei omaggi. Perché? È successo qualcosa?»

«Non lo sa? Kim Yun-beom non si è comportato proprio bene...» L'uomo guardò ancora una volta intorno a sé, come se non fosse sicuro di poter discutere di certi argomenti a un funerale. Sembrava esitare, forse perché era consapevole che quello non era il luogo adatto.

«Quindi non lo sa? Andava in giro a chiedere soldi dicendo di avere una lista di medici coinvolti in tangenti e che l'avrebbe consegnata alla polizia. Credo che diversi dottori siano stati interrogati dalle forze dell'ordine in merito.»

«Ah, davvero? Non ne sapevo nulla» disse mio marito, comportandosi come se fosse la prima volta che ne sentiva parlare, anche se lui stesso era stato interrogato dalla polizia.

«Sì, all'inizio li minacciava per estorcere loro denaro ma, vedendo che non funzionava, ha iniziato a supplicarli come se stesse elemosinando.»

«Se stanno evitando questo posto, allora devono avere qualcosa da nascondere. Tu come mai sei qui?»

«Io ho aperto il mio studio da poco, quindi non ho avuto problemi con Kim Yun-beom. Mi ha solo presentato delle persone e mi ha aiutato con la mia attività, tutto qui.»

Mentre l'uomo spiegava di essere stato "innocentemente" aiutato da un intermediario ad aprire la sua clinica, iniziai a chiedermi se fossero proprio quelli che non volevano essere notati dalla polizia a essere presenti al funerale.

«Dicono che si sia suicidato» sussurrò come se stesse rivelando un segreto. «È stato cacciato dall'azienda e aveva parecchi debiti, quindi dicono che si sia tolto la vita.»

Mio marito sembrava poco interessato.

«Ah, davvero? È questa la loro conclusione?»

«Me l'ha detto un mio contatto nella polizia...» L'uomo si fermò bruscamente, interrompendo il flusso delle sue parole quando la moglie di Kim Yun-beom si avvicinò. La donna mi lanciò un'occhiata fugace, poi si rivolse a mio marito.

«Potrei parlarle un momento?»

Lui, colto di sorpresa, non rispose subito.

«Ah, certo... Sì, va bene.»

«Ho delle cose di cui vorrei discutere» disse, stavolta guardando me, affinché capissi che si trattava di una conversazione privata.

Mio marito si alzò e la seguì fuori dalla sala. Anche se ero interessata a sapere come continuasse la conversazione che Kang In-seop aveva iniziato, questi si allontanò senza sentire il bisogno di proseguire il discorso con me. Rimasi sola a mescolare distrattamente il mio piatto di straccetti di manzo con le bacchette di legno.

Ero curiosa di sapere di cosa avrebbero parlato mio marito e quella donna. E anche dei dettagli sull'indagine della polizia a cui Kang In-seop aveva accennato. Ma nessuno mi avrebbe raccontato nulla di importante. Ero come una ragazzina esclusa dalle conversazioni degli adulti, senza accesso alle decisioni che contavano davvero. Le uniche cose di cui potevo occuparmi erano faccende insignificanti: cosa cucinare, quando andare al supermercato o da dove iniziare a pulire la casa. Le scelte che prendevo sembravano più simili a quelle della donna delle pulizie della porta accanto.

Erano passati una ventina di minuti. La donna era tornata a ricevere le condoglianze, ma mio marito non era ancora rientrato. La vedova non mostrava alcun segno di dolore, manteneva un'espressione impassibile mentre dava istruzioni al personale dell'agenzia funebre. Sembrava completamente padrona di sé di fronte a quel lutto, mentre io, rimasta sola, mi sentivo confusa e smarrita.

Chiamai mio marito. Rispose bruscamente che stava parlando con qualcuno che conosceva. Non mi piaceva l'idea di rimanere lì senza di lui. Sarebbe stato meglio aspettare in macchina. La camera ardente era poco frequentata, e la vista di una donna seduta in solitudine in quella stanza desolata attirava l'attenzione dei pochi presenti. Non riuscivo più ad aspettare, così mi alzai per andarmene.

«Lei è Kim Ju-ran, vero?» La moglie di Kim Yun-beom si era materializzata accanto a me, e mi chiamò per nome.

«Sì. Come conosce il mio nome?»

«Ho letto il registro delle condoglianze. È scritto accanto al nome del signor Park Jae-ho. Mi sono sorpresa di vedere un nome che conoscevo.»

«Prego? Il mio nome?»

«Sì, è un nome che mio marito amava. Mi aveva detto che se avessimo avuto una femmina, l'avrebbe chiamata Ju-ran. Come lei, Kim Ju-ran.»

Quelle parole mi fecero gelare il sangue. La donna indicò il suo ventre, coperto dall'abito. Era incinta. Una donna in lutto e con un bambino in grembo.

«Mio marito mi parlava spesso di lei.»

Spesso? Io avevo incontrato Kim Yun-beom solo una volta. Le sue parole mi risultarono sgradevoli. Non volevo essere al centro di quei discorsi. Gli occhi della donna, vivaci e curiosi, non erano quelli di qualcuno che ha appena perso il compagno.

«Sapeva che la notte in cui è morto, suo marito e il mio avevano un appuntamento per andare a pesca insieme?»

La sua domanda così diretta mi sembrò aggressiva.

«Davvero? E perché me lo dice?»

«Mio marito è stato assassinato.»

«Scusi?»

«Penso che suo marito abbia ucciso il mio. E anche la polizia, prima o poi, la penserà allo stesso modo.»

La donna fece un lieve sorriso. Sorridere al funerale del proprio marito? Era blasfemo, disturbante.

A quel punto, non mi importava più se mio marito fosse andato o meno al lago quella notte, né se Kim Yun-beom fosse stato davvero assassinato. Ciò che mi faceva infuriare era l'atteggiamento di questa donna insignificante. Mi guardava con disprezzo, il mento leggermente sollevato, come se volesse solo trasmettermi freddamente il suo messaggio. Come osava? Avrei voluto colpirla in faccia con la mia borsa.

SANG-EUN

Per tutta la notte precedente il funerale, avevo frugato nel computer di mio marito. Il vecchio e lento portatile conteneva file di film datati, documenti e foto, ma tutto era perfettamente organizzato. Se qualcuno mi avesse chiesto che tipo di persona fosse mio marito, avrei risposto così: una che amava l'ordine. Grazie a questa ossessione, non mi fu difficile trovare il file Excel che aveva preparato. Date, nomi di medici, luoghi, dettagli, somme di denaro o oggetti. Mio marito aveva ordinato tutto per categorie e aveva usato quel documento per andare a cercare i medici e minacciarli per soldi.

Mio marito, che era sempre stato così severo con me, si era rivelato un ingenuo. Girare con un documento simile, privo di alcun valore legale, per estorcere denaro era ridicolo. Chiunque glielo avesse dato sarebbe stato uno sciocco.

Stampai quel documento e lo tenni con me. Se la polizia fosse venuta al funerale, avrei mostrato tutto. Naturalmente, sapevo che quell'elenco non aveva alcun valore. Il mio obiettivo era solo quello di prolungare l'indagine della polizia e, possibilmente, distogliere la loro attenzione da altre questioni.

Indossai il lutto e vegliai sulla sala funebre, volgendo continuamente lo sguardo all'ingresso, in attesa che arrivassero gli agenti. Proprio mentre guardavo verso la porta, un uomo di mezza età entrò insieme a una donna più giovane. Lo riconobbi immediatamente. Era Park Jae-ho, avevo visto il suo volto sul sito internet della sua clinica, dove sorrideva bonariamente. Era più imponente di quanto sembrasse dalla foto a mezzo busto. Alto e massiccio, aveva un aspetto che si sarebbe adattato meglio all'intrattenimento o a luoghi poco legali, piuttosto che alla medicina.

In abito nero, si avvicinò alla foto commemorativa di mio marito, depose un fiore e poi mi fece un leggero cenno di saluto con la testa. La donna che lo accompagnava fece lo stesso, con un'espressione grave. Mi chiesi perché fosse venuto con la moglie.

Lei aveva i capelli neri che le ricadevano sulle spalle e un'età difficile da determinare. Colpiva con la sua pelle chiara e le labbra stranamente rosse, indossava un semplice abito nero che evidenziava la sua bellezza. Mi guardava fisso, quasi come se fossi un animale esotico in uno zoo.

«Lei è il dottor Park Jae-ho, giusto?»

Appena pronunciai il nome, l'uomo robusto di fronte a me sembrò disorientato. Ma quello che mi sorprese ancora di più fu che la moglie, al suo fianco, sembrava ancora più agitata. Era come se il semplice suono di quel nome avesse scatenato in entrambi uno shock, come fossero stati colti in flagrante sulla scena di un crimine.

Non mi sarei mai aspettata di vedere Park Jae-ho al funerale. Dopo la morte di mio marito, era stato lui il primo a essere interrogato dalla polizia.

Forse era proprio per quel collegamento inquietante con la sua morte che lui e sua moglie si sforzavano di apparire il più naturali possibile. Un comportamento che avevano tenuto perfino al pasto: prima di iniziare a mangiare si erano seduti uno accanto all'altra, con le spalle rivolte verso l'ingresso e stretti contro il muro. Non avevo mai visto nessuno sedersi in quel modo a un tavolo; forse, inconsciamente, volevano evitare il mio sguardo. La scena di quei due lì così mi fece quasi scoppiare a ridere, ma non era certo il momento per farlo. Erano ospiti del tutto inaspettati.

Negli ultimi giorni, avevo frugato e rovistato tra i contenuti del cellulare rosa di mio marito. Ero convinta che ci fosse un preciso motivo per cui avesse nascosto il telefono prima di incontrare Park Jae-ho. Stavo cercando di mettere insieme tutti i frammenti d'informazione che avevo: perché Yun-Beom aveva quel telefono, chi era quella ragazzina, e perché si era preoccupato di nascondere il cellulare prima dell'incontro? Continuavo a domandarmi se, con quel telefono, non stesse cercando di ricattare Park Jae-ho. Quell'uomo, che adesso spezzava le bacchette di legno per la moglie, poteva avere una relazione con una ragazza di nome Lee Soo-min?

Mi tornò alla mente il volto eccitato di mio marito quel giorno. Aveva cercato di estorcere denaro ai medici con una lista di tangenti ridicola, ma forse, per la prima volta, si era imbattuto in un'opportunità di ricatto più concreta. E aveva nascosto il telefono in macchina per evitare che Park Jae-ho glielo sottraesse.

Volevo verificare se i miei sospetti fossero fondati, così gli avevo inviato una foto della ragazza con un messaggio:

Signor Park Jae-ho, si ricorda di me?

Ma lui non aveva risposto. La reazione che mi aspettavo non era arrivata, così avevo deciso di lasciare in sospeso il mio piano. Almeno fino a oggi, quando si era presentato al funerale. Il suo arrivo era stata la risposta a quel messaggio.

Nel telefono di Lee Soo-min c'era un'app chiamata Siltok. A prima vista sembrava una normale applicazione di messaggistica, ma bastava dare un'occhiata più approfondita per capire che veniva usata per incontri a pagamento. La ragazza, palesemente adolescente, sembrava coinvolta in questi appuntamenti. Park Jae-ho poteva essere un pervertito attratto da simili situazioni. Chissà come avrebbe reagito quella donna, con quel suo viso innocente e inconsapevole, se avesse scoperto che suo marito era un pervertito. Avrebbe potuto persino suicidarsi, appendendosi con un asciugamano alla porta del bagno. Non sarebbe riuscita a sopportare una simile mostruosità. Lei, che probabilmente aveva vissuto circondata da persone sorridenti che la costringevano a vedere solo il bello.

Mi avvicinai alla coppia. Erano seduti e si sporgevano verso un uomo dall'aspetto un po' stordito, che chiacchierava mentre afferrava della frutta.

«Potrei parlarle un momento?» dissi, poggiando una mano sulla spalla di Park Jae-ho. Lui si voltò di scatto, sorpreso.

«Ah, certo... Sì, va bene.»

Sua moglie posò le bacchette sul tavolo. Sembrava volesse seguirci. Ma non desideravo che quella sera lei finisse col togliersi la vita in bagno. Era una conversazione che dovevo avere solo con lui.

«Ho delle cose di cui vorrei discutere.»

«Capisco, certo» disse la donna con una nota di delusione. Da vicino, la sua pelle bianca sembrava ancora più candida. Forse spendeva centinaia di won al mese in un salone di bellezza. Avevo già incontrato donne come lei tra i miei clienti: bisognose di conferme costanti, di essere amate. Avere molti soldi significava avere molte possibilità nella vita, e donne come lei sceglievano sempre la stessa cosa: un uomo ricco che le amasse. Se avessi avuto io quei soldi, avrei fatto scelte molto diverse. In ogni caso, quella donna sembrava fuori luogo al funerale di mio marito.

Nel parcheggio, Park Jae-ho, un po' incurvato, mi fissava dall'alto.

«Condoglianze per la sua perdita.»

Cercava di mostrarsi affranto, ma i suoi occhi sembravano quasi sorridere.

«Perché crede che le abbia chiesto di parlare?»

Lui fece una pausa, come se riflettesse, quasi divertito dalla situazione.

«Non saprei. Sarà sconvolta… Potrebbe trattarsi di qualsiasi cosa…»

«Lei conosce le dinamiche dell'incidente di mio marito, vero?»

«Ah, sì. Me le ha riferite la polizia, ma non conosco i dettagli precisi.»

«Mio marito non si è suicidato.»

«Sì, è evidente che tutto debba essere chiarito affinché la sua anima possa riposare in pace.»

L'uomo continuò a parlare con un finto tono cordiale. Le rughe che aveva intorno agli occhi sembravano i segni di un'astuzia accumulata negli anni, come se quella stessa scaltrezza lo avesse condotto fino a quel momento.

«Mio marito mi ha accompagnata a casa dei miei genitori, poi si è diretto al bacino di Gisan. E quella sera mi ha dato qualcosa di molto importante.»

L'uomo annuì, con un gesto forse un po' troppo enfatizzato, come a voler dimostrare che stava seguendo con attenzione.

«Di quest'oggetto non ho detto nulla alla polizia.»

Sentendo la parola "oggetto", il volto dell'uomo si fece improvvisamente inespressivo.

«Scusi… come devo chiamarla? Il suo nome…»

«Mi chiamo Lee Sang-eun.»

«Ah, quindi è lei che ha inviato quello strano messaggio.»

Sembrava riferirsi al messaggio che avevo inviato alcuni giorni prima, insieme alla foto di Soo-min, la proprietaria del cellulare rosa.

«Anche lei ha bisogno di soldi, vero?» disse l'uomo, intuendo subito le mie intenzioni, come se fosse già a conoscenza di tutto. Non era così stupido da aver bisogno di lunghe spiegazioni.

«Quel cellulare non è altro che un telefono smarrito, nulla di più. Yun-beom lo ha trovato da qualche parte e ha cercato di collegarlo a me... chiedendomi soldi in maniera insistente. Quel giorno, al bacino, volevo solo provare a convincerlo a smettere di ricattare i medici, ma quando è arrivato il momento, ho deciso di non andarci. Yun-beom era già stato licenziato e sembrava fuori controllo.»

Il signor Park parlava come se non avesse niente a che fare con il telefono.

«Allora quel telefono non ha alcuna utilità per me. Lo consegnerò alla polizia.»

Accennai un inchino e mi voltai per andarmene.

«Perché suo marito è morto?» chiese Park Jae-ho, mentre mi allontanavo.

«Kim Yun-beom è morto perché ha continuato a fare le scelte sbagliate.»

Park Jae-ho mi fissò intensamente, come a suggerire che anch'io fossi una di quelle scelte sbagliate. Nei suoi occhi percepivo una violenza diversa da quella di mio marito. Yun-beom era il tipo di uomo che mostrava forza solo per nascondere la sua debolezza, ma Park Jae-ho possedeva una crudeltà molto più sottile e difficile da affrontare.

Mio marito era una persona con una visione chiara della vita che desiderava. Voleva possedere un appartamento di centoventi metri quadri ed essere padre di due figli. Sognava di tornare dal lavoro e trovare sua moglie che lo accoglieva in una casa ordinata e pulita con la cena pronta. Sognava una famiglia che cenasse insieme, una vita in cui, nonostante la stanchezza, i suoi figli gli avrebbero dato la forza per guardare con speranza al domani. Per alcuni, quella era solo una vita ordinaria, ma per mio marito era un ideale a cui aggrapparsi con disperazione. Più quel sogno si allontanava, più lui diventava violento.

All'inizio del matrimonio, era ossessionato dall'idea di avere un figlio. Non riuscendo a rimanere incinta, me ne diede la colpa, sostenendo che fosse dovuto alla poca attenzione che riponevo nella cura della mia persona.

Forse, come aveva suggerito Park Jae-ho, aveva fatto un errore fin dall'inizio scegliendo me come moglie. Io, infatti, avevo desiderato divorziare fin da subito. Poco dopo le nozze, avevo capito che quell'unione avrebbe annientato la mia esistenza. Non volevo vivere una vita di compromessi, fatta di sottomissione e sacrificio. Non volevo essere il supporto all'esistenza di mio marito. L'incubo era iniziato quando avevo cominciato a essere chiamata "la moglie di Kim Yun-beom". Ma lui era troppo mediocre perché io potessi essere orgogliosa di quel titolo.

Era il ragazzo di una mia collega. All'epoca, lavoravo come promotrice di un brand di cosmetici stranieri in un angolo vendite dell'E-mart. Indossavo una gonna corta, calze bianche fino al ginocchio e scarpe con un tacco di oltre dieci centimetri, con due trecce che mi facevano sembrare l'eroina di un anime giapponese, mentre parlavo senza sosta dei benefici del prodotto per la dermatite atopica. La mia collega, che lavorava accanto a me, vendeva prodotti per bambini. Era una ragazza dal carattere stravagante, con la propensione a spendere troppo. Dopo una lunga giornata in piedi, si aggirava per il negozio e finiva per spendere più soldi di quanti ne avesse guadagnati.

La trovavo sciocca, ma non avevo abbastanza interesse o affetto per lei da permettermi di farle delle prediche. A un certo punto, iniziò a chiedere prestiti di cinquanta o centomila won ai colleghi, sostenendo di dover andare in un locale dopo il lavoro. Fu allora che cominciai a mantenere le distanze da lei, intuendo che presto sarebbe diventata una seccatura. Eppure, nonostante tutto, quella ragazza mi mostrava un affetto esagerato, forse perché avevamo la stessa età, e io cercavo disperatamente un modo per allontanarla.

Un giorno d'inverno, uscii dal retro del negozio con la sciarpa stretta intorno al collo, e notai un uomo che tremava in un completo di stoffa sottile, aspettando la sua ragazza. Era il fidanzato della mia collega, che io avevo sempre considerato un po' patetico. Dopo esserci scambiati qualche cenno di saluto per alcune volte, finimmo per cenare tutti e tre insieme, e io ebbi modo di osservarlo più da vicino.

Lavorava come rappresentante di un'azienda farmaceutica. Non era per niente divertente, ma era bello e dava l'impressione di essere un uomo serio. Mi sentii dispiaciuta per lui, per il fatto che stesse con una persona così frivola. Era come se fosse destinato a una rovina imminente solo per aver scelto la donna sbagliata. Lo compativo, e pensavo che avrei potuto salvarlo. Lui, dal canto suo, mi disse che lo avevo colpito perché, a differenza delle altre donne, non mi truccavo e vestivo in modo semplice.

Yun-beom aveva solo mascherato la sua incompetenza con la diligenza, mentre io non ero frugale, vivevo in ristrettezze per mancanza di denaro. Avevamo iniziato la nostra relazione coltivando illusioni reciproche, per poi precipitarci nel matrimonio in meno di un anno.

Mio marito era un uomo armato di una moralità meschina. Stranamente si aggrappava alla convinzione che i colpevoli dovessero essere puniti, ma dopo il matrimonio applicava questo metro di giudizio solo a me, giustificando la sua violenza. In nome di questa punizione, basata sulla sua rigida etica, mi maltrattava senza mai scusarsi.

Le sue minacce ai medici che accettavano tangenti o le richieste di denaro a Park Jae-ho probabilmente nascevano dalla stessa convinzione della loro colpevolezza. Ironicamente, mio marito, per quanto perso nella sua distorta realtà, possedeva un limite morale assoluto. Grazie a questa ridicola etica, non sarebbe mai stato il tipo da intrattenere rapporti sessuali con minorenni.

Park Jae-ho, invece, sembrava fatto di tutt'altra pasta. Pareva privo di ogni limite morale. Nonostante fosse un pediatra, dava l'impressione di poter soddisfare i suoi desideri carnali pagando per fare sesso con minori, senza il minimo senso di colpa. Un uomo capace di tutto per il proprio tornaconto. In altre parole, Park Jae-ho sembrava simile a me.

Incuriosita dalla donna che viveva con un uomo del genere, sfogliai il registro degli ospiti alla ricerca dei loro nomi. Park Jae-ho e Kim Ju-ran. Era un nome familiare.

Se fosse stata femmina, mio marito aveva espresso il desiderio di chiamare così nostra figlia. Io detestavo quello squallido nome. Suonava come il nome della donna ideale, o meglio, della moglie ideale secondo mio marito. Non avrei mai voluto chiamare mia figlia come una "mogliettina perfetta".

La donna dal nome squallido, Kim Ju-ran, sembrava guardarsi intorno alla ricerca del marito. Un'adulta spaventata dall'idea di essere lasciata sola anche per un momento era la donna che occupava il posto più alto nell'immaginario di mio marito.

«Lei è Kim Ju-ran, vero?» le chiesi, fingendo di conoscerla.

«Sì. Come conosce il mio nome?»

«Ho letto il registro delle condoglianze. È scritto accanto al nome del signor Park Jae-ho. Mi sono sorpresa di vedere un nome che conoscevo.»

«Prego? Il mio nome?»

«Sì, è un nome che mio marito amava. Mi aveva detto che se avessimo avuto una femmina, l'avrebbe chiamata Ju-ran. Come lei, Kim Ju-ran.»

Volevo attirare la donna nel mondo che condividevo con mio marito, semplicemente pronunciando il suo nome. Mi divertiva l'idea che, con i suoi occhi spalancati e quell'espressione innocente, sembrasse completamente fuori luogo nella camera ardente.

«Mio marito mi parlava spesso di lei» dissi, notando la sua immediata reazione di disapprovazione. «Sapeva che la notte in cui è morto, suo marito e il mio avevano un appuntamento per andare a pesca insieme?»

L'espressione della donna vacillò.

«Davvero? E perché me lo dice?»

Era molto più divertente provocare la moglie che Park Jae-ho.

«Mio marito è stato assassinato.»

«Scusi?»

«Penso che suo marito abbia ucciso il mio. E anche la polizia, prima o poi, la penserà allo stesso modo.»

Il volto della donna si contorse in un'espressione di disgusto. Le lacrime di rabbia che stavano affiorando non chiarivano se la sua collera fosse rivolta verso di me o suo marito. Ma era palese che non riponeva una fiducia totale nel suo consorte. Forse lo stava già considerando come un possibile assassino. Dovevo ottenere del denaro da Park Jae-ho per conto di mio marito. Sembrava più facile che riscuotere il risarcimento assicurativo, e poteva essere una valida soluzione. Un sorriso si affacciò sulle mie labbra senza che io me ne rendessi conto.

Domenica 17 aprile

JU-RAN

Desideravo essere una persona allegra, positiva e spensierata. Sebbene a vent'anni certi pensieri negativi e pessimisti potessero avere un certo fascino, a trenta erano un sintomo di sconfitta. Così avevo cercato di essere più positiva, ma il ricordo della morte di mia sorella continuava a perseguitarmi. Non volevo diventare una perdente intrappolata nei tristi ricordi del passato. Adesso, però, un'immagine inquietante si sovrapponeva a quella già sgradevole della morte di mia sorella: quella di mio marito che uccideva qualcuno.

Amavo molto le sue grandi mani. Mi piaceva stringerle, sentirle e osservarle. Amavo studiarne le linee, toccare i calli sulle sue dita e guardare le sue unghie, piatte e ridicolmente piccole. Le sue mani, così grosse e ruvide, mi rassicuravano. Ma il pensiero che avessero potuto uccidere qualcuno trasformava tutto in un incubo terrificante.

Una frase, detta da quella donna piccola, magra e scura, aveva sconvolto la mia mente: «Penso che suo marito abbia ucciso il mio».

Forse Jae-ho aveva mentito per nascondere che non era stato a casa quel giorno. Ero furiosa per tutta quella situazione, al punto da impazzire. Ed ero arrabbiata per il fatto che mio marito non mi avesse detto nulla. Anche se avesse ucciso Kim Yunbeom, avrebbe dovuto parlarmene e discuterne con me. Ero sempre pronta a stare dalla sua parte. Se me lo avesse raccontato, avrei fatto qualsiasi cosa per creare un alibi perfetto per lui. Anzi, anche se non avessi potuto fare nulla, lo avrei amato e avrei creduto in lui con più forza di quanto non facessi adesso.

Ma le sue menzogne avevano offuscato la mia determinazione e il mio spirito. Mi ero esaurita ed ero diventata una persona negativa, sospettosa nei confronti del suo stesso compagno.

Ripensai alle corone di fiori che avevo visto al funerale. Solo tre modesti omaggi floreali: Eugene Pharmaceuticals, W Flag Shop e Neizen Bedding. Trovai il numero di telefono del W Flag Shop Seoincheon e chiamai.

«Buongiorno. Devo chiederle un favore: è possibile parlare con la signora Lee Sang-eun? È una vostra dipendente.»

«Certo, di cosa si tratta?»

«Vorrei restituire un articolo.»

«Ah, capisco. In tal caso, dovrà contattare il nostro servizio clienti per gestire la restituzione. Di che articolo si tratta?»

«No, ho bisogno di parlare direttamente con la signora Lee. L'ho acquistato da lei.»

«Capisco. Un momento per favore.»

La donna dall'altra parte del telefono sembrava un po' confusa, come se stesse affrontando una cliente capricciosa. Era strano, ma dalle mie parole sembrava che i miei modi stessero davvero cambiando. Di solito, se avessi comprato un prodotto difettoso, avrei trovato fastidioso la trafila per il reso e avrei finito per usarlo comunque o per acquistare un nuovo prodotto. Fino a poco tempo fa, non avrei avuto voglia di litigare con nessuno.

«Mi dispiace, ma la signora Lee Sang-eun non lavora più per noi.»

«Oh... sa dirmi in quale negozio è stata trasferita?»

«Non è stata trasferita, ha dato le dimissioni.»

«Ho necessità di parlare con lei, potrei avere almeno il suo numero di telefono?»

«Mi dispiace, signora, ma non possiamo fornire informazioni personali sui nostri ex dipendenti. Per questioni di reclami, restituzioni o cambi, le consiglio di contattare il servizio clienti, che farà tutto il possibile per risolvere il problema.»

Il mio primo tentativo di fare la cliente difficile era fallito. La vecchia me avrebbe provato imbarazzo e avrebbe cercato di risolvere in un altro modo, ma ora mi era venuta in mente un'altra idea per ottenere il contatto della signora Lee Sang-eun. Aprii il comodino accanto al letto e tirai fuori un foglietto accartocciato. Era un biglietto da visita di Kim Yun-beom, con il numero del reparto vendite di Eugene Pharmaceuticals.

«Salve, non sono riuscita a partecipare al funerale di Kim Yun-beom e vorrei inviare un contributo alla moglie. Posso avere il numero di contatto della sua famiglia?»

«Ah, sì. Attenda un momento in linea.»

Questa volta, l'uomo che rispose al telefono aveva un tono amichevole. Sembrava considerare il mettermi in contatto con la famiglia di Kim Yun-beom come un favore per un collega.

«Le do subito il numero di cellulare della moglie. È la signora Lee Sang-eun, e il numero è 010-7×××-5344.»

«La ringrazio, avrei bisogno anche dell'indirizzo per inviare un pacco. Non mi sembra opportuno chiederlo direttamente alla signora in lutto...»

«Certamente, un momento!»

L'uomo mi fornì senza problemi l'indirizzo di casa. Le persone tendono a essere più disponibili e reattive quando si tratta di situazioni simili, e lui sembrava voler fare il possibile per il suo collega defunto.

Una volta annotato su un foglietto il numero di cellulare di Lee Sang-eun e l'indirizzo, non avevo idea di come proseguire. Non ero in grado di affrontare quella donna e mio marito non aveva bisogno di essere difeso dalle sue accuse. All'inizio avrei voluto chiederle: «Perché afferma che mio marito abbia ucciso il suo? Potrebbe spiegarmi meglio?». Ma tenendo in mano il numero di telefono, mi resi conto di quanto fosse stupida tale domanda.

5344… quel numero mi tornò in mente. Ricordavo quelle quattro cifre. All'inizio pensai che fosse spam, ricevevo spesso messaggi pubblicitari indesiderati via e-mail e SMS.

Poi associai quel numero all'immagine di una ragazza adolescente tutta sorridente, con la scollatura in mostra. Il messaggio diceva: *Signor Park Jae-ho, si ricorda di me?*

Era raro ricevere spam con il nome del destinatario, quindi guardai e riguardai quel numero. Cercai su internet, dove di solito lo spam è facilmente individuabile. Ma quel numero era apparso in un posto strano: sul cellulare di mio marito. E la donna che aveva inviato la foto di quella ragazza era Lee Sang-eun, la moglie di Kim Yun-beom.

Volevo riflettere di più su quanto stava accadendo, cercare di capire la situazione, ma non avevo tempo. Mia suocera e Seung-jae erano appena rientrati.

Seung-jae portava con sé una scatola bianca. Guardando più da vicino, si trattava della confezione di un nuovo telefono.

Sembrava che mia suocera gli avesse comprato un nuovo cellulare.

«Mamma, perché glielo hai preso?» Mi rivolsi a lei con disappunto.

Mia suocera, settant'anni, indossava un elegante completo beige. Nonostante l'età, sembrava in ottima forma e in salute. Grazie alle cure estetiche, la gente non gliene dava mai più di sessanta.

Mio suocero, che aveva lavorato in banca, e mia suocera, casalinga, possedevano due appartamenti e un edificio di dieci piani a Gangnam, oltre a terreni a Hanam e Ilsan. All'inizio del mio matrimonio, mi chiedevo come avessero accumulato una tale fortuna. Ero convinta che dovessero aver ereditato la maggior parte dei loro beni, ma non era così. Era tutto frutto del loro lavoro. Anche se mia suocera era una casalinga, era esperta in investimenti e speculazioni, ed era riuscita a ottenere guadagni considerevoli, come dimostrava il recente acquisto di un appartamento a Wirye New Town, che aveva già fruttato profitti per dieci milioni di won. Mia suocera andava spesso a visitare case o terreni e mi chiedeva di accompagnarla, ma io non amavo quel modo di fare soldi. Temevo che le persone intorno a me dicessero che si era arricchita attraverso la speculazione edilizia.

Quando mi ero sposata con mio marito, ero entusiasta all'idea di entrare a far parte del suo mondo. Sentivo che, conoscendo meglio i suoi genitori, avrei avuto a che fare con persone molto diverse rispetto ai miei e alla mia realtà. Tuttavia, questa illusione svanì subito dopo il matrimonio. I miei suoceri non erano persone degne di rispetto. Volevo mettere una certa distanza da loro e trattenere mio marito nel mio spazio, nel mondo che avrei creato e curato. Ma questo desiderio si rivelò impossibile. Non solo non riuscivo a tirare fuori mio marito da quella situazione, ma stavo anche per perdere Seung-jae. I miei suoceri, con le loro pressioni, avevano conquistato e disorientato il cuore del mio bambino.

«Il telefono di Seung-jae è rotto. Ripararlo o comprarne uno nuovo è la stessa cosa.»

«Mamma, sono in tanti a non usare il cellulare dentro casa» risposi.

Il volto sorridente di mia suocera si fece improvvisamente impassibile. Per interrompere la conversazione, si diresse immediatamente verso la cucina e aprì il coperchio di una pentola lasciata sul piano di cottura a induzione.

«E questo quando l'hai preparato?» chiese, come se volesse distogliere l'attenzione parlando della cottura del pesce. Con un cucchiaio, mescolò il contenuto della pentola e lo assaggiò. «Brava. Ottimo lavoro. Anche il papà di Seung-jae lo apprezzerà.»

«Mamma, ogni volta che compri qualcosa di nuovo per Seung-jae, lui tende a usare le cose con meno cura. Per favore, non spendere troppi soldi per lui.»

Seung-jae, che stava aprendo la scatola in soggiorno, sembrava aver sentito la mia osservazione e, con un'espressione di disappunto, prese il telefono e salì al piano superiore.

La sua stanza era piena di regali della nonna. Ogni volta che desiderava qualcosa, la prima persona a cui si rivolgeva era lei. Ma presto perdeva interesse, e questo ciclo di entusiasmo e indifferenza si accorciava sempre di più. L'ultimo acquisto, una batteria elettronica costata un milione e cinquecentomila won, era già stato accantonato e giaceva inutilizzato in un angolo dello sgabuzzino. La sua concezione del valore dei beni e dei soldi stava peggiorando sempre di più a causa della nonna.

«Seung-jae mi ha detto che è successo qualcosa di brutto a scuola... ha litigato con una compagna di classe. Forse è per questo che è così giù di morale, non parla e la cosa mi preoccupa. Ma quando gli ho comprato il telefono, era felice e ha iniziato a parlare, mi ha spiegato tutto ciò che c'è nel cellulare. Se gli piace così tanto, perché non dovrei fare acquisti per lui?»

«Seung-jae ti ha riferito qualcosa riguardo al litigio con la compagna di classe?»

Sentire che Seung-jae aveva parlato con la nonna di quello che era successo a scuola mi fece sentire tradita.

«No, è stato suo padre a dirmelo... Ma tu ti preoccupi troppo per cose che non sono importanti. Seung-jae, appena arrivato qui, ha iniziato a parlare di cambiare scuola. Se fai così, il bambino diventerà ancora più insicuro. Non è un grosso problema; perché enfatizzare la questione e preoccuparsi? C'è qualcosa da mangiare? Ho pranzato con Seung-jae ma ho di nuovo fame. È così quando si invecchia: mangi e mangi ma hai sempre fame.»

Mia suocera, ogni volta che sorgeva un problema, esprimeva i suoi pensieri e poi cambiava rapidamente argomento. Aprii la pentola a pressione e servii il riso in una ciotola.

«Fare finta di nulla è più semplice. Non mettersi in conflitto. Cos'altro può succedere? Non farai altro che rovinarti l'umore.»

Un po' di sugo del pesce al vapore colò sul mento di mia suocera. Senza dire nulla, presi un fazzoletto e pulii la macchia. Lei, imbarazzata, si asciugò il viso con la mano. Questo era tutto ciò che potevo fare per dimostrarle la mia superiorità.

Mio marito tornò a casa dopo aver partecipato alla festa di pensionamento di un suo mentore. Aveva bevuto un po' ed era rientrato verso mezzanotte con un'auto a noleggio.

Aspettarlo era parte naturale della mia routine quotidiana. Sfogliavo riviste o facevo zapping in TV mentre attendevo il suo ritorno. Che leggessi un libro, guardassi un film o facessi lavori domestici, tutto faceva parte dell'attesa. Quando lo raccontavo alle mie amiche, loro mi guardavano con disapprovazione, considerandomi antiquata. Ma per me aspettarlo era piacevole perché lo facevo per la famiglia che avevo creato. Oggi, però, questa attesa mi terrorizzava. Il pensiero di doverlo affrontare mi metteva ansia.

Sentii una leggera puzza di alcol, mio marito entrò e si lasciò cadere sul divano. Era strano. Notai subito che c'era qualcosa di insolito. Normalmente, come prima cosa, avrebbe detto «Ciao, sono tornato», ma stavolta rimase in silenzio, guardando fuori dalla finestra del soggiorno. Anch'io rimasi zitta, osservandolo senza fare domande. Lui, notando la mia strana reazione, girò la testa e mi fissò.

«Che cosa fa la nostra vicina?»

Per un attimo mi chiesi se stesse parlando della padrona di casa o della domestica.

«Quale? Quella con i capelli corti?»

«Sì, proprio lei. Ha un taglio da uomo, sembra un po' strana.»

«Ah... È un avvocato, pare. Lavora per uno studio legale abbastanza noto.»

«Davvero? Non si direbbe. Sembra una svalvolata e un po' fuori di testa.»

«Ma perché parliamo di lei?»

Mio marito portò lo sguardo verso il suo cellulare, controllando inutilmente la cronologia delle chiamate e i messaggi.

«L'ho incontrata proprio davanti a casa mentre tornavo. Mi ha detto di dirti che ha controllato tutti i filmati delle telecamere di sorveglianza e che nessuno ha gettato l'immondizia nel nostro cortile la notte del 9 aprile.»

Mi tornò in mente che qualche giorno prima avevo chiesto alla vicina di mostrarmi i filmati delle telecamere. Eun-ha, la donna, aveva detto che non poteva farmeli vedere per motivi di privacy, ma che li avrebbe esaminati e poi mi avrebbe fatto sapere.

Avevo inventato la scusa dei rifiuti, anche se in realtà volevo sapere se mio marito fosse stato a casa quella notte. La donna, ignara delle mie reali intenzioni, aveva verificato solo il fatto relativo ai rifiuti e lo aveva comunicato proprio a lui.

«Perché non me l'hai detto prima? Perché hai dovuto fare tutto da sola?» Mio marito si alzò dal divano, sciolse la cravatta e pronunciò quelle frasi con tono indifferente.

Un tempo, sentire queste parole mi dava un senso di calore e sicurezza. Mi faceva sentire che non ero sola e che qualsiasi problema sarebbe stato risolto da lui. Ma ora, ascoltando quella frase, venni travolta dalla vergogna. Mi sembrava di essere un mero accessorio nel mondo di mio marito, e mi sentivo desolata, come se niente di ciò che era in casa fosse davvero mio.

Forse, le sue parole celavano una terribile verità. Cosa avrei potuto fare da sola? Avevo cercato di scoprire se fosse stato a casa il 9 aprile, chiedendo aiuto alla vicina, ma alla fine avevo fallito. Forse, l'unica persona che avrebbe potuto credere che lui non fosse a casa quella notte era proprio quella donna, la moglie di Kim Yun-beom.

Mi sentivo come se non potessi fare nulla da sola. Anche dopo che mio marito si alzò dal divano, continuai a fissare il mio riflesso nella finestra del soggiorno. Il mio aspetto sembrava tremendamente miserabile.

Lunedì 18 aprile

SANG-EUN

Il cuore iniziò a battermi forte per l'eccitazione. Quando era stata l'ultima volta che avevo provato un'attesa così trepidante? Il solo pensiero dell'assicurazione sulla vita di mio marito mi permetteva di sognare un futuro. O forse, bastava l'idea che lui fosse scomparso dalla mia vita. Ma ora, la prospettiva di una somma ancora più grande mi faceva sentire sul punto di esplodere dalla gioia.

Forse avrei potuto comprare un piccolo appartamento. Se fosse avanzato del denaro, anche una macchina modesta. Non avevamo bisogno di un'auto grande, io e il bambino. Non avrei dovuto preoccuparmi dei soldi fino all'asilo. Dopo aver saldato il prestito di cento milioni di won, avremmo potuto vivere senza problemi economici per anni.

Cominciai a esaminare minuziosamente il telefono rosa di Soo-min, scrutando ogni numero e contenuto come se lo stessi scansionando. Cercai ripetutamente il numero di Park Jaeho, 010-××××-1939, nella cronologia delle chiamate, nei messaggi di KakaoTalk e negli SMS. Ma non ce n'era traccia. Forse usava un telefono usa e getta? Magari non era la sua prima esperienza con una prostituta e aveva preso precauzioni, usando un numero diverso. Ecco perché era così sicuro quando l'avevo minacciato di chiamare la polizia.

Ma mio marito era convinto che questo telefono valesse oro. Conosceva forse il numero segreto di Park Jae-ho o ne aveva le prove? All'improvviso, sentii la sua mancanza e questo pensiero mi disgustò.

Soo-min era una quindicenne che adescava clienti attraverso KakaoTalk e altre applicazioni, prostituendosi per denaro. Eppure, nelle foto della galleria sembrava una normale adolescente: amava i peluche, scattava selfie sul suo letto, scherzava con gli amici, adorava il *bingsu* e i cagnolini. Guardando solo le immagini, era difficile credere che si prostituisse. Sembrava una ragazza qualunque, cresciuta in una famiglia normale, con pensieri normali. Ma, a quanto pare, solo in apparenza.

Mi chiesi come fosse finita a prostituirsi... Anche se sapevo quanto fosse sciocca quella curiosità. «Come sei diventata così infelice?» Domande del genere le fanno solo gli ipocriti che vogliono sentirsi meglio ascoltando le disgrazie altrui.

Appena disattivai la modalità aereo, sul telefono arrivarono altre notifiche di chiamate perse e messaggi da un certo Tae-kyung.

Dove sei, mamma? Mi stai tradendo?

Sei morta o scappata? Come puoi farmi questo, mamma?

Un bambino di nome Tae-kyung stava cercando Soo-min, chiamandola "mamma". Tornai di nuovo alle foto sul cellulare. C'era un'immagine di Soo-min insieme a un ragazzino che sembrava della sua età. Aveva un volto pallido e giovane, e aveva i capelli ricci. Si trattava di Tae-kyung? Dietro il bambino si intravedeva un motociclo.

Era lo stesso tipo di moto usata per le consegne che avevo visto nel video delle telecamere di sicurezza mostratomi dal guardiano qualche tempo prima. Gli amici di Soo-min la stavano cercando, ma sembrava che non avessero denunciato la sua scomparsa alla polizia. Anche mio marito, nonostante fosse stato aggredito dai ragazzini, non aveva denunciato l'incidente. Dove si trovava Soo-min? No, dove era stata portata?

In quel momento, ebbi la sinistra sensazione che il valore di quel telefono potesse essere maggiore di quanto avessi immaginato.

E, come a volerlo confermare, il campanello iniziò a suonare assordante. Spaventata dal suono inaspettato, guardai il monitor senza vedere nessuno. Non risposi e continuai a fissare lo schermo, pensando che potesse essere un venditore o qualcuno del condominio venuto per una firma insignificante. Ma quando il visitatore apparve sullo schermo, mi avvicinai in fretta e guardai con attenzione. Era lei. Kim Ju-ran!

La donna suonò il campanello e fece un passo indietro. Pensai di fingere di non essere in casa, ma non volevo perdere questa interessante opportunità. Controllai velocemente il mio aspetto allo specchio e corsi verso l'ingresso. Avevo paura che nel frattempo potesse sparire.

Quando aprii la porta, Kim Ju-ran, che stringeva qualcosa tra le mani, si allontanò spaventata.

«Oh… oh…»

Continuava a ripetere solo «Oh… oh…».

«Salve.»

«Ah… salve.»

«Cosa la porta qui?»

«Eh...»

«Vuole entrare?»

Accennai un saluto e mi spostai per farla passare. La donna, che era venuta a cercarmi, sembrava esitante e confusa, come se fosse stata trascinata qui contro la sua volontà.

«Entri, prego.»

La incoraggiai di nuovo. Il suo comportamento era così goffo che mi chiesi se fosse malata o mentalmente instabile. Dopo aver tolto le scarpe, entrò nel soggiorno e si guardò intorno, come se non sapesse dove sedersi.

«Ehm... Questi sono prodotti per il corpo. Non conoscevo le sue preferenze, quindi ho pensato che con questo sarei andata sul sicuro...»

La scatola regalo che mi consegnò era piena di prodotti per la cura del corpo e integratori adatti sia per la madre che per il bambino. Mi sentii un po' in difficoltà, visto che non avevo nulla da offrirle. Il frigorifero conteneva solo della Coca avanzata da una cena a base di pollo. In mancanza di altre opzioni, le versai un bicchiere d'acqua e glielo diedi senza nemmeno chiederglielo.

«Come mi ha trovato?»

«Eh... be'... ho chiamato la Eugene Pharmaceuticals e ho chiesto.»

«Perché?»

Sembrava turbata. Era strano che esitasse dopo essere venuta fin qui. Poi come se avesse preso una decisione, alzò lo sguardo e mi fissò dritta negli occhi.

«Be'... perché ha detto quella cosa al funerale? Voglio dire, perché ha definito mio marito un assassino? Mio marito è un medico, un commento del genere potrebbe screditarlo. Potremmo denunciarla per diffamazione.»

Stavo per scoppiare a ridere, ma riuscii a trattenermi. Era chiaro che quella donna non aveva mai dovuto essere sottile nell'esprimersi o mettere alla prova le intenzioni di qualcuno. Sempre nella posizione di ricevere favori, era abituata a essere corteggiata e a dare per scontata la gentilezza degli altri.

Avevo molte cose da dirle, e la gola mi prudeva dall'urgenza di farlo. «Tuo marito è un predatore sessuale pervertito». Ma mi trattenni e non parlai in modo diretto come avevo fatto al funerale. Questa volta dovevo essere più cauta.

«Come sa, quella notte mio marito aveva un appuntamento con il signor Park Jae-ho. Dovevano andare a pescare al bacino Gisan. E poi mio marito è annegato in quel lago.»

«Ma...» La donna mi interruppe bruscamente. «Mio marito ha detto che quel giorno non è andato al bacino. Se non avesse un alibi, ora sarebbe ancora interrogato dalla polizia!»

«Sì, esatto.»

Assecondai le parole della donna senza esitazioni. Se Park Jae-ho fosse andato o meno al bacino non era più di mio interesse. La donna mi fissò e poi tirò fuori il cellulare, mostrandomelo. Aveva una foto dei messaggi che avevo inviato a Park Jae-ho. Una foto di Soo-min.

«E questa foto? Perché l'ha inviata? Chi è questa persona?»

La guardai. Sebbene le sue parole fossero un'accusa, il suo volto esprimeva una richiesta d'aiuto. La sua espressione implorava di conoscere la verità. Tuttavia, non potevo rivelare tutto. Se il lato sporco di Park Jae-ho fosse venuto a galla, il mio ricatto avrebbe perso la sua efficacia.

«Non lo so... Che cosa ha detto suo marito riguardo a questa ragazza?»

Immediatamente capii che non gli aveva chiesto nulla riguardo a quei messaggi. Era venuta fin qui da sola. Quello che desiderava era una verità oggettiva, non le parole di suo marito. Forse non si fidava di Park Jae-ho. Ma Park Jae-ho e questa donna erano marito e moglie. Condividevano il letto, vivevano nella stessa casa e avevano un figlio insieme.

«Suo marito è venuto a trovarci... circa una settimana prima della sua morte...»

Ju-ran elencò senza esitazione le informazioni che conosceva davanti alla donna che accusava suo marito di omicidio.

«È venuto a casa nostra e ci ha lasciato un borsone da pesca...»

Un borsone da pesca... Forse sapevo di cosa si trattava. Mio marito non pescava, ma un giorno era tornato a casa con uno di quei borsoni e si era messo a prendere le misure e a fare qualche calcolo.

«Quante banconote da diecimila won ci starebbero in questa borsa?»

Yun-Beom aveva detto così, ridendo. A pensarci bene, sembrava che quella borsa fosse stata acquistata per ricattare Park Jae-ho ed estorcergli del denaro. Mio marito credeva che la borsa sarebbe tornata piena di soldi. Ma quel giorno, Park Jaeho non era andato al bacino. Se fosse arrivato là in tempo, forse non avrei dovuto tormentarmi per il pagamento dell'assicurazione. Forse sarebbe stato il principale sospettato e rinchiuso in prigione. Perché Park Jae-ho non aveva rispettato l'appuntamento con mio marito? Il suo ricatto era davvero così assurdo da essere ignorato?

«Aspetti un momento.»

Entrai nella camera usata da mio marito. Ricordavo di aver visto una brochure riguardante l'attrezzatura da pesca che aveva acquistato, conteneva foto e informazioni. La suoneria del mio telefono, rimasto in salotto, squillò a tutto volume. Pensavo che avrebbe smesso presto, ma non si fermò. Presi la brochure infilata tra i raccoglitori e tornai in salotto. Kim Ju-ran era in preda al panico, aveva il mio telefono in mano che squillava incessantemente.

Presi il cellulare, controllai il numero e la mia espressione di sorpresa pareggiò la sua. Era Park Jae-ho.

«Pronto.»

«Pronto. Sono Park Jae-ho. Lo sa, non è così?» Dall'altra parte arrivava una voce profonda e calma.

Guardando Kim Ju-ran, che era così scioccata da tremare tutta, risposi: «Che succede?».

«Non lo sa?»

«Ha cambiato idea?»

Mi arrivò la risata dell'uomo.

«Posso vederla? Abita a Incheon, giusto? Dopo il lavoro passerò vicino a casa sua così da incontrarci.»

«Be', se proprio deve, vediamoci in un caffè affollato. Non posso fidarmi di lei.»

«Ah ah ah, per me va bene. Ci vediamo dopodomani, mercoledì. Va bene?»

«Sì. Posso dire alla polizia che lei vuole incontrarmi?» Volevo testare Park Jae-ho.

«Ah ah ah, faccia pure. Ma crede che sarebbe la cosa migliore?»

«Cosa intende?»

«Pensavo di discutere di segreti un po' delicati. Però faccia pure come ritiene più opportuno.»

L'atteggiamento subdolo di Park Jae-ho mi sembrò meschino.

«Be', quello che fa lei, Sang-eun, non è affar mio. Allora ci vediamo mercoledì per discutere nei dettagli.»

La breve conversazione, in cui ci eravamo scambiati informazioni essenziali, si concluse, e anch'io al pari di Kim Ju-ran non riuscii a nascondere la mia sorpresa. Ci scambiammo uno sguardo confuso.

«Perché mio marito...»

Aprii la brochure in silenzio. Indicai un borsone da pesca nera con motivi a spirale argentati.

«È questa che le ha dato mio marito?»

La donna annuì guardando la foto.

«Sì, è questa. Mi sembrava strano che fosse completamente vuota...»

«Ce l'ha ancora a casa?»

«Non lo so... forse... Ah, sì, l'ho vista nello studio di Jaeho...»

Ricordai una notizia secondo cui una scatola piena di banconote da diecimila won equivaleva a circa cento milioni. Quanto avrebbe potuto contenere una borsa da pesca lunga oltre un metro? Trecento milioni? Quattrocento? E se fossero state banconote da cinquantamila won...

L'assicurazione sulla vita di mio marito valeva duecento milioni. Avrei potuto ottenere più di trecento milioni ricattando un pedofilo? In questo paese poi, così indulgente verso i crimini sessuali...

Lee Soo-min, la proprietaria del telefono rosa, era certamente morta. Senza dubbio uccisa da Park Jae-ho, il marito di questa donna ignara seduta di fronte a me.

«Perché mio marito vuole incontrarla, Sang-eun?»

Le mostrai di nuovo la foto di Soo-min.

«Il punto è... Mi ha chiesto di chi si trattasse, non è così? Allora, chi è questa ragazza? E dov'è ora? Potrebbe chiedere a suo marito dove si trova?»

Kim Ju-ran guardò prima me e poi la foto.

«Mi sta prendendo in giro?»

Scattò in piedi, fissandomi con uno sguardo austero.

«Cosa c'entrano il borsone da pesca e questa ragazza? Che scherzo è mai questo?»

Scherzo? Era stata lei a venire qui, desiderosa di scoprire la verità, implorando di avere un ruolo in questa storia.

Scrissi su un foglietto il nome della ragazza, Lee Soo-min, e sotto quello di Choi Tae-kyung con il suo numero di telefono.

«Non chieda a me chi sia questa ragazza. Non lo so nemmeno io. Se vuole davvero saperlo, lo scopra da sola.»

Era il massimo della gentilezza che potessi concederle.

«Chi è Choi Tae-kyung?»

«Qualcuno che, come lei, sta cercando Soo-min. Non so altro. L'unica cosa che so è che suo marito, il dottor Park Jae-ho, conosce tutto ciò che riguarda questa ragazza. Questo è quanto.»

«Mio marito? Perché mio marito?»

«Ecco, anch'io mi chiedo la stessa cosa. Per questo motivo intendo chiederlo direttamente a lui quando lo incontrerò. Se ha delle domande, è meglio che gliele faccia lei. Se non vuole farlo, può chiedere a Choi Tae-kyung. Le informazioni che posso darle finiscono qui.»

Kim Ju-ran, con il volto pallido, smise di fare domande. Non toccò nemmeno il bicchiere d'acqua che le avevo offerto e se ne andò con le spalle incurvate.

Onestamente, non mi interessava sapere cosa stesse pensando. Era affascinante anche solo osservare la situazione di una donna che aveva appena scoperto che suo marito poteva essere un assassino. Ma presto anche questo interesse cominciò a svanire. Conoscevo bene quel tipo di donne. Quelle che prendono decisioni solo nella misura in cui non minacciano la loro comoda e sicura vita. Tali donne non vedono la necessità di esporsi al rischio. Fra qualche giorno, probabilmente sarebbe stata più preoccupata dei centimetri di grasso da perdere in palestra.

Io, d'altra parte, speravo che Kim Ju-ran, una volta scoperto tutto, si aggrappasse a suo marito e lo convincesse a darmi quei soldi il prima possibile per poi tornare alla loro spensierata vita di coppia.

JU-RAN

Anche quella notte, l'insonnia persisteva implacabile. Rimasi immobile nel letto, temendo che il minimo movimento potesse svegliare mio marito. Solo quando udii il suo leggero russare, mi permisi di sollevarmi delicatamente. Osservai il suo viso addormentato: la fronte corrugata gli conferiva un'espressione inquieta.

Dormire con il viso così contratto non farà che accentuare le sue rughe, pensai. Tentai di distenderle con le dita, ma lui si girò dall'altra parte, mantenendo la stessa espressione contratta.

Mi alzai dal letto e mi diressi in salotto. L'ampio spazio buio, anziché intimorirmi, mi avvolse in un abbraccio confortante.

Senza accendere le luci, mi rannicchiai sul divano, lasciando che l'oscurità mi circondasse.

Dei ragazzi stanno cercando Lee Soo-min, Kim Yun-beom è morto e mio marito sa dove si trova questa Soo-min.

Sembrava uno di quegli indovinelli che facevamo da bambini, o forse un enigma della sfinge. Ripetei mentalmente gli elementi del puzzle: Soo-min era scomparsa, Kim Yun-beom era deceduto, mio marito sapeva dove si trovava Soo-min e desiderava incontrare Sang-eun, che possedeva il cellulare della ragazza.

Accesi il mio telefono e scrutai la foto di Soo-min. La sua pelle era candida come la neve, gli occhi, accentuati da un lungo tratto di eyeliner, sembravano chiari come se indossasse lenti a contatto colorate. Era una ragazzina esile, ancora in fase di sviluppo, con il seno appena accennato, tanto magra da riempire a malapena un reggiseno per adolescenti.

Quale legame poteva avere mio marito con lei? Cercai di scacciare i cattivi presentimenti, ma l'ansia non faceva che aumentare. Mi tornò in mente come mio marito avesse minimizzato l'incidente di Seung-jae, sostenendo che mostrare i genitali a una compagna di classe fosse «una cosa da nulla, tipica dei ragazzi». Aveva liquidato anche il fatto che nostro figlio si chiudesse a chiave in camera, allontanandosi sempre più da me, come un comportamento normale per la sua età.

Chi era veramente l'uomo che avevo sposato? Quanto lo conoscevo davvero? In mezzo a questi dubbi, realizzai con stupore che, più della possibilità che mio marito fosse un assassino, mi terrorizzava l'idea che potesse abbandonarmi.

L'appartamento di Sang-eun si trovava in un modesto complesso residenziale di Incheon. Nonostante il soggiorno angusto, c'erano ben tre stanze. La tappezzeria era strappata, mentre dal bagno aperto arrivava un odore di muffa. In realtà, più di Sang-eun stessa, mi spaventava il mondo in cui viveva. Una vita priva di ordine. Conoscevo fin troppo bene quel tipo di esistenza, e mi appariva terrificante. I bambini che frequentavano la scuola vicino al porto dove sono cresciuta erano tutti poveri. Anche se noi non eravamo ricchi, abitavamo in una casa con un bagno, e per questo motivo spesso mi sentivo dire dai miei amici che eravamo benestanti. Magari l'appartamento stava crollando, ma il fatto di averlo era qualcosa da invidiare a quei tempi. Gli amici si avvicinavano sempre a me per primi e io mi integravo facilmente tra di loro.

Quando ero alle elementari, non ricordo l'anno, c'era un amico sempre molto gentile con me, che ogni giorno mi faceva un regalo. Una volta mi invitò a casa sua, e ci andai senza pensarci troppo. Era una baracca in mezzo a un sentiero sterrato. Era così malmessa che sembrava potesse crollare da un momento all'altro e non aveva un bagno. Avevo bisogno urgente di fare pipì, ma non volevo usare il bagno comune, pieno di vermi. Allora il mio amico mi fece sedere su un foro di scarico nella cucina. Dietro una sottile porta di carta di riso, c'era suo nonno malato, steso su un letto.

Fuggii da quella casa in lacrime, convinta di piangere per l'urgenza di fare pipì. Ma ora, a distanza di anni, capivo che era stata la miseria che avevo visto ad avermi spaventata. Dopo quel giorno, non considerai più quel mio amico come un pari.

Con il passare del tempo, quando passai a una scuola media più vicina al centro, poi al liceo e infine all'università nel cuore di Seoul, mi accorsi che anch'io ero povera. Cresceva in me la paura che qualcuno potesse guardarmi con lo stesso disprezzo con cui io avevo guardato il mio amico.

Non avevo un padre. Mia madre lavorava duramente in un ristorante per guadagnare qualche soldo. Mia sorella, non avendo denaro per l'università, dovette abbandonare la scuola commerciale e iniziare a lavorare. Anch'io dovetti fare lavori part-time e prendere un prestito per i miei corsi universitari. Non potevo raccontare ai miei compagni di corso che mia sorella non si era potuta laureare. Per loro, l'università era una parte normale della vita.

Quando lei morì e i miei amici dell'università vennero al suo funerale, anche in un momento così triste e sconvolgente mi vergognai che vedessero la miseria della mia famiglia. E così, fui felice di sposare mio marito e di cambiare mondo. Non volevo pensare al passato. Volevo chiudere quel capitolo con la morte di mia sorella e integrarmi nell'ambiente di Park Jae-ho.

Credevo che stare con lui mi avrebbe permesso di vivere una vita dignitosa e di elevare il mio status sociale. Ero convinta che avrei trovato una situazione migliore rispetto a un mondo fatto di omicidi.

Non avevo mai desiderato vivere in un mondo che fingeva tranquillità mentre distruggeva la vita di qualcuno. Pensavo di avere il diritto di maledire e giudicare l'assassino di mia sorella, perché ritenevo di essergli moralmente superiore.

Eppure, il mondo di Park Jae-ho aveva scosso tutto.

Il suono della porta della camera da letto che si apriva indicò che mio marito si era svegliato. Sentivo la sua presenza dietro di me, mentre il suo volto si rifletteva sulla finestra di fronte al divano.

«Cosa fai qui sveglia a quest'ora?» chiese, avvicinandosi e sedendosi accanto a me.

«...»

Non risposi. Mio marito allora mi accarezzò i lunghi capelli e iniziò a massaggiarmi, partendo dalla testa e scendendo lungo il collo e le spalle.

«Ultimamente sembri strana. Che cosa ti tormenta così, ogni giorno?»

«Niente, non è nulla.»

«Perché, che c'è? Non restare in silenzio, parlami. Non vuoi ammalarti di nuovo, vero?»

Tornai con la mente a quel giorno e mi ritrovai a dover ripetere la mia domanda.

«Tesoro, quando è venuto Kim Yun-beom a casa nostra, mi ha guardato in modo strano.»

«Ti ha guardata in modo strano?»

«Sì, sembrava che mi conoscesse, o forse mi guardava con un certo disprezzo. Ma io non l'avevo mai visto prima.»

«Come? Ogni tanto veniva da noi.»

Mi voltai sorpresa.

«Quando? Non lo ricordo affatto.»

«Quando tornavo a casa ubriaco, a volte mi accompagnava. Non ti ha mai salutato?»

«Perché avrebbe dovuto? Non era un autista.»

«Probabilmente voleva mostrarsi carino con te.»

«Ma lui vive a Incheon…»

Sentii un'improvvisa tensione nella mano di mio marito.

«Perché ti preoccupi di questo? Pensi di nuovo alla camera ardente, vero? Ecco perché ti avevo detto di non venire. Sei troppo vulnerabile di fronte alla morte.»

«Esistono persone che non lo sono?» Guardai mio marito, e lui esitò.

«Be'… forse.»

Jae-ho somigliava a sua madre. Nei momenti cruciali, tendeva sempre a essere evasivo e a minimizzare, evitando conversazioni serie e lasciandomi ai margini degli argomenti importanti.

«Sei stato tu a uccidere Kim Yun-beom?» chiesi con la voce più calma possibile, cercando di trattenere le emozioni.

Invece di rispondere alla domanda, mio marito si limitò a fissarmi con uno sguardo pietoso, lo stesso che aveva avuto Kim Yun-beom quando mi aveva vista nel cortile. Lo interpretai come un segno di disprezzo nei miei confronti, il tipo di sguardo che un padre potrebbe avere nel vedere suo figlio piangere per aver perso un giocattolo: che carino a essere triste per un semplice giocattolo!

«Ti ho chiesto se hai ucciso Kim Yun-beom!»

La mia frustrazione esplose e gridai di nuovo. La torre delle emozioni che avevo cercato di mantenere in piedi crollò. Mio marito mi abbracciò con forza, accarezzandomi la schiena.

«Ah... la prossima settimana, dopo aver fatto visita a mia cognata, ci facciamo un viaggetto. Capisco che in questo periodo dell'anno sei sempre triste. Va tutto bene... mi occuperò io di te...»

«Perché dici queste cose!? Ti sto chiedendo se lo hai ucciso!!»

Lo spinsi via con forza, la frustrazione mi schiacciava il petto. Il suo sguardo pietoso era lì, di fronte a me, indistruttibile come un muro. Continuava a ripetere incessantemente che tutto sarebbe andato bene, mentre io, sconvolta, gridavo come una pazza. Lui, imperterrito, continuava a ripetere le stesse parole: «Va tutto bene... ci sono io accanto a te. Va tutto bene... va tutto bene... sono qui con te...».

Martedì 19 aprile

JU-RAN

Aprii gli occhi, ma rimasi a lungo distesa sul letto, incapace di alzarmi. L'arrivo del mattino mi riempì di una stanchezza opprimente. Mio marito, cercando di non svegliarmi, si preparava in silenzio per andare al lavoro.

Solo quando sentii il rumore della sua auto lasciare il garage decisi di alzarmi. Guardandomi allo specchio, notai la pelle spenta e le occhiaie profonde, segni evidenti della mancanza di sonno.

Uscii in giardino, intenzionata a prendere un po' di sole. Come suo solito, Mi-ryeong stava fumando sul balcone della casa accanto. Ogni volta che mio marito usciva o rientrava, lei sembrava sempre guardare verso casa nostra, come se volesse salutarlo di nascosto. Mi chiedevo cosa pensasse osservando mio marito, Park Jae-ho, da lassù. Cosa le passava per la testa?

Quando i nostri occhi si incontrarono, Mi-ryeong non distolse lo sguardo, né lo feci io. Ci scrutammo a vicenda, come due persone che aspettano che l'altra prenda la parola per prima. Volevo chiederle cosa guardasse sempre così distrattamente: era forse davvero mio marito l'oggetto delle sue attenzioni, aveva forse notato in lui qualche segnale strano?

Improvvisamente, Eun-ha apparve dietro di lei. Con un gesto affettuoso, le mise una mano sulla spalla e le sussurrò qualcosa. Sembravano molto più vicine di quanto avessi immaginato. Eun-ha mi notò, sembrava perplessa e sorpresa nel constatare che la stavo fissando.

«Buongiorno.»

Mi rivolse un saluto, quasi a disagio, e subito dopo mi guardò con una sorta di pietà negli occhi. Il solito e disgustoso sguardo ricolmo di compassione.

«Fa freschetto stamani... Ju-ran, come si sente oggi?»

Mi-ryeong e Eun-ha mi fissarono attentamente, osservando il mio volto pallido.

«Sto bene. Non va al lavoro?»

«Oh sì, stavo proprio per uscire. Ma se per caso... Ju-ran, se avesse bisogno di aiuto, non esiti a dircelo. Non voglio essere invadente, ma siamo vicine, dopotutto.»

Mi trattava come una paziente malata.

Rientrata in casa, però, mi venne un pensiero: forse Eun-ha avrebbe davvero potuto aiutarmi. Ripensai al fatto che era un'avvocata.

Cercai il cellulare e mi posizionai davanti al cancello, aspettando che Eun-ha uscisse per andare al lavoro. Quando mi vide, fermò la sua macchina.

«Vuole... vuole dirmi qualcosa?»

Senza dire una parola, le mostrai il telefono. Sullo schermo, c'era la foto di Soo-min.

«Chi è questa ragazza?»

Eun-ha fissò attentamente la foto.

«È la figlia di una mia amica. Si chiama Lee Soo-min... è

scappata di casa qualche giorno fa, e la mia amica la sta cercando e non sa dove sia. La polizia non vuole aprire un'indagine perché dicono che si tratta di allontanamento volontario, e la mia amica è davvero preoccupata. Lei è un avvocato, quindi mi chiedevo se ci fosse un modo per rintracciarla. Magari attraverso i suoi accessi a internet o qualcosa del genere…»

Eun-ha mi ascoltò attentamente, studiando il mio viso.

«Capisco, ma io mi occupo principalmente di successioni…»

«Quindi non si può fare nulla?» chiesi, la voce carica di ansia. Eun-ha guardò di nuovo la foto, pensierosa.

«Posso provare a informarmi. Conosco qualcuno in polizia… Posso chiedere come si procede in questi casi. Potrebbe mandarmi la foto e il nome della ragazza via messaggio? Insieme ai suoi dati… Ah, forse non ha ancora il mio numero, vero?»

Prese il mio telefono e inserì il suo contatto.

«Allora, la ragazza si chiama Lee Soo-min, giusto? E l'indirizzo di casa o il numero di cellulare, li conosce?»

Naturalmente, non avevo idea di dove abitasse Soo-min. Mentre cercavo una scusa, Eun-ha mi tranquillizzò con uno sguardo rassicurante.

«Oh, non si preoccupi. Non è indispensabile. Ecco, le lascio anche il numero di Mi-ryeong, nel caso servisse.»

Salvò il contatto di Mi-ryeong nel mio telefono.

«Mi chiami senza esitare se ha bisogno di aiuto. Se non posso rispondere, contatti Mi-ryeong, lei potrà darle una mano.»

Mi sentii stranamente a disagio. Le avevo chiesto aiuto per Soo-min, ma sembrava che Eun-ha fosse più preoccupata per me che per la ragazza. Restituendomi il telefono, gettò un'occhiata fugace alle mie scarpe. Quel suo sguardo mi mise a disagio, ma cercai di non darlo a vedere.

«Oh, e grazie per aver controllato le telecamere l'altra volta. Mio marito mi ha detto che l'ha fatto, e io non sono venuta subito a ringraziarla perché ero ancora un po' sconvolta.»

«Ah... sì... Ho rivisto le riprese dalla sera del 9 aprile fino alla mattina seguente, ma... non ho visto nessuno gettare rifiuti. Però, sa com'è, può capitare di confondersi! Non c'è niente di strano o sbagliato in questo.»

«Sì... però... Mio marito ha detto di aver visto una persona sospetta quella notte, quando è uscito di casa. È sicura che nel video non ci fosse davvero nessuno?»

Eun-ha sembrò ripensare alle immagini delle telecamere.

«No, non c'era nessuno quando suo marito è uscito. E non solo in quel momento, ma per tutta la notte non ho visto nessuno passare davanti alla casa. Alcune auto sì, ma nessuna persona...»

«Capisco...»

Rimuginai ancora una volta sulle parole di Eun-ha: «Non c'era nessuno quando suo marito è uscito». Ma non era il fatto che non ci fosse nessuno a interessarmi. Era importante soltanto una cosa: che mio marito fosse uscito. Questa verità mi ossessionava, si ripeteva continuamente nella mia mente. Certo, c'era una parte di me che temeva che fosse come diceva mio marito, che io stessi perdendo lucidità e diventando paranoica, ma una parte ancora più grande lottava con la paura che lui mi avesse mentito e che quella notte fosse uscito e avesse commesso un crimine. Le parole della vicina avevano inclinato decisamente l'ago della bilancia verso la sfiducia. Non potevo più credere a mio marito.

«Mi ha detto che è molto preoccupato per lei.»

«Cosa?»

«Noi non ci sentiamo a disagio, quindi davvero, se ha bisogno d'aiuto, non esiti a chiamarmi.»

Gu Eun-ha ripeté ancora una volta, in modo quasi ossessivo, che era pronta ad aiutarmi, poi salì nella sua auto rossa impolverata. Quando la vidi allontanarsi e mi girai per rientrare in casa, notai Mi-ryeong ferma davanti al cancello. Anche lei, proprio come Eun-ha, abbassò lo sguardo sui miei piedi. Fu allora che me ne accorsi: indossavo una ciabatta nera al piede destro e un sandalo giallo a quello sinistro.

SANG-EUN

Quella mattina, il proprietario di casa mi chiamò. Disse che avrebbe aumentato il canone di affitto non di cinquanta milioni di won, ma solo di quaranta. Spiegò che era dovuto all'andamento del mercato, ma il punto era che mi riteneva una persona sfortunata e, con grande magnanimità, mi avrebbe fatto lo sconto di dieci milioni di won. Quando, a fine telefonata, non lo ringraziai, il proprietario si arrabbiò. Non gli avevo mai chiesto di abbassare il prezzo d'affitto. Era stato lui, da solo, a commiserarmi, a fare la chiamata, e ora voleva anche essere ringraziato per la sua generosità.

Io non avevo intenzione di rimanere a vivere lì. Nonostante continuassi a pulirlo, il calcare in bagno non andava mai via, la carta adesiva sulle porte si staccava e l'appartamento, vecchio e infestato dagli insetti, non mi piaceva più. Volevo ricominciare altrove.

Quando chiusi la porta d'ingresso per uscire, notai affisso un volantino pubblicitario, che parlava della nuova costruzione di appartamenti a Songdo.

Complesso premium di tremila unità con vista mare, distretto educativo e di investimento globale, con vicinanza a Hyundai Premium Outlet e Lotte Shopping Complex.

Scorsi rapidamente l'annuncio prima di accartocciarlo e gettarlo via.

Stavo cercando Soo-min. Avevo controllato le vecchie e-mail sul suo cellulare e avevo trovato l'indirizzo di spedizione di un acquisto che aveva fatto. Dovevo scoprire tutto ciò che potevo su di lei. Prima dell'incontro con Park Jae-ho dell'indomani, volevo trovarmi in una posizione di vantaggio.

La casa di Soo-min non era lontana da dove abitavo. In taxi ci volle solo un quarto d'ora per arrivare nel quartiere residenziale di Ganseok, a Incheon. Iniziai a cercare il numero civico 652-5. Lo trovai su un edificio di mattoni rossi, sbiadito ma visibile, il 652-5 era scritto in bianco sulla facciata. Sapevo che quella era la casa di Soo-min. Il portone blu scuro, con una maniglia a forma di testa di leone, era spalancato. Entrai senza pensarci troppo.

Era una palazzina di tre piani, vecchia, ma ben curata: c'erano piante in vaso su ogni pianerottolo, e di fronte alla porta d'ingresso c'era un triciclo per bambini. Diedi un'occhiata attraverso l'ampia finestra del soggiorno. Una televisione era appesa al muro, di fronte a un divano in pelle marrone. Una casa modesta, una scena domestica qualunque. Anche se non avevo mai vissuto in una casa simile, provai una nostalgia immotivata.

Improvvisamente, un piccolo cane corse verso di me, abbaiando. Poi, una signora sulla sessantina aprì la sua porta d'ingresso con un'espressione seccata.

«Come mai è qui?»

«Scusi, qua non vive per caso una ragazza di nome Soo-min?»

«Soo-min? Chi è Soo-min? Ah, forse la ragazzina delle medie del piano di sotto.»

Al sentire le parole della signora, guardai verso il basso e vidi una scala che conduceva al seminterrato. Pensavo fosse l'ingresso per una cantina, ma a quanto pareva, la stanza di Soo-min era lì sotto.

«L'ha vista di recente?»

«Mah, non saprei... Io non me ne intendo di queste cose. Provi a bussare alla porta, ci sarà sicuramente qualcuno.»

La signora chiuse la porta in fretta, visibilmente infastidita. Rimasi a lungo immobile davanti all'ingresso del pianoterra, in preda ai miei pensieri.

Per un attimo mi colse il timore di potermi ritrovare in una trappola, ma quella paura svanì subito. Il pensiero che ero stata io a uccidere mio marito spazzò via ogni piccola esitazione.

Scesi le scale e bussai alla porta di ferro grigia.

«C'è qualcuno?»

Non sentii nessun rumore dall'altro lato. Erano le 11.35 del mattino, un orario in cui probabilmente non c'era nessuno in casa. Stavo riflettendo se tornare la sera, quando sentii un cigolio: la porta si aprì lentamente. Un uomo di mezza età apparve, con la camicia male abbottonata, come se si fosse vestito in fretta.

«Scusi, è questa la casa di Soo-min?»

«Sì, ma... lei chi è?»

Negli occhi dell'uomo c'era una chiara espressione di paura.

«Oh, sono una sua insegnante.»

Decisi di fingere di essere la sua professoressa, pensando che sarebbe stato più facile ottenere informazioni.

«Ah, buongiorno.»

L'uomo si guardò intorno dentro casa, visibilmente a disagio. Probabilmente la stanza era troppo in disordine per farmi entrare.

«Se non le dispiace, vorrei parlarle un attimo, in privato.»

Feci un passo avanti, avvicinandomi alla porta, cercando di non dargli troppo tempo per riflettere. Notai che l'uomo mi osservava e si accorse che ero incinta: tutto merito dell'abito aderente che indossavo. Non aveva motivo di temere una donna in gravidanza, così, imbarazzato, ma senza poter fare altrimenti, mi fece entrare.

L'appartamento era un monolocale con un piccolo soggiorno che fungeva anche da cucina, e una sola stanza separata. La stanza era così angusta che sarebbe stato difficile sedersi in due. Ma l'uomo non sapeva bene come gestire la situazione: farmi entrare in camera sembrava ancora più inappropriato. Restò quindi in piedi nel soggiorno, mentre io, ignorandolo, aprii la porta della stanza ed entrai.

In un angolo c'era un sacco della spazzatura gettato senza cura, mentre proprio al centro erano stesi un futon e delle coperte. L'uomo si precipitò dentro, raccogliendo velocemente le coperte e spingendole in un angolo.

Su un lato della parete macchiata era appesa la foto di una bambina all'asilo. Sembrava proprio Soo-min. Con le guance paffute e il sorriso imbarazzato mi fissava dalla cornice. Dal soffitto della stanza pendeva un gancio, come quelli usati per le tende o per gli appendiabiti.

«La casa non è in condizioni decenti. Fuori c'è una caffetteria se preferisce...»

«Non c'è problema. Sono solo curiosa di sapere come sta Soo-min.»

L'uomo, visibilmente a disagio, si mise a rovistare senza motivo nel piccolo frigorifero del soggiorno.

«Potrei avere un bicchiere d'acqua?»

Solo allora tirò fuori una bottiglia d'acqua e ne versò un po' in un bicchiere. Mentre lui era occupato, io scostai la tenda che pendeva al centro della stanza. Dietro si apriva un altro spazio.

Le pareti erano coperte da poster di film. In un angolo c'erano alcuni pupazzi logori, probabilmente di Soo-min. Accanto a una cassettiera si vedevano dei vestiti da ragazzina e su un appendiabiti era appesa una divisa scolastica delle medie. Doveva essere la sua stanza.

La famiglia viveva in un monolocale, con gli spazi separati solo da una semplice tenda. Soo-min sembrava aver cercato di trasformare quel piccolo angolo in un posto tutto suo. All'esterno della tenda, un foglio di carta logoro era fissato con una forcina. C'era scritto BUSSARE. Quella parola non mi era mai sembrata così patetica prima d'ora.

«Ma cosa l'ha portata qui...?»

«Soo-min continua a saltare le lezioni.»

«Ah, capisco.»

L'uomo mi porse il bicchiere d'acqua con entrambe le mani,

in un gesto che sembrava voler mostrare rispetto. Dava l'impressione di essere un padre che non sapeva nulla della propria figlia.

«Soo-min non è più tornata a casa?»

L'uomo sbirciò il calendario appeso al muro.

«Non saprei... Mi sembra da più di un mese... Da quando è iniziata la scuola media, ha sempre detto che preferiva stare a casa di amici. Non so se ha cattive compagnie o cosa...»

«Non ha pensato di cercarla?»

«Se ne è andata di sua volontà, che senso ha cercarla? Se preferisce stare con gli amici piuttosto che con la famiglia...»

«Quindi non ha nemmeno denunciato la sua scomparsa?»

L'uomo rise alla mia domanda.

«Ha scelto di andarsene. Perché dovrei fare una denuncia? Quando capirà quanto suo padre si sta sacrificando, tornerà a casa da sola, una volta cresciuta e maturata.»

Avevo pensato che fosse un padre affettuoso, che aveva almeno cercato di creare uno spazio per sua figlia con quella tenda, ma si rivelò irresponsabile e debole. Mi alzai e osservai gli oggetti personali di Soo-min. Alla sua età, una ragazzina delle medie avrebbe probabilmente attaccato foto dei suoi cantanti preferiti, ma Soo-min aveva riempito le pareti di locandine di film.

«Le piaceva il cinema?»

«Ah, no... è solo per la muffa.»

Solo allora mi resi conto che dietro la tenda l'aria era umida e pesante. Quando staccai leggermente uno dei poster, vidi la muffa ricoprire la parete.

«Vorrei cercare Soo-min, visto che è da molto che manca a scuola. C'è qualche posto dove potrebbe essere andata?»

L'uomo mi guardò come se trovasse assurda la mia domanda.

«E io come faccio a saperlo? Non dovreste saperlo voi che siete i suoi insegnanti?»

Quell'uomo, così inetto, stava cercando di incolpare me, in qualità di insegnante, per la mia incapacità. Uno come lui, che aveva abbandonato non solo la propria vita, ma anche quella di sua figlia, perché continuava a vivere? Avevo la tentazione di dirgli che avrebbe fatto meglio a morire.

«Cos'era appeso qui?» domandai, indicando una piccola area quadrata sul muro sopra la scrivania di Soo-min, dove la carta da parati era sbiadita in modo diverso rispetto al resto della stanza.

«La foto di sua madre. Credo che l'abbia presa l'ultima volta che è uscita di casa...»

«Avete divorziato?»

«No, è morta.»

Pensavo che visitando la casa di Soo-min avrei scoperto da quanto tempo fosse scomparsa, ma tutto quello che avevo capito era che se n'era andata intenzionalmente, con la speranza di non tornare mai più. Aveva lasciato la casa portando con sé ciò che per lei era più importante, pronta a non far mai ritorno.

«La denuncia di scomparsa deve farla un familiare. Deve essere lei a denunciare la scomparsa di Soo-min, altrimenti non la troveremo mai. Soo-min non tornerà mai di sua volontà.»

L'uomo tossì e sputò catarro in un fazzoletto, palesemente infastidito dal mio consiglio. Mi resi conto che aveva trovato le mie parole sgradevoli e me ne pentii immediatamente.

Lasciai la casa di Soo-min e camminai da Ganseok verso Sinjeong. Stranamente, da quando avevo incontrato il padre di Soo-min continuavo a pensare a mio marito. I due erano così diversi che sembravano in qualche modo simili. Il padre di Soo-min era irresponsabile, oltre a non mostrare alcun interesse per la famiglia, mentre mio marito, pur essendo ossessionato da essa, era nauseante nella sua preoccupazione. Mentre Yun-beom aveva galleggiato fino alla cima del bacino idrico, Soo-min, la figlia di quell'uomo, poteva essere affondata sotto la superficie. Forse, al bacino di Gisan dove mio marito avrebbe dovuto incontrare Park Jae-ho, Soo-min era stata uccisa.

Mi fermai alla fermata dell'autobus affollata davanti al mercato, esaminando le varie tratte. Mentre controllavo il numero per Sinjeong, sentii vibrare il mio telefono nella borsa. Risposi senza pensarci due volte. Dall'altra parte della linea, a sorpresa, c'era Kim Ju-ran. La sua voce era ancora incerta e confusa.

«Quel telefono... lo passerà alla polizia?»

«Devo davvero rispondere a questa domanda?»

«No, è che... ha detto che mio marito sa dove si trovava quella ragazzina...»

Mi chiesi se Kim Ju-ran avesse mai chiesto a Park Jae-ho della scomparsa di Soo-min. Scelsi di non rispondere alla domanda, e lei proseguì.

«Riguardo al contatto che mi ha dato. Choi Tae-kyung. Ha detto che era un amico di Soo-min che la stava cercando? L'ho contattato.»

Stava parlando del numero di telefono che le avevo dato quando era venuta a casa mia, suggerendo di informarsi direttamente su Soo-min. Non mi aspettavo che Kim Ju-ran l'avrebbe contattato. L'avevo semplicemente detto come una delle due possibili opzioni per scoprire qualcosa su Soo-min:

contattare il suo amico o chiedere direttamente a Park Jae-ho. Kim Ju-ran sembrava aver scelto la strada più difficile anziché quella facile.

Choi Tae-kyung, probabilmente, era uno dei complici che aveva seguito mio marito fino al parcheggio sotterraneo dell'appartamento e lo aveva aggredito. E c'era da aspettarsi che la ragione di quell'aggressione fosse legata a Soo-min.

«Choi Tae-kyung vuole incontrarmi. Ma non posso andare da sola. La prego, mi accompagni.»

All'improvviso dubitai delle parole che avevo sentito.

«Accompagnarla?»

«Sì. Venga con me a incontrare Choi Tae-kyung. Dato che ha detto che mio marito è un assassino, dovrebbe assumersi la responsabilità delle sue parole. Sto venendo a Incheon in questo momento. Ho la macchina, passo io a prenderla.»

«Cosa?»

Kim Ju-ran era irremovibile. In quel momento, mentre ridevo incredula per la situazione assurda, persi l'autobus per tornare a casa. Era chiaro che Kim Ju-ran non osasse chiedere direttamente a suo marito. O forse era spaventata dalla risposta che avrebbe potuto darle. Aveva paura che confessasse di aver commesso un crimine? E se fosse stato davvero così? Avrebbe potuto semplicemente godersi una vita agiata, comprando vestiti costosi con i soldi che suo marito le dava, usando trucchi di qualità e mangiando bene. La stupidità di Kim Ju-ran mi fece sorridere.

Poco dopo, arrivò un autobus diretto a Sinjeong, ma non lo presi. Non perché stessi ridendo di lei, ma provai una sensazione di déjà-vu così inquietante che non riuscii a salire sul pullman. I pensieri che avevo mentre deridevo l'ingenuità di

Kim Ju-ran erano identici a ciò che Yun-beom aveva sempre detto di me.

Mi tolsi il sorriso dalla faccia. Odiavo mio marito ma stavo diventando simile a lui. Forse anche Kim Ju-ran stava lottando per liberarsi da Park Jae-ho, proprio come avevo fatto io in passato.

Stranamente, nonostante avessi già perso ogni possibilità di essere una persona migliore, provai un certo senso di colpa nei confronti di quella donna.

JU-RAN

Il martedì e il giovedì, Seung-jae frequentava una scuola di inglese nel quartiere di Daechi. Dato che era compito di mio marito andare a prenderlo dopo le lezioni e tornare a casa con lui, lo chiamai per chiedergli di cenare fuori con Seung-jae o di mangiare a casa di sua madre. Per giustificare la mia assenza, gli dissi che un'amica dell'università mi aveva convocato all'improvviso per una questione seria.

Partii da casa con la mia Volvo arancione, che non guidavo da tempo. Era l'auto che mio marito mi aveva comprato anni prima, ma raramente mi ero avventurata in autostrada, per andare a fare la spesa o a vedere un medico.

Appena misi in moto, mi sentii più realizzata che impaurita. Era una sensazione che avevo dimenticato da tempo. Era simile a quando, prima di un esame, studiavo tutta la notte e poi riconoscevo il lavoro svolto sulla prova scritta.

Anche se la quantità e la qualità delle informazioni erano modeste, c'era un brivido nell'averle ottenute autonomamente.

Per questo, anche se avevo paura, trovai il coraggio di agire. Quando al mattino Gu Eun-ha mi aveva informato che mio marito era uscito la sera del 9 aprile, decisi subito che dovevo chiamare il numero scritto sulla nota che mi aveva dato Lee Sang-eun. Dovevo scoprire cosa avesse fatto quel giorno e quale fosse il legame tra lui e la ragazza di nome Soo-min.

Dall'altra parte del telefono sentii la voce indifferente di un ragazzo. Parlava in modo sconclusionato e balbettante, proprio come un bambino. Quando iniziai a chiedere di Soo-min, il ragazzo continuò a ripetere: «Perché?».

«Possiamo incontrarci per un momento?»

«Perché?»

«Ho qualcosa da dirti riguardo a Soo-min.»

«Perché?»

«Anch'io sto cercando Soo-min.»

«...»

Quando dissi che stavo cercando Soo-min, il ragazzo smise di rispondere all'improvviso.

«Per favore, aiutami. Ho delle domande.»

«Ah, cavolo... okay, dove ci vediamo? Va bene all'uscita posteriore dell'università Inha?»

«Perfetto. A che ora?»

«Ah... domani non posso, e neanche dopodomani... ma oggi potrei dopo le sei, quando finisco di lavorare.»

«Va bene, facciamo così.»

Chiusi il telefono e rimasi seduta in silenzio per un momento. Mi sentii in colpa, chiedendomi cosa avessi appena fatto e perché avessi deciso di incontrare quel ragazzo. D'altro canto, il suo atteggiamento e la sua voce mi ricordavano Seung-jae. Se avessi pensato a Choi Tae-kyung come a un ragazzo normale della stessa età di mio figlio, non avrei dovuto preoccuparmi. Tuttavia, incontrarlo da sola era rischioso. *Devo andare con qualcuno.* I volti di alcuni dei miei amici mi passarono per la testa, ma faticai a trovare una ragione per spiegare il motivo per cui avevo bisogno di loro.

Decisi di richiamare Sang-eun, dato che mi aveva dato il numero di Choi Tae-kyung. Almeno di fronte a lei non avrei dovuto inventarmi scuse altezzose. Inoltre, se per caso mi avesse preso in giro, avrebbe dovuto affrontarne le conseguenze.

Contrariamente alle mie preoccupazioni, Sang-eun sembrò dapprima incredula ma accettò senza troppi sforzi di venire con me. Una volta fissato l'appuntamento, un'angoscia più grande mi assalì. *E se Soo-min fosse coinvolta in qualche brutta faccenda insieme a mio marito? E se mio marito avesse davvero commesso un crimine?* pensai. L'immagine del volto pallido e innocente della ragazza mi attraversò la mente, facendomi sospirare senza volerlo. Cosa stavo facendo, esattamente?

L'auto stava percorrendo l'autostrada Gyeongin. Forse a causa delle preoccupazioni, non riuscivo a farle prendere velocità, guidavo lentamente e le auto dietro di me iniziarono a sorpassarmi. Sul lato della strada, vidi due mezzi incidentati, danneggiati e sollevati da un carro attrezzi. Mentre le persone fuori dai veicoli litigavano, in sottofondo si udì il pianto di una bambina. La scena dell'incidente passò in un attimo, ma il lamento della bambina rimase nelle mie orecchie, inquietante.

L'uscita posteriore dell'università Inha a Incheon era piena di auto e gente, un vero e proprio caos. Parcheggiai lì vicino con le luci di emergenza accese, aspettando le sei. L'orologio segnava le 5.54.

Mentre osservavo con attenzione la folla che attraversava la strada, un taxi si fermò davanti alla mia auto. Vidi Sang-eun scendere dal veicolo con un vestito di maglia color senape. Era attillato e metteva in evidenza il suo pancione. Ricordai quando ero incinta di Seung-jae, non mi piaceva che le persone riconoscessero il mio stato, così indossavo magliette larghe e gonne elastiche, sempre abbinate a maglioni e cardigan. All'epoca avevo solo ventiquattro anni e mi vergognavo di farmi vedere come una giovane madre in attesa. Ma Sang-eun indossava un vestito molto attillato, come a voler mostrare la sua gravidanza piuttosto che nasconderla. Sembrava ostentare senza vergogna il fatto di essere in una posizione di vulnerabilità.

Sang-eun si chinò per guardare dentro l'auto e cercò subito di aprire la portiera del passeggero. Quando la sbloccai, la aprì senza pensarci due volte e si sedette accanto a me.

«Scusi… la mia non è una richiesta esagerata, spero.»

«Stia tranquilla.»

Non appena si sedette, Sang-eun rivolse lo sguardo verso il finestrino. Così, entrambe rimanemmo in silenzio, aspettando Choi Tae-kyung.

Dato che la mia auto bloccava una corsia di sosta temporanea, il suono dei clacson si fece sempre più insistente. Dopo trenta minuti, Choi Tae-kyung non era ancora comparso e non rispondeva nemmeno al telefono. Era chiaro che si stava prendendo gioco di me, e questo mi rendeva ancora più ansiosa, mentre il volto di Sang-eun sembrava rasserenarsi. Allora decisi di richiamare Tae-kyung e poi di inviargli un messaggio.

Dove sei? Io sono all'uscita posteriore dell'università Inha.

Ma non ricevetti né una risposta né una chiamata. Sang-eun emise un profondo sospiro, come se fosse stanca di aspettare.

«Lo sapevo che non sarebbe venuto.»

Lo disse tutto d'un fiato e la sua affermazione mi colpì in modo strano, toccando il mio orgoglio. Sapeva che Tae-kyung non sarebbe venuto e stava semplicemente contemplando le mie azioni.

«Cosa intende dire? Non credeva che sarebbe venuto?»

Sang-eun, incurante della mia domanda, incrociò le braccia e mi guardò.

«Ha parlato con suo marito di questo incontro?»

«No.»

«E di Soo-min?»

«No.»

«E perché non glielo chiede? Sembra proprio che non si fidi di lui.»

Non sapevo come rispondere alla sua domanda. Sembrava che stesse insinuando che tutto poteva essere facilmente risolto facendo le giuste domande a mio marito.

«Perché è lui a non fidarsi di me.»

Mio marito non si fidava di me. E mi aveva sempre esortato a non credere ai miei stessi pensieri.

Alla mia risposta, Sang-eun smise di tenere le braccia incrociate e mi guardò. Poi prese il telefono e iniziò a cercare qualcosa, piegando il corpo verso il navigatore dell'auto.

«Cosa devo premere per cercare un indirizzo qua sopra?»

«Di quale indirizzo parla?»

Sang-eun, ancora una volta, non rispose ma inserì un indirizzo a suo piacimento nel navigatore. Incheon, quartiere Namgu, Juan.

«Dobbiamo andare qui. Non è molto lontano. Dieci minuti? Potrebbe volerci di più a causa dell'ora di punta.»

«Dove stiamo andando esattamente?»

Sang-eun non rispose e tornò a guardare fuori dal finestrino. Non avviai il motore. Non avevo intenzione di partire fino a quando non mi avesse detto dove fossimo dirette.

Ero stufa di questo tipo di conversazioni. Nessuno mi diceva la verità e nessuno mi informava su come stavano andando le cose. Ormai mi ero abituata a quel tipo di dialogo, muovendomi tra conversazioni prive di informazioni, cercando di indovinare le intenzioni delle persone, interpretando quei pochi dati che mi concedevano in modo positivo per non urtarle. Mi sentivo come una bambina, sempre esclusa e isolata. Anche questa donna mi stava ignorando in modo così naturale. Anche lei.

«Dove siamo dirette?» chiesi di nuovo.

La mia voce ora conteneva una nota di rabbia. Sang-eun, che stava guardando fuori, si voltò finalmente verso di me. Notai un debole sorriso sul suo volto, nonostante il mio tono arrabbiato.

«Stiamo andando nella zona dei motel di Juan. Forse lì ci sono anche gli amici di Soo-min.»

«Sapeva che gli amici di Soo-min si trovano lì?»

«No, l'ho scoperto.»

Sang-eun mi mostrò una foto. Era un selfie di Soo-min scattato su un letto. Oltre il volto della ragazza, si vedeva il nome di un motel: Metro Motel.

«Ci sono molte foto scattate in questa stanza... Pensavo fosse la stanza di Soo-min. Ma lei vive in una casa interrata; quindi, non può vedere nulla dalla finestra. Così ho cercato il nome del motel visibile da questa finestra. Ci sono anche foto di altri amici scattate in questa stanza. Non so se Tae-kyung si trovi lì, ma potremmo trovarcene altri.»

«E perché non me l'ha detto, se ne era a conoscenza?»

«Ho pensato che Tae-kyung potesse uscire, così ho deciso di aspettare. E, a dirla tutta, avevo in programma di andare da sola in questo posto, se non fosse stato per la sua telefonata improvvisa.»

Le parole di Sang-eun mi fecero paura. Cominciai a preoccuparmi di essere stata catturata in una trappola, a causa del suo atteggiamento così calcolatore.

«Io voglio solo trovare delle prove, e lei vuole scoprire la verità. Quindi basta. Non mi importa se ne parla con suo marito. Non è una missione segreta, è solo la casualità di una necessità condivisa.»

Aveva menzionato la parola "prove". Di quali prove stava parlando? Di prove che dimostrassero che mio marito era un criminale? Perché Sang-eun, se sospettava di mio marito, non aveva denunciato la cosa alla polizia e si stava avventurando da sola in cerca di prove, nonostante fosse incinta? Mi incupii, ma Sang-eun sfoderò un sorriso strano e mi incitò a partire. Spensi le quattro frecce e girai il volante in direzione di Juan.

Di fronte al Metro Motel c'era lo Swiss Motel. La via dei motel era costellata di ristoranti di seppia grigliata e bar, e in un angolo si vedeva una piccola chiesa. Era una strada disordinata, affollata da bambini e impiegati.

Dopo aver parcheggiato come meglio potevo, mi trovai davanti allo Swiss Motel, un edificio di tre piani costruito sul modello di un vecchio castello europeo. Non ero mai stata in un motel prima. Ogni volta, anche quando mi trovavo nei migliori alberghi, controllavo scrupolosamente l'umidità e la sporcizia dei cuscini e della biancheria.

A differenza di me, che esitavo davanti all'ingresso, Sang-eun entrò decisa nella hall. Le andai subito dietro e fui investita da un'aria umida e sgradevole. L'interno, decorato con marmo scadente dai toni marrone e giallo mescolati insieme, era poco attraente. Una piccola finestrella sul bancone si aprì, e un uomo di circa quarant'anni sporse la testa.

Ci guardò con espressione sorpresa.

Sang-eun, senza indugi, tirò fuori il telefono e mostrò una foto di Soo-min all'uomo.

«La conosce?»

Lui guardò la foto, arricciò il naso e scosse la testa, restituendole il telefono.

«Non la conosco.»

«Non l'ha mai vista?»

«Non la conosco.»

«Allora, conosce Choi Tae-kyung?»

Sang-eun mostrò un'altra foto e il volto dell'uomo cambiò espressione.

«Perché mi sta chiedendo di lui?»

«Ah! Sono qui su richiesta di Tae-kyung. Avevamo appuntamento ma non risponde al telefono...»

Sang-eun agì con scaltrezza. L'uomo, finalmente, guardò prima lei e poi me, e infine annuì, indicando dietro di noi. Voltandomi, vidi un ragazzo magro con i capelli ricci scendere da una moto per le consegne.

«Choi Tae-kyung?» chiamai il suo nome e solo allora il giovane si accorse di noi, bloccandosi.

«Chi siete?»

«Uscita posteriore dell'università Inha!»

«Ah, siete quelle che mi hanno chiamato?»

Il ragazzo mostrò un sorriso imbarazzato, mentre continuava a scrutarci. «E come siete arrivate fin qui? Qual è il vostro legame con Soo-min? Non è qui, andate via.»

«Sono una parente di Soo-min. Cioè, del lato della madre che è morta.»

Il ragazzo guardò il pancione di Sang-eun.

«Sei la zia?»

«... Sì.»

«Ah... davvero? Wow.»

Il ragazzo sembrò abbassare la guardia nei nostri confronti, pensando che non gli avremmo fatto del male, visto che Sang-eun era incinta. Cominciai a pensare che avesse indossato quegli abiti attillati di proposito.

«Ma quindi? Soo-min è con te?»

«No....»

Proprio in quel momento, un rumore particolarmente forte di infradito proveniente dal piano di sopra annunciò l'arrivo di una ragazza in pantaloni da pigiama rosa e maglietta, seguita da un ragazzo che sembrava avere la stessa età di Tae-kyung.

«Papà! Biscotti, biscotti!»

I ragazzini si avvicinarono a Tae-kyung chiamandolo "papà" in modo giocoso, ma si fermarono e indietreggiarono quando videro Sang-eun e me davanti a lui. Tae-kyung agitò un sacchetto che aveva in mano verso di loro.

«È la zia di Soo-min!»

«Davvero? Che fastidio! È andata dalla sua zietta?»

«Ha chiesto di portarle le sue cose? Wow... Ignora anche tutte le chiamate!»

Non capivo cosa stessero dicendo i ragazzi, e mi voltai verso Sang-eun. Lei sembrava persa nei suoi pensieri, intenta a mordersi le labbra. I ragazzi presero il sacchetto dalle mani di Tae-kyung e lo aprirono per controllare cosa ci fosse dentro.

«Wafer, dolcetti al miele. E cos'è questa roba, nonnino? Perché non ci sono i biscotti?»

«Vedete, in realtà anch'io sto cercando Soo-min.» Alle parole di Sang-eun, le loro espressioni innocenti cambiarono, facendosi malinconiche.

«Per caso, avete fame?»

A quella domanda i ragazzi annuirono vigorosamente.

La camera del motel era angusta, con solo un letto, una piccola televisione e un frigorifero. Buste di snack e contenitori di ramen istantaneo giacevano sparsi sul pavimento, mentre gli indumenti intimi e le calze erano appesi al davanzale della finestra e sugli scaffali. Sembrava che avessero appena lavato i vestiti e li avessero messi ad asciugare. L'aria della stanza, sapeva di detersivo economico e umidità, era sgradevole. Da quanto tempo stavano in questa stanza?

«E quindi vivete qui in quattro, inclusa Soo-min?»

«Sì, non è male. C'è anche una finestra. Prima eravamo in un posto senza finestre, era tutto buio. Qui costa diecimila won in più, ma insomma, anche noi abbiamo bisogno di prendere un po' di sole, no?»

Un giovane di nome Yong-tae stava ingurgitando un po' di pollo in agrodolce mentre presentava orgogliosamente la sua stanza. I ragazzi iniziarono a mangiare freneticamente, come se gli spaghetti alla crema di fagioli rossi e il pollo in agrodolce che avevamo ordinato fossero un banchetto.

«Ma cosa ha detto Soo-min prima di andarsene?»

«Se te lo dico, mi darai dei soldi?» disse una ragazza di nome Chae-young con un sorriso smagliante. Rimasi sorpresa dalla risposta, ma Sang-eun annuì.

«Va bene, avrai i soldi. Quanto vuoi? Centomila won?»

Chae-young tentò di rialzare il prezzo.

«Centocinquantamila won.»

«Va bene, facciamo così.»

Sang-eun tirò fuori il portafoglio e prese una banconota da cinquantamila won, consegnandogliela.

«Ho solo questo in contanti. Ti darò il resto più tardi, dopo vado a prelevare dal bancomat qui fuori.»

Chae-young afferrò rapidamente i soldi dalla mano di Sang-eun e li mise in tasca.

«Era a marzo, giusto, papà?» Chae-young chiese a Tae-kyung.

«Ma perché lo chiami papà?»

«Ah, è solo... noi siamo una famiglia, no? Quindi chiamiamo Tae-kyung, il più grande tra noi, "papà"; Soo-min, ha la mia età, ma è nata prima. Soo-min guadagna bene e si occupa di pulizie e lavaggi più di tutti... E poi ha un carattere affettuoso, per questo lei è la "mamma". Yong-tae è il primogenito e io sono la piccola. È solo un gioco tra di noi.»

Era strano pensare che dei ragazzi scappati di casa avessero diviso i ruoli familiari tra di loro. Chae-young spiegò in modo piuttosto logico la situazione, deducendo la data in cui Soo-min era scomparsa.

«Ma è successo quel giorno. Tae-kyung e Soo-min hanno litigato. Io ero andata in farmacia per il dolore mestruale, e lui l'ha picchiata, e Soo-min si è arrabbiata e se n'è andata. Ma perché hanno litigato? Pensavamo che Soo-min sarebbe tornata presto, perché, come puoi immaginare, tra i ragazzi scappati di casa molti sono dei brutti ceffi. Ma noi non siamo così, siamo tutti molto uniti. Non ci facciamo mai del male.»

Chae-young controllò la data sul suo cellulare.

«Il 20. Il secondo giorno di ciclo!»

«Sei sicura? Devi essere sicura, altrimenti non ti darò il resto dei soldi.»

«Certo! Ecco, il secondo giorno del ciclo!»

La ragazza mostrò l'app del ciclo mestruale sul telefono. Poi, Chae-young guardò il pancione di Sang-eun.

«Sei incinta?»

«Sì.»

«Ma... in realtà, non sei la zia di Soo-min, vero? Soo-min ha incontrato il marito della zia, giusto?»

Non fu Sang-eun a irrigidirsi a quelle parole, ma io. Lei rispose di no, ma io non riuscii a dirlo con facilità. Sang-eun cercò un'altra foto sul suo cellulare e la mostrò ai bambini.

«Questi, per caso, siete voi?»

Era una foto difficile da decifrare. C'erano dei ragazzi con indosso dei caschi, e a terra c'era un altro uomo che sembrava privo di sensi. I ragazzi, osservando l'immagine, sembrarono confusi.

«No, non siamo noi.»

«Ah, capisco. Allora, non vi darà fastidio se mostro questa immagine di sorveglianza alla polizia?»

«Signora, chi è lei? Non è la zia di Soo-min, giusto?» chiese Tae-kyung, di nuovo sul chi vive. Sang-eun indicò l'uomo a terra nella foto.

«Io sono la moglie di quest'uomo.»

«Ma noi non c'entriamo niente con tutto ciò.»

Yong-tae iniziò a guardare Sang-eun e me con sospetto, lanciandoci occhiate furtive. Sang-eun non sembrò preoccuparsi affatto della reazione dei ragazzi.

«Quest'uomo è morto dieci giorni fa.»

Tae-kyung, infuriato, scagliò la ciotola di ramyeon a terra e si alzò in piedi.

«Non siamo stati noi! Vaffanculo! Stai cercando di incastrarci! Quest'uomo ci ha cercati! Ha chiesto di Soo-min! Pensavamo solo che sapesse qualcosa su di lei. Non l'abbiamo minacciato con un coltello, gli stavamo solo dicendo di stare lontano! Questo tizio è lo stalker di Soo-min! Va' a denunciarlo! Fanculo!»

«Soo-min faceva degli incontri, non è così?»

A differenza di Tae-kyung, che era in preda all'agitazione, Sang-eun continuava a porre domande con calma. Chae-young cercò di trattenere Tae-kyung, invitandolo a sedersi.

«Ma… non è che qualcuno le ha detto di farlo. È Soo-min che ha iniziato a dirci che doveva mantenerci! Perché è la mamma!»

"Mamma." Le parole di Chae-young mi lasciarono interdetta. Quei bambini riconoscevano i ruoli di padre e madre, e ciò significava che Soo-min, nel ruolo di madre, si prostituiva per comprare cibo e beni di prima necessità. Pensare a una ragazzina che si era assunta un simile fardello, per scelta o per costrizione, era agghiacciante.

«Uscite! Andatevene! Non ho più nulla da dire!»

Tae-kyung si liberò dalla presa di Chae-young e ci strattonò via, costringendoci a uscire. Sang-eun e io fummo cacciate dallo Swiss Motel. Udii il forte rumore della finestra della stanza al terzo piano chiudersi di scatto. Mentre cercavo di muovermi verso la macchina, Sang-eun entrò in un minimarket e tornò fuori con centomila won in contanti.

«Un accordo è un accordo, ecco i soldi che gli avevo promesso.»

Io rimasi ferma davanti al motel, osservando Sang-eun mentre si dirigeva di nuovo verso la stanza dei ragazzi. La mia testa pulsava. Non riuscivo a credere a ciò che avevano detto. Anche loro forse cercavano di adattare la situazione a loro favore e di ricordare ciò che li avvantaggiava. Mi sentivo terrorizzata al pensiero della circostanza in cui si trovavano quei ragazzi, e un brivido mi percorse al pensiero di quei ragazzini che, in quella foto, brandivano un bastone contro Kim Yunbeom. Tornai da sola all'auto e misi in moto. Il solo stare lì mi terrorizzava.

Sang-eun uscì dal motel con un'espressione imperturbabile e si sedette sul sedile del passeggero.

«Può portarmi a casa, per favore?»

Seduta in auto, sembrava improvvisamente molto stanca. Perché non aveva denunciato la sparizione di Soo-min, nonostante pensasse che fosse scomparsa? Anche Kim Yun-beom era venuto qui, come noi, per scoprire informazioni su di lei e, nonostante fosse stato aggredito dai ragazzi, non aveva sporto denuncia. Ricordai le parole del collega di mio marito, secondo cui Kim Yun-beom minacciava i medici. Lo aveva fatto anche con mio marito? Era una minaccia legata solo a delle tangenti? Oppure aveva davvero a che fare con quella ragazzina di nome Lee Soo-min?

Lanciai rapidi sguardi a Sang-eun, che sembrava riflettere

a occhi chiusi. Stava cercando delle prove per incastrare mio marito e ottenere soldi? Anche se aveva gli occhi chiusi, sembrava che stesse calcolando qualcosa.

Ripensai a quello che i ragazzini avevano raccontato. Soomin era scomparsa il 20 marzo e non si erano più sentiti da allora. Che giorno era? Dove si trovava mio marito in quella data? Pensieri confusi si agitarono nella mia mente. Mentre riflettevo, l'auto arrivò davanti all'appartamento di Sang-eun a Sinjeong.

«Potrebbe aspettare qui un attimo?»

Sang-eun ora mi guardava in modo amichevole. Osservai la sua schiena mentre si dirigeva rapidamente verso l'ingresso dell'appartamento. Dovevo pensare a cosa stessi facendo il 20 marzo e dove fosse mio marito. Ma quella data non riusciva a prendere forma, sembrava solo un giorno come tanti altri. Non riuscivo a evocare nessuna immagine nella mia mente.

Quando Sang-eun riemerse dall'ingresso, aveva in mano una borsa di carta. La fece passare attraverso il finestrino e me la porse.

«Che cos'è?»

Guardando all'interno della borsa, vidi una scatola. Dentro c'era una piccola telecamera e un cavo.

«Potrebbe aver bisogno di prove, nel caso in cui stesse pensando a un divorzio.»

Dopo aver detto queste parole, Sang-eun scomparve di nuovo oltre l'ingresso dell'appartamento. Un divorzio... Non ci avevo mai pensato. Anche se tutti prima o poi ci pensano, io non lo avevo mai fatto. Ma Sang-eun sembrava darlo per scontato, come se pensasse che io lo stessi già preparando.

Forse perché mio marito stava frequentando una ragazza

molto più giovane? Magari era un pedofilo? O forse era il colpevole dell'omicidio di Kim Yun-beom?

Non riuscivo ad accettare nessuna di queste verità, e quindi non pensavo nemmeno al divorzio. Non c'erano prove oggettive che dimostrassero che mio marito avesse fatto sesso con ragazze dell'età di quei ragazzini. Era un pensiero troppo assurdo e terribile. Era quella donna che mi faceva sospettare di mio marito? Era lei che mi aveva portato a credere che lui fosse un assassino, intrappolandomi in questa situazione? Forse Jae-ho e Sang-eun si conoscevano da tempo, e se lui avesse teso una trappola per poter divorziare da me? Per gli alimenti? O per paura che gli rimanessi attaccata?

Ah... Era più facile pensare che mio marito avesse ucciso Kim Yun-beom perché stava minacciando la sua reputazione.

Come d'abitudine nelle coppie, noi avevamo rapporti sessuali una volta alla settimana, e non si era mai mostrato un pervertito o aggressivo. Inoltre, quando ero giù di morale o depressa, lui si prendeva cura di me, cercando di aiutarmi a ritrovare la calma. Già, il 9 aprile, il giorno della morte di Kim Yun-beom, lui mi aveva fatto un massaggio e preparato una tisana...

Fermai bruscamente l'auto sul ciglio della strada. Sentii il corpo indebolirsi, mi tremavano le mani e non riuscivo a guidare.

La tisana. Sì, ora ricordavo. Il giorno in cui Kim Yun-beom era morto, il 9 aprile, mio marito mi aveva dato una tisana calda e mi aveva fatto un massaggio per aiutarmi a dormire. E il 10 aprile, Seung-jae e io avevamo dormito a lungo. Sul tavolo accanto al letto di Seung-jae c'era una tazza di latte. Seung-jae era intollerante al lattosio e, se avesse bevuto del latte, il giorno dopo avrebbe avuto problemi di stomaco, quindi non avrei mai potuto darglielo. Anche lui era consapevole del suo stato e mi aveva detto che, a scuola, dava sempre il latte agli amici o lo buttava via. Avevo detto a mio marito che Seung-jae non lo beveva, ma lui non ci badava. Alla fine, ero sempre io a occuparmi dell'alimentazione del bambino. Se mio marito avesse dato il latte a Seung-jae… Se lo avesse costretto, Seung-jae, spaventato, lo avrebbe bevuto pur sapendo che gli avrebbe dato fastidio. Quindi, quel giorno, mio marito ci aveva mandati a letto con una tisana e del latte. E dentro, forse, c'erano dei sonniferi.

Finalmente ricordai perché quel giorno ero stata così ansiosa e perché mi ero lamentata con mio marito. Quella cosa l'avevo completamente rimossa dalla mente.

Ah… Quindi… io… ora sapevo dove si trovava Soo-min.

Mercoledì 20 aprile

SANG-EUN

Seduta in uno Starbucks all'incrocio della stazione di Bupyeong, aspettai Park Jae-ho in preda a un misto di ansia e determinazione. Il locale era affollato, e a fatica ero riuscita ad assicurarmi un tavolo per due vicino alla finestra. Ironia della sorte, questo non era certo il posto ideale per un incontro tra una donna che aveva ucciso suo marito e un uomo sospettato di prostituzione minorile. Eppure, avevo scelto io questo luogo caotico: paradossalmente, la folla mi dava un senso di sicurezza. Era anche una cortesia verso chi, ne ero certa, ci stava tenendo d'occhio.

Venti minuti dopo le otto, l'ora stabilita, Park Jae-ho finalmente entrò. Mi individuò subito, avvicinandosi con un sorriso affabile che mi irritò. Sembrava quasi stesse incontrando una vecchia amica.

«Mi scusi per il ritardo. Ho avuto qualche problema con i mezzi» si giustificò, guardando il tavolo vuoto. «Prendiamo qualcosa da bere.»

Lo osservai mentre si dirigeva al bancone, studiando il menu. Il suo atteggiamento rilassato contrastava con la mia serietà. Tornò poco dopo con due bevande, porgendomene una.

«Ho pensato che il caffè potesse darle fastidio, così ho ordinato un succo di frutta.»

Park Jae-ho sorseggiò il suo caffè e mi squadrò con un'espressione di studiata nonchalance. Mi ricordava un ragazzino che cercava di sembrare più maturo di quanto non fosse.

«Perché ha voluto incontrarmi?» chiesi, fissandolo dritto negli occhi. Il suo sguardo era sorridente, ma potevo scorgere la torbidezza che si celava dietro di esso.

«Le parole che mi ha detto al funerale di suo marito continuano a tormentarmi... intendo la storia del cellulare. E poi mi sono ricordato di come Kim Yun-beom mi avesse minacciato quando era ancora in vita.»

«Ah, certo» replicai in tono sarcastico, senza neanche accorgermene.

«Quando era ancora vivo, Kim Yun-beom blaterava e chiedeva soldi, io lo ascoltavo e cercavo di convincerlo a tornare a casa. Tuttavia, ora che lei, Sang-eun, mi accusa delle stesse cose, sento la necessità di chiarire.»

«Se la mette così, anche io ho delle cose da dire ma, prego, inizi lei.»

«Kim Yun-beom venne da me un giorno insistendo sul fatto che avessi avuto un incontro consensuale con una minorenne. Che assurdità. Era la prima volta che sentivo una cosa del genere. Non essendo vero, non ho preso sul serio le sue parole. Lui, però, ha usato questa cosa per ricattarmi, chiedendomi trecento milioni di won in cambio del suo silenzio. Ma io, ovviamente, non ho mai fatto niente di simile.»

Park Jae-ho continuò il suo discorso senza alcuna esitazione.

«Ritengo che volesse accusarmi perché sono un pediatra. Ero a conoscenza del suo licenziamento e dei ricatti verso gli altri medici. Avevo persino saputo che lei, sua moglie, era incinta. Ora, io sono una persona responsabile quando si tocca la famiglia… e ho pensato di convincerlo a lasciar perdere organizzando una battuta di pesca. Ma ho avuto paura. Non so, forse c'era qualcosa di strano nei suoi occhi, comunque ritenni che pescare di notte fosse pericoloso e, nonostante fossi consapevole che sarebbe stato un gesto poco educato da parte mia, decisi di non andare. E la polizia è a conoscenza di tutto ciò. Ci sono prove che attestano che io non sono mai andato lì.»

La logica di Park Jae-ho era abbastanza prevedibile. Ma se quelle parole fossero state vere, allora non avrebbe dovuto essere allarmato dal telefono di Lee Soo-min che tenevo in mano, visto che non c'entrava nulla con lui…

«In effetti, sarei più sospettoso nei confronti dello stesso Kim Yun-beom, che sosteneva di avere il telefono della ragazza. Come l'aveva avuto? Kim Yun-beom non si poneva alcun limite. Apparentemente, era capace di elaborare piani rischiosi e commettere crimini.»

«Quindi va bene se consegno il telefono della ragazza alla polizia come prova? Ho anche scoperto che attualmente è scomparsa… I dati del telefono sono ben conservati, e la polizia potrà facilmente risalire a chiunque abbia avuto contatti con lei. Scopriranno anche dove si trova.»

«Certamente. È un suo diritto. Devono trovarla il prima possibile.»

Pensai di provare a rivelare i miei sentimenti e sottolineare che, se il denaro fosse arrivato anche una sola volta, tutto si sarebbe risolto senza problemi per nessuno.

«Ho bisogno di soldi per dare alla luce e crescere il bambino. Era una richiesta di mio marito, e ho pensato che la somma non fosse affatto eccessiva per lei. Pensavo semplicemente che ci sarebbe stato un lieto fine per tutti. Mi sbagliavo?»

Park Jae-ho mi guardò con uno sguardo di pietà. Capii che non era il tipo da piegarsi alle mie minacce.

«Quando si fa qualcosa di sbagliato, è giusto pagarne lo scotto, anche se riguarda una persona defunta. Non volevo essere coinvolto in pettegolezzi dopo la morte di Kim Yunbeom; perciò non ho rivelato alla polizia delle sue minacce. Non volevo macchiare la sua memoria. Non volevo che Kim Yun-beom venisse descritto come un pedofilo dedito al sesso con minorenni, che era morto in questo modo. Era una questione di amicizia nei suoi confronti...»

Park Jae-ho parlò con un falso sorriso sul volto. La sua risata era disgustosa. Come poteva mio marito essere così sicuro che Park Jae-ho gli avrebbe dato dei soldi? Aveva trovato prove certe?

«Bene, passerò il telefono della ragazza agli investigatori. Sembra che anche lei lo desideri. Ora devo andare, si è fatto tardi.»

Quando mi alzai, Park Jae-ho mi scrutò di nuovo, dall'alto in basso.

«Ah ah, sembra avere fretta. Ma quanto è alta? 158? 155?»

«Cosa?»

La domanda inaspettata di Park Jae-ho mi infastidì.

«È solo che sembra strano, una moglie che desidera far riemergere le malefatte di un marito defunto... Ho parlato brevemente con l'ispettore incaricato del caso di Kim Yun-beom, e mi è stato detto che la principale sospettata è lei, sua moglie. Ho anche notato che ha consultato un avvocato per il divorzio e che è stata l'ultima a vedere Kim Yun-beom quel giorno.»

«Cosa sta insinuando?»

«Ho scoperto che la polizia ha esaminato gli autobus e i taxi che portano dal bacino alla città, per vedere se ci fosse qualcuno che l'avesse vista. Il caso si è bloccato perché lei sembra una donna troppo fragile...»

Il rumore caotico della caffetteria cominciò a scomparire e la voce di Park Jae-ho divenne sempre più chiara.

«Come ha fatto a somministrare un sonnifero a Kim Yunbeom e a trasportare il suo corpo fino al bacino? Anche se avesse guidato con suo marito addormentato accanto a lei, non sarebbe stato facile spostare da sola un uomo grande come lui dal sedile del passeggero a quello di guida. La polizia ha esaminato anche gli alibi degli uomini che la conoscono, incluso suo fratello, ipotizzando la presenza di un complice.»

«Non dica bugie. È impossibile che la polizia abbia condotto tale indagine, e perché dovrebbero dirlo a lei?»

«Ah ah. Un mio amico è molto in confidenza con l'ispettore assegnato al caso. Così, alla fine, ho scoperto queste cose. Ma oggi, vedendola, Sang-eun, noto che è più bassa e magra di quanto pensassi.»

La sua incessante ispezione del mio corpo mi fece sentire vulnerabile, come se fossi completamente nuda davanti a lui.

«Non fraintenda, non sono affatto interessato al suo fisico. Il motivo per cui parlo della sua statura è perché ho dei dubbi sull'indagine della polizia. È davvero necessario considerare come Kim Yun-beom sia stato trasferito al sedile di guida? Una persona di piccola statura potrebbe facilmente spostare il sedile indietro e sedersi sopra le ginocchia del conducente. È davvero strano, e anche la questione dell'assicurazione che lei avrebbe dovuto ricevere alla morte di Kim Yun-beom.»

Sentii un forte impulso di afferrare la mia tazza di ceramica e colpirlo in testa.

«È una storia da film. Vedremo chi dice la verità.»

«Già, sì, ci pensi bene. Non rovini la vita di una persona innocente. Lei non ha nulla da perdere, ma io, a causa della mia posizione sociale e della mia famiglia, rischio molto.»

Non ricordo come tornai da Starbucks. Guidai travolta dalla rabbia fino a casa, e raggiunsi la stanza di mio marito, dove iniziai a frugare tra il suo computer e i suoi oggetti. Ma trovai solo un banale diario, un registro di spese e documenti inutili. Urlando, iniziai a lanciare e distruggere le sue cose, senza però riuscire a placare la mia furia.

Park Jae-ho non temeva il telefono di Soo-min. Anzi, era lui ora a minacciarmi. A parte quella misteriosa applicazione, era il cellulare tipico di un'adolescente: pieno di immagini dei suoi snack preferiti, di trucchi e di selfie.

Il giorno prima, ero uscita dallo Swiss Motel con Kim Juran, avevo prelevato duecentomila won dal bancomat, ed ero tornata da sola al terzo piano, dove abitavano i ragazzi. Volevo porre loro una domanda mentre lei non c'era.

«Che cosa voleva sapere quell'uomo che avete colpito con i bastoni? Cosa gli avete raccontato?»

«Quell'uomo sembrava uno stalker pervertito. Era strano, chiedeva della città natale di Soo-min, se stesse male, e dei suoi ex fidanzati. Cavolo, sembrava così ossessionato...»

«E cosa gli avete risposto?»

«Cosa ne potevamo sapere noi?!? Ci siamo conosciuti in una sala pc...»

«Qualcosa gli avrete pur detto, no?»

«Ah, anche se avessimo saputo qualcosa, non ne avremmo fatto parola. Che cosa avremmo potuto dirgli? Solo che Soo-min andava con degli uomini per soldi, e una volta finito li malediceva. Li malediceva, capito?»

Continuai a insistere per farli parlare, ma non confessarono. Così, uscii dal motel senza alcun risultato. Era chiaro che mio marito avesse qualche indizio. Non potevo dimenticare il suo sguardo sicuro, convinto che avrebbe ricevuto dei soldi. Volevo continuare a pensare che avesse messo insieme delle informazioni al riguardo e che io non fossi riuscita a trovarle.

Mentre frugavo tra i suoi oggetti, trovai una scatola in fondo a un cassetto. Aprendola, vidi una serie di piccoli oggetti costosi, come una penna Montblanc e un fermacravatta. Sapevo bene di cosa si trattasse: erano oggetti che lui aveva rubato.

Aveva l'abitudine di sottrarre furtivamente gli oggetti dei medici con cui si relazionava, mentre bevevano insieme. Se uno si fosse tolto un orologio, lui lo avrebbe infilato nella tasca. Fingendo di abbracciare qualcuno, rubava un fermacravatta o una penna. Non definiva mai le sue azioni come furti; diceva piuttosto che stava «eseguendo la legge del contrappasso». Disprezzava i medici che ricevevano regali e alcolici, lamentandosi che questo sistema di corruzione ed elitarismo avesse rovinato l'industria farmaceutica e l'assistenza sanitaria del paese.

Per questo, quando i medici ubriachi si assentavano per un momento, lui entrava in azione: rubava gli oggetti e talvolta sputava nei loro bicchieri di birra o li colpiva sulla nuca se erano maleducati. Tornando a casa, si vantava di aver compiuto un atto di giustizia.

Era probabile che anche il telefono di Soo-min fosse stato ottenuto in quel modo. Quando si trovava vicino a Park Jae-ho, avrà colto l'occasione per prendergli qualcosa. E visto che era rosa, aveva potuto pensare, come all'inizio avevo fatto io, di aver semplicemente trovato la prova di un tradimento. Ma dopo, si sarà sicuramente spaventato all'idea che fosse il telefono di una ragazza di quindici anni e, guardando l'app di incontri, avrà cominciato a formulare altre ipotesi. Non avrà trovato alcuna prova di collegamento tra Soo-min e Park Jae-ho, così, come me, avrà ispezionato il telefono e chiesto informazioni nei motel frequentati dai suoi amici. Tae-kyung e Yong-tae lo avranno seguito sospettando di lui…

Fino a quel punto, sia Yun-beom che io eravamo arrivati alle stesse verità. Tuttavia, Park Jae-ho si era lasciato intimidire dalle minacce di mio marito, ma non aveva mostrato alcun segno di cedimento di fronte alle mie. C'era forse qualcosa nei ricordi passati di Soo-min, che mio marito aveva chiesto a quei ragazzi? La mia mente era in subbuglio. Inoltre, Park Jae-ho sospettava che fossi io ad aver ucciso mio marito. Forse era arrivato al lago prima di me quel giorno. Poteva aver visto la macchina precipitare nel lago dopo che io ero scesa. In tal caso, Park Jae-ho avrebbe potuto essere l'unico testimone del mio crimine.

Tuttavia la polizia aveva dichiarato che l'unico veicolo entrato lì quella notte era stata l'auto di mio marito. Già, il lago quella notte era straordinariamente silenzioso. Non si sentivano né insetti o versi di altri animali. Avevo avuto la sensazione che fossimo soli lì, io e lui.

Cliccai sulla cartella GUIDA nel computer. Era piena di foto scattate quando lui mi aveva insegnato a guidare ed eravamo ancora fidanzati. Mio marito era seduto nella postazione del conducente, con il sedile reclinato il più indietro possibile, mentre io ero sulle sue ginocchia. Facevamo pratica di guida in un campo aperto. Guardando quelle foto, un sorriso si impossessò del mio viso senza che me ne rendessi conto.

«All'epoca era tutto così bello...»

Anche se ora le cose erano cambiate, il ricordo di quel tempo e di quel luogo era prezioso. La nostra relazione non era sempre stata un'agonia. Durante il fidanzamento, recitavamo entrambi la parte di persone migliori di quanto fossimo realmente. Eravamo una coppia piuttosto affiatata. Quando salivamo su un autobus o in metropolitana, amavo costringerlo a sedersi e guardare la sua testa. Poiché la nostra differenza di altezza era notevole, la testa di Yun-Beom, che normalmente non riuscivo a vedere, era un'attrazione che sprigionava la mia curiosità. Quando lo amavo, non solo riuscivo a individuarlo tra la folla di passeggeri della metropolitana, ma osservavo spesso persone con corporature e volti simili, pensando a lui. Ovunque fossi, riuscivo a scovare mio marito anche solo dalla sua nuca. Pensavo sempre a lui. All'epoca mi sentivo fortunata e felice che un uomo di nome Kim Yun-beom fosse capitato proprio a me.

La nostra crisi iniziò durante i preparativi per il matrimonio. Mio marito cercò di fare tutto come gli altri, anche se dovette fare dei sacrifici. Io non avevo parenti o amici da invitare al matrimonio e per lui era lo stesso, ma insistette nel cercare invitati e organizzò persino una cerimonia tradizionale. Non potrò mai dimenticare le espressioni dei parenti durante quel cerimoniale. Sembravano chiedersi: «Perché siamo qui?». Davanti a loro, noi due, imbarazzati, ricevemmo datteri e noci, poi mio marito mi sollevò per una foto commemorativa in cui cercammo di apparire felici. Lui sorrideva troppo, provava a comportarsi in modo naturale, ma nulla sembrava esserlo realmente. La gente considerava il nostro matrimonio stravagante e da snob.

Quando durante i preparativi sollevavo delle obiezioni sulle decisioni di mio marito, la sua risposta era sempre la stessa: «Mi disprezzi solo perché non ho i genitori?». Quelle parole erano un incantesimo che mi faceva capitolare. E nel momento in cui sorse qualche problema riguardo ai regali e alle spese matrimoniali, mio marito fu sul punto di mettermi le mani addosso. Ero consapevole che stesse per colpirmi, ma ingannai me stessa pur di non ammetterlo.

«Probabilmente era solo arrabbiato. Sarà stato un errore. Chiunque può arrabbiarsi così. In fondo, non mi ha davvero colpita. E io ho esagerato un po'.»

Ammettere che mio marito aveva cercato di picchiarmi in quel momento era inefficace. C'erano troppe cose da fare per il matrimonio, e rimuginare su quella possibilità non avrebbe portato nulla di buono. Il giorno delle nozze era imminente. All'epoca non lo sapevo, ma avrei rimpianto per sempre di non aver interrotto la cerimonia.

Se solo avessi fermato il matrimonio allora, avrei potuto conservare i ricordi delle foto nella cartella GUIDA con più nostalgia. Ora, però, la cartella nella mia memoria era piena di altre immagini. E la "guida" era diventata la soluzione per far sparire mio marito dalla mia vita.

Il succo che avevo preparato, una sorta di sonnifero, lo fece addormentare rapidamente. Approfittando della mia statura minuta, mi sistemai tra le sue gambe, spostando il sedile del conducente all'indietro per poter guidare. Arrivai al lago e parcheggiai l'auto in un angolo remoto, dove il custode non si faceva vedere spesso. Spostai nuovamente il sedile di mio marito e alzai lentamente la sua mano, innestando la marcia su *drive*.

L'auto iniziò a muoversi, lentamente, quasi impercettibilmente. Per circa dieci secondi, pensai che ciò che stava guidando il veicolo fosse l'odio che mi riempiva. In quel momento, non mi importava di essere stata accusata di un crimine. L'unica cosa che contava per me era che mio marito scomparisse da questo mondo.

Quando l'auto cominciò a sprofondare nell'acqua, uscii e iniziai a camminare verso casa dei miei genitori, a sei chilometri di distanza. Percorsi una strada di campagna poco frequentata, abbassandomi e camminando con fatica. Quando finalmente arrivai a casa di mia madre, erano passate da poco le undici di sera. Ero certa che Park Jae-ho sarebbe arrivato a quell'ora e che avrebbe subito contattato la polizia, perciò, mi ero sforzata di arrivare a casa prima delle undici. Con il peso del pancione, camminare velocemente su un terreno accidentato non fu affatto semplice. Quando arrivai, trovai mia madre e mio nipote Jeong-min già addormentati. Feci una doccia per rinfrescarmi e poi mi sdraiai accanto a mia madre, cercando di chiudere gli occhi.

Provai un senso di liberazione per aver portato a termine quell'atto, ma anche un profondo disprezzo per come la mia vita fosse giunta a quel punto. Passai una notte angosciante.

Sentii il movimento del bambino nel mio pancione. Avevo preso almeno un altro chilo, e sebbene non limitasse i miei movimenti, ne avvertivo la pesantezza. Dentro avevo qualcosa di vivo, che dipendeva interamente da me. Ma non sapevo se questi sentimenti riflettessero il tipo di maternità che mio marito desiderava che avessi. Sono una persona egoista e volevo che il bambino mi amasse più di quanto fossi disposta ad amarlo io. Una volta cresciuto, poi, avrei potuto parlargli di suo padre, mostrando le belle foto che conservava nel computer, raccontandogli di come io e lui ci fossimo amati e di come fosse venuto al mondo. Speravo che il mondo che mio figlio avrebbe visto fosse diverso da quello che avevo conosciuto io.

Tuttavia, alla fine decisi di eliminare la cartella GUIDA dal computer. Quelle immagini non avrebbero dovuto essere viste da nessuno. Che Park Jae-ho fosse stato o meno un testimone oculare, quelle foto sarebbero state semplicemente prove a sostegno delle sue affermazioni.

JU-RAN

Mio marito non mi vide. Quando entrò nel locale, senza rendermene conto, abbassai la testa e mi chinai, ma lui non mi riconobbe e si avviò a grandi passi verso Sang-eun. Mi ero sistemata in un angolo dello Starbucks per osservarli. Non riuscivo a sentire la loro conversazione; il caffè era molto affollato quella sera e accanto al mio tavolo c'era un gruppo particolarmente rumoroso. Quei clienti parlavano quasi urlando, come se solo le loro voci dovessero sentirsi in quel trambusto. Sebbene offrissero un buon riparo tra me e mio marito, erano anche un ostacolo.

Mi sforzai di osservare i volti di Sang-eun e di Jae-ho: a volte, l'espressione di qualcuno può rivelare più delle parole stesse. Ero più curiosa di vedere come mio marito stesse trattando Sang-eun che del contenuto della loro conversazione. Le avevo chiesto di informarmi su dove e a che ora si sarebbero incontrati e lei aveva semplicemente risposto:

Alle otto allo Starbucks di Bupyeong.

Sang-eun mi considerava dalla sua parte? O desiderava distruggermi?

Era evidente che stava ascoltando mio marito con attenzione. Non c'era nessun sorriso né affabilità sul suo volto. A cambiare espressione era piuttosto mio marito, che alternava gentilezza e sarcasmo nei suoi confronti. Dopo un po', la conversazione si fece tesa e Sang-eun, che era rimasta impassibile fino a quel momento, si alzò in preda alla rabbia. Quando lei perse le staffe, mio marito sorrise, e quel sorriso mi colpì.

Lo conoscevo fin troppo bene. Aveva la tendenza a usarlo in situazioni imbarazzanti. Ripensandoci, mio marito aveva sempre questo sorriso: per me, per i pazienti dell'ospedale, per i colleghi e per gli amici. Non lo avevo mai visto ridere di cuore; sorrideva sempre, senza mai mostrare vera gioia. Per questo, a volte, desideravo farlo ridere come fanno i comici impacciati, inciampando o colpendo gli angoli dei mobili. Ma lui non sapeva ridere. Sorrideva sempre, e basta.

E ora quel sorriso, sotto una maschera di gentilezza, sembrava deridere e disprezzare Sang-eun. Ne potevo comprendere facilmente la vera natura.

Sang-eun, furiosa, abbandonò la caffetteria con passo deciso. Sembrava che avesse ricevuto parole offensive da parte di mio marito. Dopo che se ne fu andata, lui rimase seduto al tavolo vicino alla finestra e continuò a sorseggiare il suo caffè.

Vederlo lì da solo, senza maschera, era più doloroso che osservarlo fingere davanti a Sang-eun. Il sorriso era sparito dal suo volto, lasciando spazio al disprezzo. Le sue labbra si serrarono e i suoi occhi si spalancarono, trasmettendo tutta la sua rabbia. Sul viso gli si dipinse un'espressione inquietante, come se stesse lottando per esprimere la sua frustrazione.

Non avevo mai visto un'espressione del genere. A me non l'aveva mai mostrata.

Mio marito rimase da solo per circa dieci minuti, come se stesse cercando di mettere ordine nei suoi pensieri. Una volta terminato il suo caffè, uscì dal locale, ma a me servì ancora qualche minuto per riorganizzare le idee, molto confuse. Chi era la persona con cui vivevo? E che cosa diceva di me il fatto di stare con lui?

Jae-ho era sempre stato gentile con me. No, era stato un buon marito. Pensavo che grazie a lui la mia vita fosse diventata più ricca.

Ma forse mi aveva sempre isolato, costringendomi in uno spazio ristretto in cui mi aveva guidato affinché fossi soddisfatta. Sebbene avesse sempre incoraggiato i miei hobby, quando espressi il desiderio di proseguire gli studi dopo la laurea, lui si oppose, facendomi rinunciare. Disse che era una mia scelta, ma parlava come se eventuali problemi familiari derivanti da quella decisione fossero stati colpa mia.

Mio marito mi aveva sempre indicato i ruoli che dovevo svolgere. All'inizio, mi aveva assegnato quello di giovane studentessa adorabile, poi quello di moglie devota. E mi incoraggiava costantemente a svolgerli bene. Quando la cura di Seungjae mi aveva messo a dura prova, le persone intorno a noi mi avevano consigliato di prendere un aiuto in casa, ma a causa della personalità di mio marito, che non voleva estranei a invadere la nostra vita privata, mi ritrovai a dover gestire tutto da sola. Anche quando l'aumento di peso, la salute precaria e la depressione post-partum mi fecero soffrire, lui continuò a dirmi che ero in grado di gestire tutto.

E poi…

Forse fu proprio mio marito ad alimentare il dolore nei confronti di mia sorella.

«Mi dispiace, credo che tua sorella sia morta perché siamo andati in viaggio a Hong Kong.»

Quella frase piantò un profondo senso di colpa nel mio cuore. E fu lui a farmi sentire in quel modo. Al tempo pensai che anche lui portasse il peso della colpevolezza per la sua morte e che fosse per questo che si era tanto impegnato nel mantenere vivo il suo ricordo.

Tuttavia, nei momenti di crisi, lui riusciva sempre a mantenere la calma e a fare un passo indietro, calandosi nel ruolo di soccorritore. E a un certo punto, da «mi dispiace» aveva cominciato a dire «se hai bisogno di aiuto, chiedi pure», consolidando così la sua posizione. Così, alla fine la morte di mia sorella era diventata un problema solo mio. Mentre crollavo in un abisso di emozioni e lottavo per chiedere aiuto, lui era sempre lì, in attesa, come se sapesse che avrei avuto bisogno di lui. Solo mio marito poteva occupare quella posizione. Escludendomi e isolandomi dai miei affetti, desiderava rimanere da solo in quel luogo, riempito dal suono delle mie suppliche.

Misi in moto l'auto ferma nel parcheggio pubblico, ma non riuscii a impostare il navigatore, esitavo sulla destinazione da prendere. Pensai di andare da mia madre a Incheon, ma sapevo che sarei stata assalita dalle sue domande, essendo lei allo scuro della situazione. Così, per abitudine, mi diressi verso casa, a Pangyo, con un senso di disperazione tale da ricordarmi che, qualunque cosa fosse accaduto, quel posto era il mio unico rifugio.

Quando arrivai a casa, Jae-ho era già seduto sul divano, rinfrescato e intento a guardare la televisione. Sembrava così sereno, come se non avesse appena parlato con una donna che lo sospettava di essere un assassino. Chi era, in effetti, mio marito?

«Dove sei stata? Non mi hai avvertito…»

«Be'… dove pensi che sia stata?»

Quando lo dissi, lui mi guardò e abbassò il volume della televisione.

«Cosa c'è, è successo qualcosa? Sei andata in chiesa?»

«Non lo so… sono stata in chiesa?»

Mio marito non sembrò essere particolarmente interessato al mio atteggiamento. Alzò di nuovo il volume della televisione e distolse lo sguardo, per poi complimentarsi con me come al solito.

«Brava. Hai fatto bene. Tua sorella avrà ascoltato le tue preghiere.»

Le sue parole mi fecero affiorare un sorriso sarcastico sulle labbra. Tornava a legare la causa di tutto alla morte di mia sorella.

Lasciai la borsa in soggiorno e uscii in giardino. Presi una pala dal deposito e, scalza, salii su un'aiuola. La luna piena splendeva nel cielo scuro.

Distrussi i gerani, i tulipani e le margherite con le mie stesse mani. Ogni colpo di pala faceva cadere petali rossi e gialli, strappandoli via brutalmente. La bellezza dei fiori ora era invisibile. Senza curarmene, continuai a scavare a fondo nell'aiuola. Cercavo un cadavere. Il cadavere di Soo-min. Ma per quanto scavassi l'aiuola con la pala, il corpo non affiorò. Continuai a trovare solo terra, e più scoprivo altra terra, più continuavo a scavare, determinata a trovare il cadavere a tutti i costi.

Dopo un po', mio marito si avvicinò. Con un'espressione apatica, mi strappò la pala di mano. Mi afferrò il polso con forza per tirarla via, ma io non avevo abbastanza energia per resistergli. Lanciò la pala nel cortile e cercò di portarmi via dal giardino. Ero troppo debole per affrontarlo.

«Lasciami!»

«Cosa stai facendo? Perché ti comporti così? Avevi promesso che quest'anno ti saresti ripresa entro aprile. E ora che stai facendo?»

«Pensavo che tu avessi piantato dei fiori qui. Ma che cos'è che hai davvero sepolto?»

Jae-ho mi strinse con forza.

«Amore, cosa stai facendo? Ti prego, smettila. Anch'io sto soffrendo.»

«Anche tu soffri? Davvero? Allora perché non me lo dici e chiedi aiuto? Perché non parli? Ti sembro ridicola? Non sono la tua serva!»

«Chi ti ha detto che sei una serva? Cerchiamo di superare quest'anno insieme. Ti ho mai fatto pesare qualcosa? Ho capito il tuo dolore per la morte di tua sorella e ti ho aiutata!»

«Perché tiri in ballo mia sorella? Sto parlando della ragazza che hai ucciso!!!»

Mio marito, che mi teneva per il braccio, mi lasciò andare e mi schiaffeggiò con la sua grande mano. Fu un gesto così rapido che entrambi rimanemmo sorpresi. Ero più scioccata dalla forza della sua rabbia che dal fatto stesso di essere stata colpita. Chi avrebbe dovuto essere davvero arrabbiato?

«Riprenditi! Sei paranoica! La morte di tua sorella non è colpa mia. Non è colpa di nessuno. Tua sorella quel giorno è morta semplicemente perché le ha detto male!»

«Ahhh!»

Urlai a squarciagola, per fermare le parole che uscivano dalla bocca di mio marito. Anche se lui cercava di calmarmi scuotendomi, avevo ormai abbandonato ogni forma di dignità e civiltà. Continuai a urlare e a urlare. Se mi avesse schiaffeggiato di nuovo, avrei continuato a gridare. Perché se non lo avessi fatto, quei gemiti repressi sarebbero esplosi nel mio petto e mi avrebbero uccisa.

PUM! PUM! PUM!

Qualcuno bussò con forza. Seguì il suono insistente del campanello. Davanti al cancello c'era la vicina, Eun-ha. Mio marito, controllando la rabbia e cambiando espressione, si diresse verso il cancello. Io caddi a terra, incapace di reggermi in piedi. In quel momento, incrociai lo sguardo di Mi-ryeong, che si trovava sul balcone della casa accanto. La donna sollevò il cellulare, indicandolo con la mano.

«Ho chiamato la polizia. Non sapevo quando sarebbero arrivati, quindi sono dovuta intervenire!» disse Eun-ha.

«Mi scuso se abbiamo fatto rumore.» Mio marito chinò il capo in segno di scuse.

«Non si tratta del rumore. Ha colpito sua moglie. Ho chiamato la polizia per la violenza da lei usata!»

«Come già sa, mia moglie non è in sé.»

Mio marito stava dicendo a Eun-ha che non ero sana di mente.

«Me lo ha detto la volta scorsa, so che sua moglie non sta bene, ed è un peccato. Ma non può usare violenza su una donna, specialmente in questo stato! Deve aiutarla, non metterle le mani addosso!»

«Mi perdoni. La situazione stava peggiorando e io ero frustrato... Mi dispiace.»

Mio marito abbassò la testa davanti a Eun-ha. Lei si era riferita a me come a una persona fuori di sé. Cosa significava? Che mio marito le aveva chiesto aiuto per prendersi cura di me? Ora capivo gli sguardi compassionevoli di Mi-ryeong e Eun-ha.

Era comprensibile che mi considerassero fuori di testa, dato che avevo chiesto i filmati delle telecamere per trovare il colpevole che aveva buttato un sacchetto della spazzatura inesistente. Inoltre, se Jae-ho aveva persino chiesto loro aiuto... Ma essere chiamata malata di mente...

E Seung-jae? Anche lui pensava che la propria madre fosse una pazza? Il mio bambino stava cominciando ad allontanarsi sempre di più da me, non per la pubertà, ma perché era spaventato dalla sua mamma? Pensare a una madre malata di mente... Era terribile rendersi conto di quanto potesse ferire un bambino.

Improvvisamente, mi venne in mente che era strano. In mezzo a tutto quel caos, Seung-jae era sorprendentemente tranquillo. La donna della casa accanto era accorsa dopo aver sentito le mie urla, ma Seung-jae era rimasto in un silenzio inquietante.

«Seung-jae! Seung-jae!»

Cercai di rimettere insieme il mio cuore spezzato e bussai alla porta della sua stanza al primo piano. Non sentii alcun rumore provenire da dentro.

«Seung-jae, posso entrare?»

Nessuna risposta. Non avevo idea di come spiegargli la situazione, ma dovevo fare in modo che non si sentisse troppo a disagio. Dovevo dirgli che sua madre non era pazza e abbracciarlo forte.

Con cautela, aprii la porta ed entrai nella sua camera. Non c'era nessuna traccia di Seung-jae. Non era né nell'armadio, né sotto il letto, non c'era. Uscendo dalla stanza, controllai lo studio di mio marito, il bagno e il ripostiglio, ma lui non si trovava.

Provai a chiamarlo, ma in quel momento non riuscivo a usare il telefono. Dovevo restare calma. *Devo restare calma.* Accesi di nuovo il cellulare e premetti sull'immagine di Seung-jae nella cronologia delle chiamate recenti, ma il suo telefono era spento.

Seung-jae era scomparso mentre mio marito mi schiaffeggiava e io urlavo, completamente fuori di me. Misi da parte il litigio che avevamo appena avuto e anche lo schiaffo e gli chiesi di nuovo aiuto. In preda alla disperazione, l'unica persona a cui potevo rivolgermi era proprio mio marito.

«Tesoro, Seung-jae non c'è. Seung-jae è scomparso!»

Quando mi aggrappai al suo braccio, lui sollevò le labbra in un sorriso. Era il sorriso di un vincitore che osservava una perdente o un sorriso di disprezzo?

«Vedi? È colpa tua se siamo arrivati a questa situazione!» disse, scuotendomi via con freddezza. «Non preoccuparti. Troverò io Seung-jae. Tu calmati, per favore!»

Mio marito uscì per cercare Seung-jae, lasciandomi seduta sul divano ad aspettare che tornasse. Mi sentii di nuovo impotente, in attesa, tormentata dal senso di colpa perché pensavo che mio figlio si fosse allontanato a causa mia.

Trenta minuti dopo che Eun-ha e Mi-ryeong avevano fatto la telefonata di emergenza, la polizia arrivò. Li presi in disparte e chiesi loro di aiutarmi a trovare Seung-jae, che era scomparso. Era passata la mezzanotte e non era ancora tornato.

«Quindi durante la vostra lite, il ragazzo è scomparso?» disse l'agente di polizia con calma, avviando le registrazioni delle telecamere di sorveglianza.

Nel video, mentre io e mio marito litigavamo animatamente, Seung-jae usciva dalla porta d'ingresso con uno zaino in spalla, evitando il nostro litigio e spegnendo il cellulare di proposito. Non era stato rapito, né era in un pericolo tale da giustificare un'indagine della polizia. Era un chiaro caso di fuga da parte di un adolescente.

«Provate a contattare i posti dove il ragazzo potrebbe essere andato, magari gli amici... oppure un internet café che frequenta di solito. Se non lo trovate entro domani, chiamateci di nuovo.»

Gli agenti, inizialmente intervenuti per un problema di violenza domestica, rimasero spiazzati quando il caso si trasformò in fuga di minore. Tuttavia, si comportarono come se l'allontanamento di un adolescente non fosse un problema serio, fingendo preoccupazione e dandoci solo qualche consiglio prima di tornare al distretto.

Indignata per l'atteggiamento della polizia, cominciai a chiamare tutti i posti in cui Seung-jae poteva essere, senza preoccuparmi dell'orario. Non avevo tempo da perdere per mantenere le apparenze o considerare la situazione altrui. L'unica cosa che contava era rivedere il volto sereno di mio figlio. Mio marito tentò di fermarmi, minimizzando la fuga di Seung-jae come una «cosa da ragazzini» e parlando della «follia della madre».

«Fermati un attimo. Dove potrebbe essere andato? Aspettiamo, sicuramente tornerà.»

Mio marito sapeva come vivevano i ragazzi che scappano? Sapeva che Soo-min e i suoi amici riempivano il frigorifero di snack per sfamarsi, mentre cercavano un modo per sbarcare il lunario? Come poteva prendere così alla leggera la fuga di nostro figlio? O forse riteneva che i comportamenti di quei giovani fossero così deviati da non avere problemi ad andare con una di loro e poi ucciderla?

Jae-ho accese una sigaretta, anche se aveva smesso di fumare cinque anni prima. Eppure, la tirò fuori dalla tasca come se fosse normale, e la mise in bocca senza alcun riguardo. Non avevo più la forza di commentare il suo comportamento. Mentre lui aspirava profondamente e soffiava nuvole di fumo, il suo cellulare squillò.

«Ciao, Seung-jae è lì?»

Mi alzai di scatto e afferrai il telefono dalle mani di mio marito.

«Sì, Seung-jae è qui. Non preoccuparti. Mi ha chiesto di non dirvelo, ecco perché prima ho detto che non c'era. È dispiaciuto per aver aspettato a chiamarvi, ma aveva paura…»

Era la voce di mia suocera.

«Seung-jae è lì? Come sta? Va tutto bene?»

«Va bene, sta bene. Non fare l'esagerata. È arrivato in autobus.

È solo un po' pallido. Avete litigato? Penso che abbia un po' di febbre, gli ho dato qualcosa per abbassarla. Ma cosa facciamo per la scuola domani? Dobbiamo portarlo noi? A che ora?»

«No, non preoccupatevi, arriviamo subito. Scusateci.»

«No, no... ma che ora è? Anche il padre di Seung-jae ha bisogno di riposare per poter andare al lavoro domani. Penso che sia venuto da noi perché gli mancavamo, quindi non preoccuparti troppo e vai a dormire, d'accordo?»

Mio marito, che aveva ascoltato la conversazione, strappò il telefono dalle mie mani.

«Vengo immediatamente. Se lo lascio lì, si abituerà subito.»

Disse quello che doveva e chiuse la chiamata, preparandosi a uscire.

«Resta a casa. Vado io a prenderlo.»

Nonostante i suoi tentativi di fermarmi, indossai la giacca e mi preparai a uscire.

«Ti ho detto di restare. Non c'è bisogno che venga anche tu. Resta qui» disse mettendosi di traverso e bloccandomi.

«Tu prendi la tua auto. Io prenderò la mia.»

Lui rimase fermo a guardarmi, fissandomi con intensità, convinto che il suo silenzio potesse intimidirmi.

Lo spinsi via e accesi il motore della mia Volvo, parcheggiata davanti al cancello. Mentre inserivo l'indirizzo dei miei suoceri sul navigatore, la sua auto uscì dal garage e mi passò accanto. Mi sentii sola e spaventata, ma afferrai il volante con forza e schiacciai l'acceleratore, promettendo a me stessa che avrei riportato Seung-jae a casa.

L'appartamento dei miei suoceri era troppo grande per una coppia di anziani. Quasi duecento metri quadri, quattro stanze, ognuna con un ripostiglio e un balcone. Una delle camere era quella di Seung-jae, arredata con un letto e una scrivania, c'erano persino dei vestiti nell'armadio, acquistati direttamente da mia suocera, per quando il nipote fosse andato a trovarli. L'amore dei miei suoceri per l'unico nipote era evidente, ma io trovavo sempre quella stanza assai inquietante.

Suonai il campanello del parcheggio sotterraneo, ma non ricevetti risposta per un po'. Era chiaro che i miei suoceri fossero in casa, eppure non aprirono subito. Quando suonai di nuovo, finalmente la porta dell'atrio si aprì cigolando. Entrai nell'ascensore e premetti il pulsante per il ventunesimo piano. La tensione cresceva mentre salivo lentamente. Ero lì da sola, senza nessuno accanto a me.

Scesi dall'ascensore e mi trovai davanti alla porta blindata. Suonai il campanello e questa volta la porta si aprì immediatamente. L'atteggiamento di mia suocera era più freddo del solito.

«Cosa ci fai qui?»

La sua distanza emotiva mi fece sentire come un'intrusa. Seguendola lungo il corridoio, arrivai nel soggiorno, dove mio marito era già seduto accanto a suo padre sul divano nero. Lui non si prese nemmeno la briga di guardarmi. La sua indifferenza mi lasciò senza fiato, sembrava che mi stessero per cedere le gambe.

Mia suocera non chiese nulla di più. Io rimasi lì in piedi, osservando la famiglia, rendendomi conto della mia estraneità a quel contesto. In modo quasi ridicolo, mi diressi automaticamente verso la cucina, seguendo l'abitudine di dover preparare qualcosa da mangiare per loro, ma mi trovai a vagare senza sapere cosa fare.

«Basta, che cosa stai cercando di fare a quest'ora della notte?»

«Mamma, dov'è Seung-jae?»

«Seung-jae? Lascialo a dormire qui, è troppo tardi, può rimanere.»

La frase di mia suocera mi fece sentire una perfetta intrusa. Non potevo più aspettare; volevo portare via mio figlio.

«Lo porto via. È nella sua stanza, giusto?»

«E dai, che caparbietà. Sei davvero strana oggi.»

Mia suocera mi guardò i piedi. Mi resi conto di essere scalza, senza neppure le pantofole, e i miei piedi erano sporchi. Avevo dimenticato di essere uscita in giardino e di aver fatto tutto quel trambusto. La terra si era depositata sul pavimento di marmo. Mia suocera mi guardò con disprezzo, come se i miei piedi sporchi fossero qualcosa di terribile.

«Ah! Scusami.»

Presi l'aspirapolvere senza fili in un angolo del soggiorno.

«Che fai, a quest'ora? Non puoi accendere l'aspirapolvere adesso!»

In preda al panico, tirai fuori un fazzoletto per pulirmi i piedi, ma l'azione fece corrugare il viso di mia suocera. Fuggii dalla cucina e mi diressi verso la camera di Seung-jae. Aprii la porta di colpo e lo trovai rannicchiato nel letto, avvolto fino alla testa nel piumone. Quando accesi la luce della stanza buia, il ragazzo si mosse sotto le coperte.

«Seung-jae, andiamo. Torna a casa con mamma.»

Posai la mano sopra la coperta, cercando di convincerlo. Aspettai una sua risposta, ma Seung-jae, visibilmente arrabbiato, non fece commenti, rimanendo ancora sotto le lenzuola.

«Mi dispiace, tesoro. Guardami, per favore.»

Cercai di sollevare la coperta, ma lui la teneva stretta. Sentii un miscuglio di tristezza e di rimorso che mi fece scoppiare in lacrime. Senza pensarci, lo abbracciai. Anche se lui mi rifiutava, io non avrei mai potuto rifiutare lui.

La coperta si mosse. Seung-jae stava piangendo in silenzio. Vederlo piangere così, rintanato nel suo spazio, mi spezzò il cuore. Solo immaginare le tristezze e le delusioni che avrebbe dovuto affrontare crescendo mi spaventava profondamente. E ora, era così triste per colpa mia.

«Mi dispiace davvero, Seung-jae. Mi dispiace, tesoro.»

Proprio in quel momento, mentre le lacrime mi riempivano gli occhi e tutto sembrò distorcersi, vidi qualcosa di strano. Dovevo vedere bene cosa c'era. Al di là della grande finestra, sul balcone, era chiaramente visibile un oggetto.

Era una borsa da pesca nera, con strisce argentate. Lo stesso modello di borsa che avevo visto nello studio di mio marito, che Kim Yun-beom mi aveva consegnato e che Sang-eun mi aveva mostrato sulla brochure quando ero andata a trovarla.

Mi alzai e mi diressi verso il balcone. Aprendo la finestra, sentii il freddo della notte. La borsa, che sembrava essere lunga più di un metro, era strappata, con la tela interna distrutta. Inoltre, appariva logora, come se fosse stata usata molte volte, e risultava ancora umida.

Cosa ci fa questa borsa qui? mi domandai rimanendo immobile sul balcone.

In quel momento, mio marito entrò aprendo la porta e, dopo avermi dato un'occhiata veloce, sospirò. Mia suocera arrivò subito dopo, con un'espressione incredula. Era entrata per consolare il bambino, e mi guardava come se fossi impazzita.

Mio marito sollevò la coperta e tirò su Seung-jae, che aveva gli occhi gonfi dal pianto.

«Dobbiamo tornare a casa. Vieni con papà.»

Il bambino annuì, piangendo silenziosamente. Mia suocera raccolse lo zaino e le cose di Seung-jae, porgendole a mio marito, poi aprì la finestra e mi raggiunse sul balcone, accarezzandomi la guancia.

«Cara, forse è meglio se ti fai aiutare. Va bene? Dobbiamo andare in ospedale per una consulenza. Va tutto bene. È normale. Non c'è nulla di male. Tuo marito è un medico, e c'è un noto psichiatra tra i suoi superiori. Oh, è terribile quello che ti sta succedendo.»

Mia suocera mi prese per mano e mi condusse nella stanza. Non prestai attenzione né al suo atteggiamento né al fatto che Jae-ho aveva portato via Seung-jae. La mia mente era concentrata solo sul borsone da pesca, che mi preoccupava profondamente.

Il corpo trovato in giardino. Il borsone da pesca lasciato da Kim Yun-beom. Ripensai a quel giorno, la notte del 9 aprile, quando mio marito mi offrì una tisana e mi pregò di andare a dormire. Da quel momento, l'odore di decomposizione in giardino era svanito. Il corpo sparito. Il borsone da pesca che doveva essere stato lavato e asciugato più volte.

Mio marito quella notte non era andato al bacino a incontrare Kim Yun-beom e non era rimasto in casa. Si era preso cura di me e di Seung-jae, ma in realtà aveva messo il corpo che stava in giardino nella borsa da pesca per disfarsene. Poi aveva consegnato la borsa ai suoi genitori, e mia suocera la lavava e asciugava ogni giorno. Davvero, mio marito aveva ucciso quella ragazzina? La sua famiglia era coinvolta nella copertura del delitto, mentre solo io e Seung-jae eravamo esclusi da questa rete di bugie?

Se fosse stato così, non si sarebbe più trattato di una famiglia, ma di un gruppo di criminali sporchi e orribili. Stavo guidando da sola nella mia Volvo arancione, ma non ero più né confusa né persa. La strada davanti a me era nitida. Sapevo esattamente dove dovevo andare. Io e Seung-jae dovevamo fuggire da quel posto schifoso.

Giovedì 21 aprile

SANG-EUN

Alla fine, quello che doveva accadere era accaduto. Forse era la "giustizia karmica" di cui parlava sempre mio marito? Ricevetti una telefonata dall'ispettore Yun Chang-geun, che mi chiese di presentarmi alla stazione di polizia in merito al caso. Appena misi giù il telefono, mi venne in mente lo sguardo sospettoso di Park Jae-ho. Era stato lui a denunciare la mia situazione? Forse la polizia aveva deciso di indagare su di me come principale sospettata.

Durante il tragitto verso la stazione di polizia, mi immaginai gli scenari peggiori che avrei mai potuto affrontare: avrei partorito in prigione? Mi avrebbero rinchiusa e privata della mia libertà? Sarei stata guardata con disprezzo da familiari e conoscenti? In realtà, queste cose non mi preoccupavano molto. Ero pronta ad accettare tutte le conseguenze negative, ed era per questo che avevo trovato il coraggio di uccidere mio marito. Quello che mi faceva sentire così miserabile era il fatto di essere stata sconfitta da Park Jae-ho.

Quando aprii la porta del reparto crimini violenti, ebbi l'impressione che tutte le persone sedute alle loro scrivanie di metallo si fossero girate a guardarmi. Con il cuore in gola, mi avvicinai alla postazione dell'ispettore Yun Chang-geun, che aveva il viso quasi completamente immerso in una pila di documenti. Nei suoi occhi non c'era alcuna ambizione, solo il piacere personale di affrontare il caso.

«Ah, è arrivata! Si accomodi.»

Mi indicò una sedia e poi iniziò a muoversi in fretta. Mentre stampava dei documenti, pulì con un fazzoletto la scrivania davanti a me e poi mi offrì una tazza di tè verde. Non sembrava che mi considerasse una sospettata. Proprio quando il mio cuore cominciava lentamente a liberarsi dalla paura, l'ispettore mi porse una scatola. Sopra c'era un documento.

«Che cos'è?»

«Oh, sì. Sono gli effetti personali di Kim Yun-beom. Sono stati trovati sulla scena del delitto, e ora che l'indagine è conclusa, glieli possiamo restituire.»

Aprii la scatola che il poliziotto mi aveva consegnato. Dentro c'erano la penna e il taccuino di mio marito, i suoi vestiti, il portafoglio e il telefono.

«Perché adesso... perché me li state restituendo ora?»

La risposta alla mia domanda era scritta sul documento posto sopra la scatola.

«Le abbiamo chiesto di venire anche per informarla sui risultati dell'indagine. Abbiamo esaminato attentamente le prove circostanziali, interrogato le persone vicine ed eseguito l'autopsia. Non abbiamo trovato alcun segno di omicidio, e il fatto che suo marito abbia assunto lo stesso tipo di sonniferi trovati a casa porta a concludere che si sia trattato di suicidio. Ci scusiamo per il ritardo nella restituzione degli effetti personali, ma è stato a causa delle indagini. Il telefono e il taccuino erano danneggiati dall'acqua già al momento del ritrovamento...»

Il taccuino di mio marito, contenuto in un sacchetto di plastica, non era altro che un mucchio di pagine logore. L'ispettore aprì un cassetto e mi porse una piccola chiavetta USB.

«Qui dentro ci sono i dati del cellulare. Riteniamo che i familiari vogliano soprattutto avere accesso ai contenuti del telefono. Abbiamo inserito le foto e i messaggi che il defunto aveva scattato e inviato.»

Secondo l'ispettore, il caso di mio marito era stato archiviato come suicidio. Ero stata convocata non come sospettata, ma come una delle persone a lui più vicine. Park Jae-ho aveva forse evitato di raccontare alla polizia quello che mi aveva detto? Oppure, anche ascoltando la sua versione, avevano comunque concluso che si trattasse di suicidio? La chiusura del caso era sia un bene che un male per me. Ero scampata al destino di partorire in prigione, ma avevo anche perso la possibilità di ricevere l'indennizzo della polizza vita di mio marito.

Purtroppo, il principio di "giustizia karmica" di cui parlava sempre Yun-beom non si applicava a me. Ma, dal mio punto di vista, una forma di giustizia c'era stata: un marito violento era stato ucciso dalla vittima di quelle violenze.

L'ispettore Yun Chang-geun mi accompagnò fino all'atrio della stazione di polizia e mi aiutò persino a fermare un taxi. Non appena mi sedetti nell'auto, abbandonai la maschera della vedova afflitta. Il tassista, incuriosito dal fatto che fossi stata accompagnata da un poliziotto, sembrava aver voglia di parlare.

«È meglio non frequentare troppo i commissariati di polizia. Ma stranamente, porto spesso persone lì. E di solito si tratta di incidenti stradali.»

Il tassista mi lanciò un'occhiata dallo specchietto retroviso-re, cercando di capire il motivo per cui io fossi stata lì.

«Un incidente stradale, dunque?»

Feci una smorfia, senza rispondere. Non avevo la minima voglia di incoraggiare la sua curiosità.

«Sembra che non si senta bene.»

Il tassista, notando la mia espressione accigliata, giudicò in modo assolutamente arbitrario le mie condizioni fisiche. Ma cosa poteva saperne?

Alla radio trasmettevano un dramma radiofonico con una recitazione vocale esagerata, e lui continuava a parlare di sé.

«Quando si fa questo mestiere si incontrano tutti i tipi di persone. Gente che entra nella stazione di polizia, gente che esce, gente che scappa dopo aver visto la polizia! Che dire, sul sedile posteriore ho avuto celebrità, gente che piangeva, gente che ha dato di stomaco...»

Il tassista suonò il clacson a un'auto che stava cercando di immettersi in strada per poi fermarsi dietro quella davanti.

«La cosa più strana è quando capita di far salire qualcuno che si conosce. Io, per esempio, lavoravo per una ditta di stri-scioni pubblicitari dieci anni or sono, e qualche tempo fa, per puro caso, un vecchio collega è salito sul mio taxi. Ma non dietro, no, davanti, proprio accanto a me!»

All'improvviso, fu come se le parole del tassista avessero rischiarato la mia mente.

Per puro caso...

Mi ricordai che mio marito aveva continuato a chiedere agli amici di Soo-min del suo paese natale e delle persone che fre-quentava. Se Soo-min e Park Jae-ho si fossero conosciuti già da prima e non si fossero mai incontrati tramite l'app, ma per caso? Park Jae-ho, essendo pediatra, avrebbe potuto facilmente incontrare ragazzini come Soo-min. E se fosse stata una sua paziente? Incontrandosi per caso non ci sarebbe stata traccia di Park Jae-ho sul cellulare di Soo-min.

Era probabile che mio marito avesse scoperto tutto questo e avesse iniziato a fare domande in giro per verificare i movimenti di Soo-min e Park Jae-ho. Se la ragazza fosse stata davvero una sua paziente, allora mio marito avrebbe potuto sfruttare questa informazione per ricattarlo. Ma non essendo della polizia, io non avevo accesso ai dati della clinica di Park Jae-ho. Non avevo idea di come poter dimostrare che i due si conoscevano.

Non potevo nemmeno recarmi nuovamente dagli amici di Soo-min a fare altre domande, né chiedere al padre, che non si era mai interessato di sua figlia.

Non appena arrivata a casa, inserii nel mio portatile la chiavetta USB che l'ispettore mi aveva dato. All'interno c'erano le note e le foto salvate sul cellulare di mio marito, ordinate in diverse cartelle. Erano per lo più annotazioni banali: quanto aveva speso per il pranzo, chi lo aveva insultato, chi si era comportato in modo scortese. Scorsi rapidamente le note e aprii la cartella delle foto. La maggior parte erano di farmacie, scatole di medicinali, ospedali. Anche solo guardando quelle immagini, traspariva quanto mio marito fosse noioso: non c'erano altre foto se non quelle legate al lavoro. Tuttavia, alcune immagini sfocate spiccavano lì in mezzo. Erano diverse da tutte le altre che aveva scattato.

Sembravano foto mal riuscite, come se fossero state scattate in una sala espositiva o sul set di un film. Continuai a sfogliare le immagini di un soggiorno fino a quando mi bloccai sull'ultima. C'era una donna. Si copriva il volto con la mano, come se volesse evitare di essere fotografata. Anche se la foto era mossa e fuori fuoco, potevo riconoscere chi fosse. La donna nella foto di mio marito era Kim Ju-ran. Sembrava che lui avesse cercato disperatamente di fotografare il luogo dove viveva. Ma qualcosa, in quella casa, vista attraverso la finestra, mi dava una strana sensazione di déjà-vu.

Avevo già visto una casa simile sul cellulare di Soo-min. La prima volta che avevo osservato quella foto, avevo pensato che Soo-min appartenesse a una famiglia benestante. Ma dopo aver scoperto il suo vero indirizzo e osservato meglio le immagini, mi ero accorta che la disposizione e l'aspetto non corrispondevano a quella in cui viveva. Avevo pensato che probabilmente avesse scattato la foto in un negozio di mobili.

Presi il cellulare della ragazza e aprii la galleria delle foto. Centinaia di selfie. Tra tutte quelle immagini, non ce n'era nessuna che mostrasse Soo-min nella sua vera casa. Erano quasi tutte foto scattate dentro caffetterie eleganti o ambienti ben arredati, con il suo volto in primo piano. Le foto sul cellulare non riflettevano la realtà. Erano solo una rappresentazione del mondo che lei desiderava.

Soo-min era stata nella casa di Park Jae-ho. Non sapevo perché, ma le sue foto lo dimostravano chiaramente. Esaminai i nomi dei file delle immagini.

IMG_20160322_220551
IMG_20160323_230057

Erano le ultime foto di Soo-min. Ricordai che i suoi amici

avevano detto che era scomparsa il 20 marzo. Ciò significava che almeno fino al 23, Soo-min aveva visitato la casa di Park Jae-ho. E Kim Ju-ran? Poteva davvero non sapere nulla di lei? Park Jae-ho l'aveva forse portata in casa a sua insaputa, e per diversi giorni addirittura?

Forse le foto sul cellulare di mio marito erano la prova che cercava di usare per ricattare Park Jae-ho. Yun-beom sapeva dove erano state scattate le ultime foto di Soo-min. Ma io, osservando quelle immagini nella galleria del telefono, non ero riuscita a trovare alcun indizio. A pensarci adesso, era ovvio: quello era uno spazio privato, noto solo a Park Jae-ho e Kim Ju-ran.

Fino a qualche ora prima, ero arrabbiata perché pensavo che Park Jae-ho avesse scoperto qualcosa su di me. Ma adesso, ero io ad avere in mano qualcosa su di lui. Mi era stata data un'altra possibilità. La possibilità di eseguire la giustizia karmica su Park Jae-ho.

JU-RAN

Guardai fuori dalla finestra. Al di là del vetro, i condominii si allineavano uno dietro l'altro, ognuno con centinaia di finestre. Mi chiesi se anche le persone dietro quelle finestre stessero lottando con pensieri come i miei.

«Ha detto di aver sentito un suono come di pioggia battente e rumore d'acqua, giusto?»

Il medico, con una camicia bianca e un cardigan beige, osservava attentamente la mia espressione mentre mi poneva la domanda. Il suo nome era Kim Seon-ok, era uno psichiatra e mi guardava con un'espressione affabile.

«Com'erano quei suoni? La spaventavano?»

«Sì, erano inquietanti perché non riuscivo a capirne la provenienza.»

«E riguardo al cadavere nell'aiuola? Ritiene sia collegato a quei suoni?»

Scossi la testa da un lato all'altro.

«No, non credo. Erano eventi distinti che mi tormentavano in modi diversi.»

«Succede ancora? Sente ancora quei rumori e crede che ci sia un cadavere nel giardino?»

Il medico, un uomo di cinquant'anni, aveva l'aspetto di qualcuno che voleva ispirare fiducia, con il viso rotondo e l'aria pacata. Era un ex collega di mio marito.

«No, non più ormai» risposi in modo riluttante, non mi fidavo.

Avevo deciso di fare queste sedute solo perché mia suocera mi aveva implorato. Per mio marito e i suoi genitori, avevo bisogno di cure. E questo medico stava indagando per conto del pediatra Park Jae-ho, cercando problemi da risolvere con le informazioni che lui stesso gli aveva fornito.

«Secondo lei, perché è l'unica a sentire questi rumori, signora Park?»

«Non lo so...»

Se avessi raccontato la mia verità, sicuramente la mia famiglia mi avrebbe definitivamente etichettata come malata di mente. Avrei voluto scappare di casa subito, ma non potevo lasciare Seung-jae. Non potevo nemmeno divorziare. A una madre considerata malata di mente non avrebbero mai affidato la custodia del figlio. Ero caduta nella trappola che mio marito aveva preparato.

«Mi è stato detto che ha perso la sua amata sorella.»

Guardai il medico. Sì, anche lui voleva parlare di mia sorella. Il suo sguardo tradiva già il giudizio che la causa della mia malattia mentale fosse la morte improvvisa e violenta di mia sorella, avvenuta sedici anni prima.

«Sì, ho perso mia sorella.»

«Deve essere stata una sofferenza enorme. Ah, che pena...»

Abbassai la testa. Trovavo la sua compassione insopportabile in quel momento.

«Signora Park, io ho perso il mio figlio più piccolo, cinque anni fa. Aveva sette anni...»

Alzai lo sguardo verso di lui. Gli occhi del medico si erano inumiditi. Anche se non sembrava mentire, mi chiedevo perché avesse tirato fuori il suo dolore in quel modo non richiesto. La sua sincerità mi sembrò in un certo senso inappropriata.

«Quando è morto, odiavo tutti. Anzi, li detestavo. Che muoiano tutti, pensavo. Ogni giorno, lo stesso pensiero. Anche quando qualcuno mi salutava, vedevo solo odio. Quando mi mostravano gentilezza, mi irritava. Che muoiano tutti... Che muoiano pure tutti quanti.»

«Io...» A fatica, iniziai a parlare. «Io non ho mai desiderato la morte di nessuno. Non ho mai voluto che accadesse a qualcuno ciò che è successo a mia sorella.»

«Esatto, signora Park. Lei sembra davvero una persona dal cuore gentile.»

«No... Non ho mai desiderato che altri morissero come mia sorella, ma ho pregato che l'uomo che l'ha uccisa venisse smembrato, che morisse soffrendo, sputando sangue. Ogni giorno.»

«Capisco... sì, certo. È una reazione del tutto comprensibile.»

«È possibile che sia morto? E che ora mi stia maledicendo dall'aldilà?»

«No, signora Park. Perché non ha fatto nulla di male.»

«Ma allora perché mi sembra di essere io a venire fatta a pezzi? Perché sono io a soffrire, dottore? Perché?» Chiusi forte gli occhi. Sentii il petto stringersi e il respiro venire meno.

«È possibile che non sia il colpevole a farla soffrire, ma sua sorella? Forse sta pensando che i rumori strani in casa siano causati da lei?»

Scossi la testa. Non era mia sorella il problema. Anche se la sua morte mi tormentava ancora, non credevo che la mia vita fosse andata in pezzi per colpa sua. Volevo solo vivere meglio, per non sentirmi in colpa verso di lei. Volevo semplicemente mostrarle una versione migliore di me stessa… Volevo… mostrarle…

Quando il dottore mi prese la mano, il pianto che stavo trattenendo iniziò a fuoriuscire. I singulti si fecero sempre più forti e, senza rendermene conto, cominciai a battermi il petto, singhiozzando disperatamente. Mia suocera, allarmata dai gemiti, spalancò la porta dello studio. Ma io non prestai attenzione né a lei né al medico. Dovevo lasciar uscire tutto il dolore che avevo accumulato. Queste lacrime non erano per mia sorella. Piangevo per la quindicenne morta per mano di mio marito. Stavo piangendo per lei, con tutto il dolore che potevo esprimere.

«Va bene, va bene, ora ti senti un po' più tranquilla? Però vedo che non ti ha prescritto alcun farmaco…»

Mentre uscivamo dall'ospedale, mia suocera cercò di consolarmi.

«Che ne pensi di lasciare Seung-jae da noi per qualche giorno? Lo accompagniamo noi a scuola...»

«Perché? Sto bene. Ora va meglio.»

«Tu... sai perché mi sono opposta al tuo matrimonio con il padre di Seung-jae? È perché il tuo *saju*[1] è oscuro, e temo che ti porti a distruggere te stessa. Non ci sono problemi reali intorno a te; sei tu a farti del male. Questo è il tuo destino. Perciò, cerca di vivere con maggiore serenità. Anche quando sorgono delle difficoltà, prova a immaginare che non ci siano. Mantieni la calma e abbi fiducia che tutto si risolverà per il meglio...»

«Prenderò un taxi.»

Interruppi mia suocera e mi voltai per dirigermi al parcheggio. Non avevo più la pazienza di ascoltarla.

La casa era un disastro. I piatti della colazione erano ancora lì, e la polvere sui mobili si era accumulata fino a formare uno strato sottile. Sul tappeto color avorio c'erano delle briciole di biscotti. Guardai di nuovo quello spazio, che ogni giorno pulivo, spazzavo e riordinavo. Era il mio lavoro prendermene cura, ed ero convinta di farlo bene. Tuttavia, da un certo punto in poi, le persone avevano iniziato a considerarmi una donna che viveva una vita spensierata grazie ai soldi di suo marito. La mia estetica, i miei gusti, erano visti come prodotti della sua generosità e quindi non venivano rispettati. Nessuno mi considerava davvero una donna adulta.

Forse, come pensavano tutti, ero rimasta bloccata all'età di

[1] *saju*: il termine indica i quattro pilastri del destino che sono l'anno, il mese, il giorno e l'ora di nascita di una persona e che secondo la tradizione coreana ne determinano la sorte. (Ndr)

ventitré anni. Ma non era colpa di mia sorella. Non era perché lei era morta. Era colpa mia, per aver evitato la realtà e per essere scappata quando quella tragedia mi si era presentata davanti. Ero sempre scappata, anche quando vedevo l'amaro cinismo negli occhi di mio marito e fingevo di non accorgermene. Fuggivo.

Park Jae-ho era un medico temuto dalle infermiere, lo vedevano come una figura severa. Quando una nuova infermiera si licenziava dopo pochi mesi, pensavo che lui fosse solo troppo impegnato a salvare vite. Criticavo le infermiere, imputando il loro fallimento alla mancanza di perseveranza e alla vanità. Ma forse non erano colpevoli di vanità o mancanza di forza; forse erano stremate dal suo carattere implacabile. Quando sorgevano problemi sul lavoro, mio marito era indulgente solo se la persona ammetteva le proprie colpe e chiedeva perdono. Se qualcuno cercava di coinvolgerlo in qualche seccatura, faceva di tutto per dimostrare la propria innocenza, fino a che l'altro non gli dava ragione.

Mio marito amava pescare e passava il tempo a casa a leggere o guardare film, senza cercare relazioni sociali. Pensavo fosse semplicemente una persona molto riservata, ma quando una volta siamo andati a una riunione con i suoi compagni di scuola, ho percepito che i suoi amici lo temevano. Nonostante odiasse partecipare a quegli incontri, tornava sempre a casa ubriaco. Ripensandoci, chi lo accompagnava in quelle occasioni non era mai un autista a pagamento, ma qualcuno su cui mio marito poteva esercitare la sua autorità. Qualcuno come Kim Yun-beom.

In sedici anni di matrimonio, io e mio marito non avevamo avuto grandi conflitti o litigi, perché i nostri ruoli erano chiari. Lui comandava e io consideravo quel modo di fare una protezione, accettando la situazione. Ma mentre studiavo le ricette per cucinare i piatti che amava e mi adattavo ai suoi gusti, lui aveva ucciso una ragazzina della stessa età di Seung-jae.

Mio marito non era cambiato. Ero io che avevo sempre visto solo quello che volevo vedere di lui. Ero stata io a cercare di non vedere il suo vero volto. Ma quale era il volto di mio marito che tanto volevo evitare? Mi ricordai del momento in cui ci eravamo incontrati per la prima volta.

Quando ci eravamo conosciuti, mio marito aveva trentadue anni e io ventidue. A vent'anni, il mio aspetto era così giovanile che venivo spesso scambiata per una liceale. Quando iniziai a frequentarlo e a presentarlo ai miei conoscenti, aggiungevo sempre che, nonostante la differenza di età, lui si preoccupava così tanto di me che non la sentivo nemmeno. Ma dopo aver saputo che il mio ragazzo era un medico benestante, i miei amici spesso mi guardavano con una velata espressione di disprezzo. Quegli sguardi non mi importavano. Dopotutto, la gente mi aveva già giudicata per essere cresciuta senza padre e per dover fare diversi lavori part-time per pagarmi gli studi. Ero una persona affamata di elogi e rispetto, e mio marito, a quel tempo, soddisfaceva completamente quei miei bisogni.

Nonostante la nostra relazione durasse da più di un anno, tra noi c'erano stati solo baci leggeri e nessun altro tipo di contatto fisico. Ero diventata impaziente per questo atteggiamento, così fui io a confessargli per prima che volevo andare a letto con lui. Mio marito prenotò una camera in un hotel di lusso nel centro di Seoul e mi regalò un portafoglio Gucci.

Fino al momento in cui entrammo in hotel, tutto sembrò andare come avevo immaginato. Ma quando ci trovammo nudi sul letto, uno di fronte all'altra, la situazione cominciò ad allontanarsi completamente da quelli che erano i miei desideri.

Volevo fermarmi, ma mio marito mi coprì la bocca con la sua grande mano, si mise sopra di me e continuò a spingere, senza curarsi del fatto che la mia testa sbatteva contro la testiera del letto. Stranamente, continuava a voltarsi indietro come se fosse distratto da qualcos'altro. Quando mi girò su un lato, finalmente capii perché continuava a farlo. Era affascinato dall'immagine del suo corpo che faceva sesso, riflessa nel grande specchio appeso a una delle pareti. Era completamente immerso nell'osservazione di se stesso. Ricordare quel volto distorto che guardava il proprio riflesso con un'espressione grottesca era insopportabile. Mi forzai a cancellare quell'immagine dalla mente, e decisi che dovevo continuare a rispettarlo.

«Mi piaci perché sei giovane.»

Questa fu la frase che mio marito mi sussurrò all'orecchio dopo aver finito. All'epoca lo presi come un complimento e ne fui lusingata. Ma a ripensarci adesso, era una frase terribilmente disgustosa.

Il campanello del citofono suonò. Sullo schermo apparve il volto della mia vicina, Eun-ha. Esitavo ad aprire la porta, ma Eun-ha iniziò a chiamare ad alta voce il mio nome e poi mi telefonò. Non avevo altra scelta che aprire il cancello e farla entrare.

«Ju-ran! Si ricorda di quella ragazza di cui mi aveva parlato?»

Eun-ha alzò la voce, quasi gridando. Mi ricordai che, qualche tempo prima, avevo discusso con lei dei modi per ritrovare Soo-min, la ragazza scappata di casa.

«Ho fatto delle ricerche… e hanno ritrovato la ragazza! Ma è davvero la figlia della sua amica?»

Eun-ha aveva usato il termine "ritrovato".

«È stata ritrovata?»

«Sì… ma è davvero la figlia di una sua amica?»

Esitai a rispondere alla sua domanda. Eun-ha, visibilmente irritata, continuò in tono eccitato.

«L'hanno trovata in una zona montuosa vicino Suwon. Era già in stato avanzato di decomposizione e hanno avuto difficoltà a identificarla. Non è… figlia della sua amica, vero?»

La verità che avevo temuto si presentò davanti a me.

«Non è la figlia della mia amica. È una ragazza che qualcuno che conosco stava cercando…»

«E chi è questa persona?»

«Il colpevole… è stato arrestato?»

Stavo cercando disperatamente di convincermi che il colpevole fosse qualcun altro, chiunque, purché non mio marito. Nonostante tutto, c'era forse ancora dell'amore che continuava a legarmi a lui?

«No. Il corpo è già in uno stato avanzato di decomposizione… Ma sono corsa qui così in fretta perché la polizia potrebbe venire a trovarla Ju-ran. Gli ho detto che lei stava cercando quella ragazza. Non potevo fare diversamente. La situazione è troppo grave, e se c'è anche solo un minimo indizio, era mio dovere riferirlo.»

«La polizia?» ripetei inorridita, con la voce che tremava.

«Calma, Ju-ran. Hanno trovato il cadavere di una ragazza

in montagna. Non c'è nulla di più importante, ora, che catturare l'assassino. È stata lei a darmi la foto e a chiedermi di cercarla, Ju-ran. Deve collaborare con la polizia.»

Eun-ha parlava sempre con quell'aria razionale e logica che la caratterizzava. Ma nella mia mente si affollavano domande che non osavo pronunciare. *E tu? Riusciresti a essere così distaccata se l'assassino fosse la persona a te più cara?*

Dopo che Eun-ha se ne fu andata, tirai fuori una valigia capiente e cominciai a riempirla con le cose essenziali. Misi nel portafoglio una buona quantità di contanti. Non ero pronta a incontrare la polizia. Non ora. Dovevo fuggire, allontanarmi da mio marito, dalla polizia, da tutto. Era l'unica cosa che potevo fare. Dovevo pensare solo a me stessa, proprio come aveva fatto Lee Sang-eun.

Venerdì 22 aprile

SANG-EUN

L'uomo aveva le labbra secche e screpolate. Era più robusto e il suo volto più duro rispetto al detective che aveva indagato sulla morte di mio marito.

«Perché? Perché aveva il cellulare di quella ragazza?»

Dentro di me, stavo esultando, convinta di aver finalmente trovato una prova per incriminare Park Jae-ho, ma i detective avevano già scoperto che ero in possesso del cellulare di Soo-min.

«Non ce l'avevo io.»

«Non provi a fregarmi! Perché lo aveva lei?»

Il tono aggressivo dell'investigatore spense ogni mia volontà di collaborare. Si era presentato all'alba, bussando alla porta e dicendo che veniva dal commissariato di Suwon, minacciandomi che, se non avessi consegnato il telefono di Soo-min, avrebbe ottenuto un mandato e mi avrebbe arrestata.

«Ce l'aveva mio marito.»

«Kim Yun-beom, il defunto?»

«Esatto.»

La settimana precedente, il corpo di una ragazza, ormai in avanzato stato di decomposizione, era stato ritrovato sul monte Paldal, a Suwon. Quando si scoprì che si trattava di Lee

Soo-min, il padre della ragazza e alcuni amici mi indicarono come sospettata. Il padre disse che aveva avuto sospetti su di me sin dall'inizio. Dato che Soo-min aveva abbandonato la scuola, aveva capito subito che mentivo quando mi ero presentata dicendo di essere preoccupata per le sue assenze. Tuttavia, sospettando che fossi un'esattrice inviata da un'agenzia di prestiti, aveva deciso di non farmi troppe domande. Quando si scoprì che il segnale del cellulare di Su-min era stato rilevato vicino a casa mia, la polizia venne immediatamente da me.

«Perché Kim Yun-beom aveva quel cellulare?»

«Non lo so.»

«Non lo sa? E una persona che non sa nulla si mette a cercare la proprietaria di un telefono, facendo domande sui suoi spostamenti? Doveva aver intuito qualcosa.»

«Pensavo che mio marito non si fosse suicidato.»

«Cosa vuol dire? La smetta di girarci intorno e si spieghi meglio.»

Feci un respiro profondo, come se stessi per rivelare qualcosa di cruciale.

«Prima di morire, mio marito fu aggredito senza motivo da un gruppo di studenti delle superiori nel parcheggio sotterraneo. Per questo non credevo al suicidio. Pensavo che qualcuno l'avesse ucciso, e che dovessi trovare il colpevole. Così decisi di controllare quel cellulare. Pensavo che potesse esserci qualche indizio...»

«Ah... Kim Yun-beom aveva già avuto problemi in passato per queste cose?»

«Cosa intende?»

«Lo sa bene: prostituzione. Suo marito le ha mai creato problemi per via della prostituzione?»

«Non lo so.»

«Non lo sa? Le ho detto di smetterla. Sì o no?»

«No.»

«Intende che preferirebbe che non fosse vero, o che ne è sicura?»

Il detective sembrava conoscere già la risposta che voleva sentire. Tutto ciò che dovevo fare era dargli quella risposta.

«È in gioco l'onore di mio marito.»

«Cosa? Onore?»

«Non posso parlare a caso. Mio marito è già morto... non posso dire queste cose così alla leggera.»

Il detective fece un profondo respiro, poi annuì come se avesse capito tutto.

«Abbiamo già ricevuto tutti i documenti investigativi dalla stazione di polizia di Hwaseong. Se inventa qualcosa o mente, più tardi avrà dei problemi e ne pagherà le conseguenze. Non è solo l'onore di suo marito a essere in ballo qui. E la ragazza morta? Non ha diritto anche lei al suo onore? Anche lei ha una famiglia in lutto, e aveva solo quindici anni, tutta la vita davanti. Inoltre, lei è incinta, giusto? Per il bene del bambino, deve dire tutto ciò che sa con sincerità. Una madre giusta crescerà un figlio giusto, non crede?»

Le sue parole, pronunciate con una certa solennità, mi tranquillizzarono. Sembrava una persona che sapeva distinguere chiaramente tra ciò che era giusto e ciò che non lo era.

«Ho rifiutato mio marito perché ero incinta. Dopo quattro anni di matrimonio, finalmente aspettavamo un bambino, quindi volevo essere prudente... Ma lui non la prese bene. Un giorno mi disse che, anche se fosse stato con un'altra donna, non avrei dovuto lamentarmi.»

«Capisco. Ma come è venuta a conoscenza di questo telefono? L'ha visto da qualche parte mentre lo posava?»

«Dopo la sua morte, stavo sistemando le sue cose e l'ho trovato in un cassetto. Era un cellulare rosa, e mi sembrava strano, così ho deciso di controllarlo.»

«Perché suo marito non ha denunciato l'aggressione? Sembrava fosse stato picchiato gravemente.»

«Io non lo sapevo. Solo dopo la sua morte, il custode del nostro edificio mi mostrò le immagini della telecamera di sicurezza. Mio marito non voleva sporgere denuncia.»

«Ma allora, perché non ha restituito il telefono quando è andata dal padre della ragazza?»

«Perché mi sembrava strano.»

«Che cosa, per la precisione?»

«Quando ho acceso il telefono, continuavano ad arrivare messaggi di persone che cercavano Soo-min. Ma la proprietaria non sembrava cercarlo...»

Il detective e il suo collega mi fissavano con sguardi intensi.

«Quindi... sospettava che la ragazza potesse essere morta, giusto?»

Abbassai la testa, guardando il pavimento.

«Sì.»

«Allora perché non l'ha denunciato subito?!? Perché ha deciso di fare la sua bella indagine da sola?!?»

Il detective alzò la voce, esasperato.

«Perché... perché pensavo che mio marito potesse essere coinvolto. Ma non potevo denunciarlo, anche se fosse stato vero. Così ho cercato di venirne a capo da sola, con l'intenzione di sporgere denuncia nel momento in cui ne fossi stata certa.»

Tutte le parole dette in quella stanza venivano registrate. Dovevo abbassare la testa e nascondere la mia espressione.

«I ragazzi che hanno aggredito suo marito sono stati catturati. Non c'entrano nulla con la sua morte. Hanno un alibi per quel giorno. Ma andranno comunque in carcere per quello che hanno fatto.»

«Vi ringrazio.»

Avevo la voce tremante, forse perché ero sopraffatta dalle emozioni. Quando non riuscii a rialzarmi, il detective mi aiutò. Ogni volta che mentivo, sentivo il bambino nel mio ventre muoversi, come a volermi dire che sapeva tutto.

La scoperta del cadavere di Soo-min sulle colline di Suwon mi aveva sconvolta. Pensavo che il corpo di quella ragazza non sarebbe mai stato trovato, che sarebbe rimasto sommerso nel bacino. Ma Park Jae-ho aveva abbandonato il suo cadavere in un luogo aperto a tutti. Inoltre, era vicino a un sito storico e in una zona frequentata ogni giorno da molte persone. Secondo la polizia, il corpo era stato sepolto appena all'ingresso della montagna, in un punto facilmente accessibile. Forse Park Jae-ho non era così furbo come credevo. Mi sentivo in ansia al pensiero che potesse essere catturato troppo facilmente. Se fosse stato arrestato, tutto sarebbe finito. Ora che avevo finalmente trovato una prova per incastrarlo, dovevo fare in modo che nessun altro sapesse che era lui il colpevole, almeno per un altro po'. Avevo bisogno che mio marito si prendesse la colpa al posto suo, almeno per il momento.

Avrei potuto comprare un biglietto aereo e scappare il più lontano possibile, ma alla fine mi limitai a rifugiarmi in un hotel a Incheon. Quando ero bambina e giocavo a nascondino, avevo sempre paura di non essere mai più trovata, e per questo non mi allontanavo mai troppo. Forse era per quello che, dopo tanto tempo, ero tornata a Songdo, dove viveva ancora mia madre. Quando si è alle strette, gli unici luoghi a tornarci in mente sono quelli a noi familiari.

Dopo aver effettuato il check-in e varcato la soglia della mia camera, la preoccupazione che Seung-jae potesse rimanere deluso tornò a farsi viva. Digitai un messaggio:

> Seung-jae, prenditi cura di te e se succede qualcosa, mandami un messaggio. Tornerò tra qualche giorno, ho bisogno di un po' di tempo per me.

Alla fine, cancellai tutto e scrissi solo:

> Seung-jae, ricordati di mangiare.

Non potevo spiegare ciò che stavo vivendo o come mi sentivo.

Spensi il telefono e rimasi distesa sul letto dell'hotel. L'unica cosa che avevo ingerito era stata una bottiglia d'acqua trovata in camera. Rimanere lì non avrebbe cambiato nulla. Dovevo semplicemente affrontare il lento scorrere del tempo persa in quel silenzio. Chiusi gli occhi. Potevo sentire il suo ticchettio. Sembrava che scorresse per tutti tranne che per me. Sapevo di non poter rimanere qui per sempre. Ma come diceva mia suocera, era finito il tempo in cui tutto si risolveva facendo finta di niente. Dovevo uscire da lì e spiegare alla polizia perché stavo cercando quella ragazza di nome Lee Soo-min.

Bussarono alla porta, e poi suonarono il campanello. Erano finalmente venuti a prendermi?

Chi mi stava cercando era nientemeno che mio marito. Quando aprii la porta, notai anche un poliziotto in piedi a poca distanza. Jae-ho era venuto a cercarmi insieme alla polizia.

«Ah, signora, finalmente l'abbiamo trovata. È un sollievo, davvero.»

«Sì, grazie. Potrei parlare un attimo con mia moglie in privato?»

«Certamente, vuole che rimanga all'ingresso dell'hotel?»

«Non si preoccupi. La richiamerò se ci saranno problemi.»

«Ah, sì, certamente.»

Il poliziotto si congedò e se ne andò. Pensavo che fossero venuti a cercarmi a causa di Soo-min, e mi sentii confusa, ma il poliziotto si allontanò senza alcun problema, seguendo la richiesta di mio marito.

Dopo che se ne fu andato, lui entrò e chiuse la porta con forza. Nella stanza eravamo solo noi due.

«Come hai fatto a sapere che ero qui?»

«La polizia ha controllato le tue transazioni con la carta e mi ha avvisato.»

«Quindi la polizia non cerca una ragazza scomparsa, ma si preoccupa delle mogli che scappano?»

«Perché hai spento il telefono e stai qui? Mi hai fatto preoccupare.»

«E Seung-jae? Che ne è di Seung-jae?»

«Seung-jae dopo la scuola è andato dai nonni per il fine settimana.»

«Porterò Seung-jae qui. Non lo lascerò mai a tua madre.»

Mio marito sospirò profondamente e si sedette sul letto. Se da una parte mi sentivo sollevata per il suo arrivo, dall'altra una nuova ondata di rabbia mi investì.

«La polizia verrà a cercarmi molto presto.»

Mio marito ridacchiò, non prendendo sul serio le mie parole, e si sdraiò.

«Dai... andiamo a casa, per favore...»

Jae-ho chiuse gli occhi. A causa del lavoro in ospedale, si sentiva particolarmente stanco, come ogni venerdì.

«La polizia verrà a cercarmi, perché hai ucciso quella ragazza, Soo-min.»

Mio marito aprì gli occhi, corrugando la fronte, e si passò una mano sul viso.

«Sai perché la polizia è venuta fin qui e ha controllato le tue transazioni?» disse infilando la mano nella tasca della giacca e tirando fuori un foglio. Mostrava il logo dell'ospedale psichiatrico dove ero stata il giorno prima, con la firma del medico.

«Sei una paziente con un disturbo mentale. Anche se non lo ammetti, tutti qui ti considerano tale. Hai un disturbo delirante. Devi accettarlo. La polizia ha agito perché sanno che non sei in condizioni di ragionare.»

Il medico che si era seduto davanti a me, cercando di consolarmi mentre condivideva il suo dolore con il mio, mi aveva diagnosticato un disturbo delirante. A pensarci bene, quel dottore era un superiore di mio marito, e a portarmi in quell'ospedale era stata mia suocera.

«Quello che ho visto nell'aiuola era un cadavere, e quel cadavere è stato messo nel borsone da pesca di Kim Yun-beom e sepolto in montagna quel giorno, il 9 aprile. I tuoi genitori ti hanno aiutato. E lo stesso giorno, Kim Yun-beom, che sapeva tutto, è morto. È così o no? Questo lo chiami delirio?!?»

Mio marito mi guardò come se fossi una bambina capricciosa. Dopo aver ascoltato le mie parole in silenzio, iniziò a mettere le mie cose in valigia.

«Andremo a casa e ne parleremo lì, con calma. Dobbiamo affrontare la situazione. Prima di tutto, dobbiamo trovare un modo per tranquillizzarti.»

Jae-ho non voleva ascoltarmi.

«La polizia verrà a cercarmi.»

«Va bene, ho capito. Sono qui con te. Dovremmo avere paura della polizia?»

«Avresti dovuto parlarmene prima e implorare il mio perdono. La polizia sa che stavo cercando Lee Soo-min. Non è un delirio, questo. La nostra vicina mi ha detto che Soo-min è stata trovata morta. Quindi non è una mia fantasia. Io e una donna di nome Lee Sang-eun abbiamo cercato Soo-min. La polizia lo sa e verrà a prendermi!»

Mio marito aggrottò le sopracciglia e cominciò a prendere sul serio la situazione.

«Tu hai… incontrato una donna di nome Sang-eun?» disse sedendosi a terra, incredulo per ciò che stava sentendo. «Sai che tipo di persona è quella donna?»

«So che non è una brava persona. Sta solo cercando di ottenere dei soldi…»

Mio marito mi interruppe urlando.

«Quella donna ha ucciso suo marito! Quella donna ha seppellito il marito in un lago nel bel mezzo della notte solo per incassare un'assicurazione di duecento milioni! E adesso tu credi a ciò che dice? Sei davvero uscita di senno?!?»

Mio marito sosteneva che di non essere stato lui a uccidere Kim Yun-beom, ma Sang-eun. Era possibile? Ero davvero affetta da un delirio? Le verità e le bugie del mondo intorno a me si mescolavano nella mia testa, scuotendo il mio corpo e bloccando ogni mia valutazione.

«Non dovresti comportarti così. Te ne pentirai per tutta la vita. Io resisto per la nostra famiglia. Se dubiti di me, te ne pentirai per sempre.»

«Non riesco a credere più a nulla...»

«Vuoi davvero sapere cosa è successo finora? Se ti dico la verità, smetterai di fare queste pazzie?»

Lo osservai. Nel pieno della mezza età, mostrava un viso invecchiato, mentre si premeva gli occhi con forza. Il suo volto esprimeva un pesante senso di responsabilità e fatica.

«Anch'io voglio sapere...»

Mio marito sembrava avere difficoltà a parlare. Questa volta gli posai la mano sulla spalla, un gesto per dimostrare che non sarei crollata, qualunque verità mi avesse rivelato. Lui strizzò gli occhi, come se cercasse di resistere al peso della situazione, ed emise un gemito.

«Ti pentirai per tutta la vita... di aver incontrato quella donna e di aver dubitato di me...»

SANG-EUN

Mio marito aveva creato un elenco delle tangenti in Excel per ricattare i medici, in cui erano annotati anche gli indirizzi di casa e le scuole dei figli. Trovai il nome di Park Jae-ho nella lista. Il suo indirizzo era cambiato da Gangnam, Seoul, a Bundang, Seongnam. Accanto al nome di Park Jae-ho c'era quello di sua moglie Kim Ju-ran, la sua età e la sua data di nascita. Sotto di essi, c'era il nome del figlio e la scuola che frequentava. Cominciai a pensare che forse mio marito non stava semplicemente cercando di estorcergli del denaro. Dopotutto, Park Jae-ho possedeva tutto ciò che lui desiderava ardentemente. Forse, in realtà, mio marito avrebbe voluto sottrargli quella vita.

Dopo circa un'ora arrivai a Pangyo. Cambiai treno a Shinbundang e, una volta scesa alla stazione, presi un taxi fino all'inizio della strada dove si trovava la casa di Park Jae-ho. Le abitazioni lungo il viale, piuttosto desolato, erano tutte diverse, ma ognuna di esse sembrava vantare una certa imponenza. Nonostante le varie architetture, quelle case avevano un che di inquietante: sembravano esistere solo come edifici, senza che ci fosse traccia di vita. Era come se il quartiere fosse abitato solo da case, e non da persone.

Quella in cui vivevano Park Jae-ho e Kim Ju-ran aveva un cancello e un muretto bassi, con un tetto rosso e una struttura in legno. Le ampie finestre colpivano per la loro grandezza rispetto a quelle degli altri edifici. Nel piccolo giardino ben curato c'era un tavolino e accanto un barbecue. Quella casa, con il suo aspetto e la sua imponenza, suscitava in me un profondo senso di disagio. L'empatia che avevo sentito per Kim Ju-ran svanì in un attimo. Ciò che stavo provando adesso era probabilmente in linea con i desideri di mio marito. Ma ripensandoci, quella magnifica casa non era altro che un rifugio per l'orrenda figura di Park Jae-ho, né più né meno.

«Chi sei?»

Un ragazzo alto in uniforme scolastica mi guardava dall'alto in basso.

«Questa è casa mia. Chi è lei?»

Sulla sua uniforme si leggeva il nome Park Seung-jae.

«Tu sei Seung-jae, giusto?»

«Le ho chiesto chi è.»

«Sono un'amica di tua madre. È in casa?»

«Provi a chiamarla al cellulare.»

Il ragazzo rispose in modo brusco, poi si avviò verso l'interno della casa e cominciò a digitare il codice della porta d'ingresso.

«Dovevamo incontrarci qui, ma non risponde al telefono!»

Quando urlai, il ragazzo mostrò un'espressione imbarazzata.

«È che sono incinta e mi sento male, non potrei entrare e aspettare tua madre dentro?»

Il ragazzo mi guardò brevemente il pancione, poi venne ad aprirmi il cancello. Gli sorrisi calorosamente.

«Sei davvero gentile...»

Superato il cancello ed entrando in giardino, potei osservare più da vicino l'aspetto della casa. Essendo nuova, tutto era pulito e scintillante. Il ragazzo aprì la porta e mi fece entrare. Nella sala c'erano delle pantofole sistemate in maniera ordinata. Ne indossai un paio morbido e seguii il ragazzo verso un divano grigio scuro in un angolo del soggiorno. Sotto il divano c'era un tappeto color avorio. Quando mi sedetti, dalla finestra del soggiorno potevo vedere il giardino. Sembrava un grande schermo del cinema. Al di là, le foglie verdi di un albero maestoso ondeggiavano pacificamente.

Il ragazzo entrò in cucina, producendo un rumore di stoviglie. Lo seguii lì, al centro c'era un grande tavolo per otto persone, illuminato da una lampada circolare appesa al soffitto. Anche la cucina aveva una parete in vetro che dava sul giardino. In questa casa, stranamente, la disposizione dei mobili e tutto il design sembravano ruotare attorno alle finestre.

Il ragazzo mi porse un bicchiere di succo.

«Sei davvero gentile...»

Imbarazzato per il complimento, sorrise goffamente.

«Tua madre non risponde al telefono.»

Lui mi squadrò dalla testa ai piedi. Come se fossi diventata sospetta ai suoi occhi.

«Dove sarà? Perché non risponde?»

Mormorando, cercò di sfuggire all'imbarazzo. Sopra le sue labbra c'era un accenno di ombra scura. Era alto circa 165-170 centimetri, con la pelle chiara e grandi occhi incorniciati da occhiali, che somigliavano a quelli di sua madre. Anche se era un ragazzo, la sua uniforme emanava un profumo gradevole.

«Immagino tu sia popolare a scuola, non è così?»

«Per niente. Assolutamente no.»

Il ragazzo si grattò la testa con fare nervoso e corse su per le scale. Rimasta sola in soggiorno, tirai fuori il cellulare e riguardai le foto che mio marito aveva scattato. Sembrava che avesse fotografato l'interno della casa dal giardino. La cornice nera delle finestre e il divano grigio si accordavano perfettamente con le pareti beige. Ma era diverso dalla foto di Soo-min. L'aspetto complessivo degli arredi e il colore delle pareti coincidevano, ma il telaio della finestra nella foto di Soo-min era bianco. Tutte le finestre di questa sala e della cucina avevano cornici nere. Si trattava forse di un'altra casa con un arredamento simile? Non poteva essere. No, non doveva essere così. L'unica prova che collegava Soo-min a Park Jae-ho erano queste foto.

Mi diressi cautamente verso la camera da letto al pianoterra. Era una stanza semplice, con un letto enorme e una toeletta, senza nessun altro arredamento. Mi sembrava familiare; era simile a una camera che avevo arredato quando lavoravo nel negozio di mobili.

Esistono davvero persone che vivono in questo modo...

Mi sedetti nella camera da letto della coppia, premendo sul materasso come d'abitudine. Un sorriso amaro si formò sul mio volto: anche qui la cornice della finestra era nera. Mentre Ju-ran era fuori casa, forse Park Jae-ho si era intrattenuto qua con la ragazza?

Un silenzio inquietante aleggiava intorno a me, interrotto solo dal debole rumore dell'acqua che scorreva. Proveniva dal primo piano. Uscendo dalla camera da letto, salii le scale. Davanti a me si presentava un disimpegno oltre il quale si intravedeva una terrazza. Aprii con cautela la porta accanto alla terrazza ed entrai. Era una biblioteca, con le pareti completamente coperte di libri. Appena misi piede all'interno, dovetti coprirmi la bocca per non urlare. La cornice della finestra era bianca. Park Jae-ho aveva forse nascosto qui la ragazza? A parte la libreria e la scrivania, non c'era nessun altro mobile, e quel luogo non sembrava adatto a tenerla lontana dagli sguardi della famiglia per giorni.

Mi avvicinai alla finestra, alzai le tapparelle e, come aveva fatto Soo-min, scattai una foto con il mio cellulare. Controllando l'immagine, avvertii subito che qualcosa non tornava. La casa accanto era così vicina da ostruire la vista. Forse era per questo che quella finestra rimaneva sempre chiusa con le tapparelle abbassate?

Nel selfie di Soo-min, oltre la finestra si vedeva il cielo azzurro. Il suo viso era scuro, ma lei era riuscita a catturare il blu del cielo.

«Cosa sta facendo?»

Il ragazzo entrò nella biblioteca, guardandomi con curiosità.

«È davvero una bella casa...»

Sollevò il telefono che aveva in mano per mostrarmelo.

«Chiamerò mio padre. Qual è il suo nome?»

Il ragazzo inoltrò la chiamata dal telefono che teneva in mano.

«Lee Soo-min.»

Quando dissi il mio nome, cacciò un urlo.

«Chi sei? Chiamerò la polizia!»

«Perché? Cosa c'è di sbagliato nel mio nome?»

Il ragazzo, visibilmente confuso, iniziò a guardarsi intorno e afferrò una mazza da golf che era appoggiata in un angolo. Per evitarlo, indietreggiai verso il soggiorno del primo piano, e in quel momento notai un'altra finestra con la cornice bianca. Sembrava la stanza di Seung-jae.

«Vattene via.»

Quando un giovane di quell'età si arrabbiava, poteva essere pericoloso. Fuggii giù per le scale, uscendo dalla casa. Fuori, una telecamera di sorveglianza mi stava riprendendo. Presto Park Jae-ho e Kim Ju-ran avrebbero saputo che ero venuta qui. Uscendo in strada, guardai la casa e ammirai per un momento la sua imponenza. Girando l'angolo, mi ritrovai davanti a un alto muro di cinta. Sembrava che lo avessero alzato solo sul retro della casa per motivi di sicurezza, dato che accanto c'era un terreno incolto. Alzai lo sguardo verso la finestra al primo piano. Scattando una foto da lì, il cielo si sarebbe visto. Se fossi stata in grado di vivere in una casa del genere, avrei voluto dare a mio figlio una stanza con la vista del cielo, per ammirarlo ogni volta che avesse aperto la finestra.

«Park Seung-jae! Seung-jae!»

Quando gridai, la finestra si aprì leggermente e Park Seung-jae, il figlio di Park Jae-ho, mi guardò con occhi spaventati, poi richiuse i vetri con un colpo. Cominciavo a capire perché non fossi riuscita a trovare nemmeno un piccolo indizio riguardo Park Jae-ho sul telefono di Soo-min. Lei era stata nella stanza di Park Seung-jae e lì aveva scattato la foto. E se a uccidere Soo-min non fosse stato Park Jae-ho ma Park Seung-jae?

Era questo l'odore dei soldi che mio marito aveva sentito? Inspirai profondamente e poi espirai. Era una giornata limpida, con bassi livelli di polveri sottili e smog.

JU-RAN

«Quel giorno Kim Yun-beom era destinato a morire.»

Mio marito continuò a parlare con un'espressione rassegnata.

«Quella notte ero andato a pesca per ucciderlo. Ma in realtà non mi sono nemmeno avvicinato a lui e quindi Kim Yun-beom era salvo. Quando il giorno dopo ho sentito che era morto… ho pensato che Dio finalmente mi stesse aiutando. Non ero dovuto nemmeno intervenire; era semplicemente il suo destino morire quel giorno.»

«Eri davvero intenzionato a uccidere Kim Yun-beom? Perché mai?»

Mio marito, che era rimasto chino a fissare il pavimento, aprì un bottone della camicia e, prendendo un profondo respiro, mi guardò.

«Per il bene della nostra famiglia.»

«Per via di Soo-min? Ma perché con una ragazzina così piccola?»

Questa volta mio marito scoppiò a ridere, come se le mie parole fossero divertenti. Non l'avevo mai visto ridere in quel modo.

«Cosa stai pensando e dicendo...? Davvero, dove stai...»

«Il cadavere nel giardino...»

«Perché l'hai visto...?»

«Cosa?»

«Il corpo. L'ho seppellito io. Ma non l'ho uccisa io, è stato Seung-jae.»

Mio marito afferrò il lenzuolo bianco del letto come un soldato sconfitto.

«L'ho trovata nella stanza di Seung-jae. So bene che odore ha un cadavere. Tu sei davvero strana. Come potevi stare a casa e non accorgerti che quella ragazza era rimasta nascosta nella stanza di Seung-jae per tre giorni? Come potevi pensare che fosse un fantasma?»

Mio marito stava affermando che non era stato lui a uccidere Soo-min, ma Seung-jae. Non riuscivo a credere alle mie orecchie. Ero davvero in preda ai deliri? Era per questo che stavo ascoltando parole così assurde?

«Seung-jae? Seung-jae, dici?»

«Non sono stato io. Non ho ucciso Soo-min.»

«Allora chi l'ha uccisa?»

Mio marito mi afferrò di nuovo e mi scosse.

«Per favore, riprenditi... Se continui così, ci distruggerai!»

«Chi l'ha uccisa?» Ero davvero curiosa e glielo chiesi ancora.

«Tu parli solo di fantasmi... Cosa dovrei dirti...?»

Mio marito mi guardò con pietà, come se avesse rinunciato a rispondere, e cominciò a piangere. Era strano vederlo in lacrime. Improvvisamente mi fece pena e lo abbracciai, mentre lui si rannicchiava nel mio abbraccio, piangendo come un bambino e alternando risate e singhiozzi. Era una scena bizzarra; sembrava una persona completamente fuori di sé.

Jae-ho non riusciva ad accettare il crimine che aveva commesso e lo stava attribuendo a nostro figlio. Lo abbracciai forte. Questa volta cercai di calmare la mia ansia accarezzando il suo corpo. Finalmente compresi perché io e mio marito potevamo guardare la stessa cosa, nello stesso tempo e nello stesso spazio, e provare sensazioni diverse. Perché negava di essere uscito di casa e diceva agli altri che ero pazza...

«Il nostro Seung-jae... che faremo...?»

Mio marito era preoccupato per Seung-jae. Lui, che era solito ignorare le mie preoccupazioni quotidiane per nostro figlio e trattarmi come una madre strana, adesso, in questo luogo, si preoccupava che Seung-jae avesse ucciso Soo-min. Non ero io a essere pazza ma lui.

Dunque... Era evidente che mio marito fosse completamente impazzito.

Domenica 24 aprile

SANG-EUN

Alcune persone, vestite con l'abbigliamento tipico degli escursionisti, stavano montando una tenda e si godevano la pesca.

Camminai alle loro spalle, senza fare rumore. Seguendo un sentiero secondario, poco frequentato dai pescatori, arrivai in un'area aperta circondata da alberi. Al centro del bacino si ergeva un tronco marcio. Era il posto giusto. Il luogo in cui tenevo la mano di mio marito mentre passeggiavamo e, quando le persone si allontanavano, stendevamo un telo e ci dedicavamo a momenti di intimità, perdendoci nei nostri baci. Ascoltavo le sue storie piene di vanità e ridevo, mentre lui, ansioso che qualcuno potesse vederci, si guardava intorno.

«Non preoccuparti, non verrà nessuno.»

Era il mio posto segreto, che avevo condiviso solo con lui.

E poi era diventato il luogo dove mio marito aveva fissato un incontro con Park Jae-ho. Dopo avergli rivelato qualcosa di inquietante, gli aveva chiesto trecento milioni, e Park Jae-ho, quel giorno, gli avrebbe dovuto dare i soldi. Tuttavia, il medico non si era mai presentato.

L'incidente che coinvolgeva Soo-min era chiaramente un omicidio e, a differenza del caso di mio marito, la polizia avrebbe sicuramente condotto un'indagine più rapida. Speravo che fosse mio marito, e non Park Jae-ho, a essere dichiarato colpevole di questo crimine. La sua ultima missione e responsabilità, dopo essersi sacrificato per la famiglia, sarebbe stata portare l'ignominia di essere l'assassino di Soo-min, per me e nostro figlio.

Io dovevo essere l'unica custode della verità sul crimine che riguardava Park Jae-ho.

Tornando al bacino, riaffiorarono vividissimi i ricordi della notte in cui avevo spinto mio marito in acqua. Era una notte avvolta dall'odio. La sola cosa che potevo fare per me stessa era uccidermi o uccidere mio marito. Non volevo diventare una vittima come le altre. Dovevo trasformarmi in un'assassina infelice e uccidere il malvagio.

«Scusi! Per caso è venuta a pescare?»

Un guardiano mi chiamò da lontano.

«C'è stato un omicidio qui, non si può pescare. Dovrebbe andare al sito di pesca più giù. Non provi a farlo qui solo perché non vuole pagare diecimila won.»

«No, non pesco. Sono qui solo perché il tempo è bello.»

«È pericoloso qui. Faccia attenzione. Venga via!»

Seguii il guardiano verso l'ingresso del bacino. Da ciò che diceva, sembrava che avesse avuto molte seccature a causa della morte di mio marito.

Passando davanti al parcheggio, arrivai alla fermata dell'autobus. Dopo circa dieci minuti di attesa, salii sul pullman, diretta a casa di mia madre, a trenta minuti di distanza. Dai finestrini dell'autobus, vedevo il sentiero tra i campi. Quella notte avevo camminato e camminato su quella strada. Ricordai di essermi accovacciata, temendo che un'auto potesse avvicinarsi e scoprirmi, mentre camminavo con difficoltà. Il freddo e il dolore di quella notte mi tornavano alla mente, facendomi tremare.

Mia cognata, che aveva lavorato al ristorante tutta la notte, stava dormendo nella camera da letto. Mio nipote Jeong-min, di cinque anni, era da solo in soggiorno. Giocava con una macchina senza ruote, con un'espressione di rassegnazione e impotenza.

«Vuoi guardare la televisione?»

«Non posso. La nonna e la mamma stanno dormendo.»

«Allora, giochiamo insieme?» Presi in mano l'automobilina a forma di scavatore accanto a Jeong-min.

«Cosa desideri di più al mondo in questo momento?»

Il bambino fece una faccia imbarazzata.

«Nulla...»

«Davvero non c'è nulla che desideri? La zia vuole comprarti qualcosa.»

«No, nulla.»

Il bambino cominciò a far rotolare l'auto rotta, sbattendola sul pavimento nel tentativo di danneggiarla ulteriormente. Gli strappai il giocattolo di mano e lo lanciai forte a terra, distruggendolo. Jeong-min guardò l'automobile completamente rotta e si trattenne dal piangere.

«Se non ti piace, buttala via. E pensa a come puoi ottenere quello che desideri. Io ti comprerò qualcosa di molto meglio.»

Abbracciai il bambino che sembrava sul punto di piangere e lo accarezzai. Jeong-min lottò per trattenere le lacrime. Sembrava aver capito che non poteva crollare.

«Sei arrivata?»

Mia madre, appena sveglia e con i capelli in disordine, uscì dalla stanza dirigendosi verso la cucina. Dopo la diagnosi di demenza, dormiva molto più spesso e a lungo. Sembrava che, nonostante la malattia, stesse lentamente esercitandosi a lasciar andare la vita.

Bevve un bicchiere d'acqua tutto d'un fiato, poi si lasciò cadere sul divano, sospirando. Quella casa sembrava arida, un luogo in cui persone di tutte le età, dai più anziani ai più giovani, avevano accettato la sconfitta e vivevano negando le loro stesse energie.

«Come stai? Fai spesso i controlli? Il bambino sta bene?»

I test per il diabete in gravidanza erano andati bene, e anche quello per le malformazioni era risultato negativo. Il bambino cresceva sano dentro di me, senza alcuna preoccupazione.

«Allora, che tipo di genetica abbiamo in famiglia? Quella per cui, anche se vuoi morire, non muori e continui a vivere fino alla fine...»

«Lo dici per farmi arrabbiare? Sei davvero una stronza.»

«Non importa quanto sia stronza, non direi mai cose del genere per farti arrabbiare.»

«Il fatto che tu parli così davanti a me dimostra che lo sei davvero.»

«Mamma, il dottore ha detto che è una femmina.»

«Ottimo. Di questi tempi non servono altri maschi.»

«Quando nascerà, perché non vendiamo questa casa e ci trasferiamo in campagna in una casa più grande a vivere tutti insieme?»

«Non dire sciocchezze. Sii buona con tua cognata, piuttosto. Una volta partorito, chi credi che ti aiuterà se non lei? E chi può dire se, in quel momento, io sarò in grado di capire ciò che accade attorno a me o se non potrò neanche andare in bagno da sola? Hai mangiato?»

Mia madre si diresse in cucina e cominciò a lavare i piatti accumulati nel lavandino.

«Potremmo condividere la stanza e potrei prendermi cura di te e di Jeong-min.»

«Perché dovresti venire qui in questo posto angusto, lasciando casa tua?»

«Mio marito aveva contratto dei debiti, e se li pagherò non potrò pagare l'affitto della casa. Io e la bambina non avremo un posto dove stare.»

«Allora perché non la fai finita?»

Jeong-min continuava a giocare con i blocchi e a far rotolare la macchina nella stanza. La guardai sorpresa, ma mia madre continuò a lavare i piatti, senza prestarmi attenzione.

«Per quanto sia insopportabile, dovremmo vivere insieme, succhiandoci il sangue a vicenda.»

Mia madre, visibilmente affaticata, si mise il busto, emettendo un gemito. Poi abbandonò i piatti e si ritirò nella sua stanza. Sembrava che quel giorno avesse intuito tutto. Ma, durante l'interrogatorio della polizia, si era schierata a favore delle mie menzogne. Anche se avesse detto la verità, nessuno l'avrebbe presa sul serio, dato che era una paziente affetta da demenza. Accarezzai la testa di Jeong-min e chiamai Kim Juran. Decisi di cambiare il mio obiettivo di minaccia da Park Jae-ho a lei. In questa situazione, colpire Ju-ran sembrava essere il modo più probabile per ricevere del denaro. Avevo intenzione di chiedere solo una somma che potesse permettersi. E avrei rivelato la verità sui fatti che tanto desiderava conoscere. Non mi importava se, ascoltando la mia storia, sarebbe crollata o meno. Spettava a lei decidere se alzarsi e combattere o semplicemente arrendersi.

JU-RAN

Rimasi sdraiata in hotel per giorni, e quando tornai a casa, sembrava dovessi ancora riposare per compensare tutte le notti in bianco. Ma il mio sonno fu interrotto da una telefonata inquietante da parte di un numero sconosciuto. Era proprio il tipo di chiamata che temevo.

«Siamo della polizia di Suwon. Vorremmo chiederle di presentarsi in commissariato per un'inchiesta riguardante il caso di Lee Soo-min, la ragazza che stava cercando.»

Seduta sul letto, non sapevo come reagire e continuai a ripetere: «Cosa? Perché io?».

Nel frattempo, mio marito entrò in camera e, notando la mia espressione preoccupata, capì che si trattava della polizia.

«Di' che ci andrai.»

Riferii che ero malata e che sarei andata per l'interrogatorio dopo qualche giorno. Promisi di richiamare e chiusi la conversazione.

«Vieni un momento.»

Mio marito mi chiamò in salotto e iniziò a riprodurre un video della telecamera di sorveglianza. Sullo schermo apparve la figura di Sang-eun, che si era presentata a casa nostra.

«È per questo. Seung-jae è molto in ansia.»

Mi spiegò che mentre dormivo, Seung-jae aveva mostrato segni di instabilità, lanciando oggetti. Così, mio marito aveva deciso di mandarlo dai suoi genitori. Proprio mentre io dormivo.

«Questa donna sa qualcosa. È venuta qui consapevole di tutto.»

Non volevo sapere cosa intendesse dire mio marito, ma lui iniziò a elencare una serie di piani, come se non fosse mai stato il tipo che mi nascondeva le cose. Era come se stesse cercando di usare me per salvarsi dai suoi crimini.

«Se la polizia dovesse chiederti perché hai indagato su Soo-min, di' che è colpa di quella donna. Di' che è stata Lee Sang-eun a insistere perché tu l'accompagnassi. Di' che ha cercato di scaricare la colpa di suo marito su di me. Di' che è tutta colpa sua.»

Mio marito stava cercando di convincermi che avremmo potuto superare insieme questa situazione e proteggere la nostra famiglia.

«Seung-jae rimarrà per un po' a casa dei miei genitori. È molto ansioso. Stare qui potrebbe farlo sentire peggio.»

Non riuscivo a sopportare l'idea che Seung-jae dovesse restare con la sua famiglia, coinvolta in quel crimine, ma annuii per non infastidirlo.

«Di' qualcosa... Perché è da ieri che non dici una parola?»

Annuii di nuovo. Mio marito stava semplicemente preparando un piano per scappare dalle sue responsabilità. Stava cercando di riversare su di me il peso delle azioni di Seung-jae e, parlando con la polizia, voleva che attribuissi ogni colpa a quella donna e a suo marito, coinvolgendomi in un nuovo piano criminale. Da quando pensava in modo così calcolato e mentiva ripetutamente escludendomi da ogni cosa?

Jae-ho sosteneva che se lo avessi seguito, sia io che Seung-jae saremmo stati al sicuro. Ma quelle parole suonavano come la richiesta di diventare complice delle sue nefandezze.

Ascoltai distrattamente le sue parole e mi rifugiai in bagno per farmi una doccia. Sotto il getto d'acqua calda, provai un'immediata sensazione di liberazione. Avrei voluto continuare a lavare il mio corpo per sempre.

«Non c'è niente che tu possa fare.»

Le parole che mio marito ripeteva di solito risuonarono nelle mie orecchie insieme al rumore dell'acqua. Cosa avrei potuto fare? Mi asciugai rapidamente e tornai a sdraiarmi nel letto. Cosa avrei potuto fare?

Proprio in quel momento, il mio cellulare squillò. Il numero era quello di Lee Sang-eun.

Non c'è niente che io possa fare.

Cercai di ignorare la chiamata, ma il telefono continuò a squillare, interrompendosi solo per riprendere a suonare nuovamente. Sang-eun insisteva. Era possibile che l'obiettivo delle sue minacce fosse passato da mio marito a me? Ignorai le sue telefonate.

La suoneria cessò e sullo schermo apparvero tre messaggi di chiamate perse. Anche Sang-eun credeva che Seung-jae avesse ucciso Soo-min? Come poteva? Sulla base di cosa? Solo per il semplice fatto che mio marito affermava di non averla uccisa? Ma non potevo fidarmi di quella dichiarazione. Le prove che avevo raccolto fino a quel momento mi dicevano di non fidarmi di lui.

Decisi di richiamare. Sang-eun rispose immediatamente, come se stesse aspettando la mia chiamata. Prima che lei potesse dire qualcosa, espressi subito la mia intenzione.

«Vorrei incontrarti domani.»

«Va bene.»

Sang-eun accettò con entusiasmo la proposta di incontrarci. Mi trovavo tra due persone che cercavano di addossarsi la colpa a vicenda. Qui, nessuno dei due, né mio marito né Sang-eun, era in grado di risolvere la situazione. Jae-ho non poteva affrontare i problemi della nostra famiglia. Forse, da sempre, ero io a tenere in mano la chiave della soluzione.

Lunedì 25 aprile

SANG-EUN

Ju-ran indossava un vestito nero e portava i capelli raccolti in una coda alta, aveva il collo proteso mentre guardava fuori dalla finestra. Anche se mi trovavo di fronte a lei, sembrava immersa nei suoi pensieri.

Oltre i vetri della cucina, il giardino era un disastro. Le piante fiorite erano spezzate e sparse come erbacce, e il terreno era distrutto da buche. Ju-ran continuò a fissarlo silenziosamente.

Tirai fuori alcune fotografie dalla mia borsa e le sistemai sul tavolo. Erano quelle scattate da Soo-min nella sua casa. Ju-ran girò la testa, guardò le foto per un po' e poi me le restituì in silenzio, come se non ne avesse bisogno.

«Quanto vuole?» chiese.

Mi aspettavo quella domanda, ma non era il momento giusto. Avrei voluto che accadesse dopo aver ascoltato tutto e aver visto la sua disperazione.

«Non mi sembri sorpresa per queste foto.»

«Sono foto di quella ragazza scattate a casa nostra.»

Sapeva perché ero lì.

«Trecento milioni.»

«Trecento milioni.»

«Non è molto per lei, vero?»

«Come posso fidarmi di lei, Sang-eun? Come posso credere che, una volta ricevuti i soldi, sarà tutto finito?»

Ju-ran mi guardava con un'espressione di impotenza.

«Non è nella posizione di negoziare. Deve semplicemente fidarsi. Io prenderò i soldi e sparirò.»

«Se dico che non le darò i soldi, anche lei non potrà fare nulla. E che c'è di strano in queste foto? Aveva lei il cellulare. Se dice alla polizia che ci sta addossando la colpa, a chi crederanno?»

Avevo già dichiarato alla polizia che mio marito, Kim Yunbeom, era il colpevole dell'omicidio di Soo-min. Se avessi ritrattato la mia testimonianza, non mi avrebbero creduto. Eppure, dovevo affrontare la situazione con maggiore determinazione.

«Se pensa di poterli convincere, mi alzerò e me ne andrò. Decida lei.»

Mi alzai con fermezza, senza alcuna esitazione. Ju-ran mi richiamò immediatamente.

«Cinquecento milioni.»

La cifra le sfuggì dalle labbra. Non capii immediatamente il significato di quelle parole.

«Le darò cinquecento milioni.»

«Cinquecento milioni?»

Ju-ran si alzò e preparò del caffè. Mentre continuavo a guardarla, sperando in ulteriori spiegazioni, sembrava del tutto assorta. Versò il caffè in un bicchiere di vetro trasparente e lo posò davanti a me, poi si riaccomodò. Bevve un sorso. Nonostante l'espressione indifferente del suo volto, la mano che teneva la tazza tremava leggermente.

«Trecento milioni sono troppo pochi.»

Ju-ran pronunciò quelle parole enigmatiche. Poi sollevò una borsa marrone che stava accanto alla finestra della cucina e la posò davanti a me. Era una shopper di Louis Vuitton, facilmente riconoscibile.

«Dentro ci sono cento milioni in contanti. Controlli pure.»

Aprii la cerniera come mi aveva detto e guardai all'interno. Era piena di banconote da cinquantamila won.

«Intanto prenda questi. Le darò il resto più tardi.»

«Perché? Perché cinquecento milioni?»

Ju-ran bevve di nuovo un sorso di caffè. Questa volta la sua mano tremava così tanto da non riuscire nemmeno a reggere la tazza. Un evidente segno di nervosismo.

«Perché è il prezzo per la vita di mio marito. Non può essere meno di cinquecento.»

«Cosa?»

Ju-ran emise un gemito e continuò a parlare.

«Uccida mio marito.»

La guardai. Sembrava nervosa, ma le labbra si incurvarono in un sorriso. Solo allora bevvi un sorso del mio caffè.

«Lei può ucciderlo e farlo sembrare un suicidio.»

Ju-ran si alzò e si avvicinò alla finestra. Il suo vestito nero sembrava un abito da lutto.

«Che fiori le piacciono, Sang-eun?»

«Non ho un fiore preferito e non conosco nemmeno bene i loro nomi.»

«È inquietante, vero? Da lontano sembrano belli, ma da vicino, guardando il fitto delle corolle, fanno venire i brividi. Sembra che un demone stia aprendo la bocca…»

Mi alzai anch'io e mi misi accanto a Ju-ran, osservando il

giardino oltre la finestra. Poi girai la testa per scrutare il suo viso. Mi sembrò di trovarmi di fronte me stessa, mentre cercavo di avvelenare il succo per uccidere mio marito e portarlo al lago. Gli occhi di Ju-ran osservavano il giardino con uno sguardo vuoto. Per la prima volta provai paura guardandola. Anche lei sarebbe stata capace di compiere qualsiasi azione.

Cinquecento milioni... Non avevo mai sognato una cifra del genere. Volevo iniziare a fidarmi di Ju-ran. Volevo credere che mi avrebbe davvero dato quei soldi, che non mi avrebbe mai ingannata. E, mentre fissavo quello squallido giardino, immaginai le cose che avrei potuto fare con quella somma in mano.

Martedì 26 aprile

JU-RAN

Il piano di Sang-eun era semplice. Dovevamo somministrare un sonnifero a mio marito, portarlo in macchina e accendere un braciere di carbone affinché sembrasse morto per avvelenamento da monossido di carbonio, simulando un suicidio. Sang-eun pensava che io stessi facendo tutto questo per salvare nostro figlio, che fosse lui il vero motivo dietro le mie azioni. Credeva anche che fosse stato Seung-jae a innescare tutto questo. Per di più, mi propose di addossare a mio marito il crimine commesso da Seung-jae: l'omicidio di quella ragazzina. Un pediatra che si toglie la vita, schiacciato dal rimorso per aver ucciso una paziente. Sembrava tutto così perfetto da far credere a chiunque che fosse andata davvero così.

Non credevo più a nessuno. Decisi di affidarmi solo ai miei sensi e ai miei pensieri. Le parole di Sang-eun, come quelle di mio marito, erano solo menzogne. Era ripugnante che riuscissero persino a immaginare che un ragazzino di appena quindici anni potesse commettere un omicidio. Lo facevano per soldi, per nascondere i loro crimini, sfruttando un essere più fragile.

Presi i mezzi pubblici per andare alla clinica di mio marito.

Il giorno precedente mi ero distratta, confondendo il pedale del freno con quello dell'acceleratore, e avevo deciso di non guidare per un po'. Tuttavia, appena scesa in metropolitana, mi pentii di non aver preso la macchina. Il caos di centinaia di persone, il rumore, gli odori – tutto mi sovrastò e mi fece desiderare di fuggire immediatamente. Sentivo il sudore colarmi sul viso, il respiro diventare affannoso. Alcuni passanti mi guardarono preoccupati, ma girai la testa per evitare i loro sguardi, come a voler rifiutare la loro gentilezza. Alla fermata di cambio della linea due, quando il treno si riempì al punto da non poter più respirare, scappai fuori dalla stazione e presi un taxi. La testa mi pulsava.

L'interno dell'ospedale di mio marito era decorato con colori sgargianti e vivaci, come se avessero raccolto tutte le tonalità più allegre di questo mondo. Divani gialli, rossi, blu e rosa si mescolavano con blocchi di gomma e giocattoli per bambini. Anche se tutto questo probabilmente avrebbe reso felici i piccoli pazienti, per me era solo un'orgia di colori caotici e fastidiosi, che mi aggredivano da ogni angolo.

Appena entrai, le infermiere mi salutarono con enfasi eccessiva. Offrii loro biscotti e caffè che avevo comprato alla panetteria davanti alla clinica, ma non ebbero neppure un attimo di respiro per accettare i miei doni, troppo occupate ad accogliere i pazienti, a chiamare i loro nomi, a consegnare le prescrizioni.

Sui divani variopinti erano sedute madri con bambini piccoli, per lo più in età ancora troppo tenera per essere separati da loro. Anche Seung-jae aveva avuto quell'età, quando sua madre rappresentava ancora l'intero mondo per lui. Improvvisamente, un bambino iniziò a piangere, scatenando una reazione a catena. Presto iniziarono anche tutti gli altri e la sala d'attesa divenne un mare di lacrime. Le madri e le infermiere cercavano di calmare i piccoli con dolci e giocattoli, muovendo freneticamente le mani.

Approfittando del caos, mi avvicinai furtivamente al banco della reception. Mentre un'infermiera, Myeong-ji, stava stampando le prescrizioni, iniziai a disporre i biscotti su un piatto. Fingendo di cercare un tovagliolo, aprii la porta della sala del personale e vi entrai. Era una stanza con armadi metallici dove si conservavano vestiti e strumenti medici. Presi una scatola contenente venti lame per bisturi e la infilai nella mia borsa. Afferrai anche un manico da bisturi dal ripostiglio. Non c'erano telecamere in quella stanza. Poi mi procurai una delle scatole di tovaglioli ammucchiate in un angolo e tornai a sistemare i biscotti.

«Questi biscotti sono alla mela! Sono i nostri preferiti!»

«Oh, davvero? Sono contenta di averli scelti, allora.»

«Grazie!»

Le infermiere, dopo aver finalmente calmato i bambini, iniziarono a mangiare i biscotti che avevo offerto loro.

«Il direttore ha finito una visita poco fa e dovrebbe avere un momento libero. Può entrare» mi informò l'infermiera più anziana.

«Oh, davvero? Grazie.»

Forse anche loro mi ritenevano pazza. Sapevo che Jae-ho aveva raccontato a tutti che ero una squilibrata, godendo nel presentarsi come il povero, devoto marito. La clinica non faceva eccezione.

Bussai alla porta del suo studio e la aprii. Mio marito era seduto comodamente sulla sua sedia e mi osservò con attenzione.

«Che sorpresa, non ti aspettavo qui.»

«Ero inquieta e volevo parlare di nuovo con te.»

Lui tamburellò con le dita sulla scrivania, pensieroso.

«Non c'è bisogno che tu faccia nulla. D'ora in poi, fai finta di non sapere. Mi occuperò io di tutto.»

Mio marito non era affatto cambiato. Si comportava ancora come se fosse l'unico a poter fare delle scelte, senza mai aprirsi con me.

«E cosa facciamo con Seung-jae? Non può restare per sempre da tua madre a Gangnam.»

«Ah…»

Mio marito si massaggiò le tempie. «Anche lui deve essere fuori di sé in questo momento. Quando sarà tutto finito, forse sarebbe il caso di farlo parlare con uno specialista. Ho paura che possa uscirsene con qualche assurdità.»

«Del tipo?»

Mi guardò con fastidio, come se la mia domanda fosse stata così assurda da non meritare nemmeno una risposta. Sembrava convinto che Seung-jae non fosse in sé, ma io non ci credevo. Esattamente come me, anche Seung-jae non era impazzito. Dovevo avere fiducia in lui, cosa che già facevo.

«Ah, e per quanto riguarda la vicina… smetti di parlare con lei.»

«La vicina?»

«Sì, esatto… Non ci posso credere. Ho chiesto in giro, sai, ho conoscenti nel suo studio legale. Pare che sia lesbica.»

«Come?»

«Ti rendi conto? Ci trasferiamo laggiù per vivere meglio e la nostra vicina è lesbica… Quella giovane non è la donna delle pulizie, ma la sua compagna.»

Ascoltavo mio marito parlare, ricordando le volte in cui avevo visto Mi-ryeong che fissava il nostro giardino dal balcone. Pensavo che stesse osservando lui, che ci fosse qualcosa tra loro. Ma, ripensandoci, era stata solo una mia stupida fantasia. Mio marito, con la sua goffa arroganza di uomo di mezza età, non era affatto così affascinante da attrarre Mi-ryeong.

«Adesso capisco perché si taglia i capelli così corti e ride sempre ad alta voce. È strano, no? Comunque, non frequentarla più.»

Non credevo più a nulla di quello che diceva. E anche se Mi-ryeong e Eun-ha, la nostra vicina, fossero state davvero una coppia, non era affar mio. Mio marito continuava a sostenere che Kim Yun-beom fosse stato ucciso da Sang-eun e che Seung-jae avesse assassinato Lee Soo-min. Mi dava la colpa per la morte di mia sorella, dicendo che avevo causato la sua rovina, e tutto ciò non ammetteva mai una sua mancanza. Non potevo più credere alle sue parole.

Annuii come se stessi accettando quello che diceva e mi alzai per andarmene. Mentre mi avvicinavo alla porta, Jae-ho disse: «Non preoccuparti di niente. Tu devi solo limitarti a guardare. Non devi fare nulla».

«Okay… ti ringrazio.»

Mi sforzai di mostrare sincerità e uscii.

Fuori dall'ospedale, fui investita dal frastuono degli eventi promozionali che si tenevano nei negozi di cosmetici e telefonia mobile. La folla di persone si spostava in modo caotico. Feci un cenno per chiamare un taxi e, appena salita, infilai la mano nella borsa, toccando la scatola con le lame dei bisturi. Anche se non erano tra gli strumenti che usava mio marito, il fatto che li avessi presi con successo era già un passo verso quello che avrei dovuto fare quel giorno.

Mio marito continuava a credere di essere l'unico a conoscere la verità e a poter risolvere ogni problema. Ma questa volta non sapeva che non era lui ad avere il potere di scegliere.

Mercoledì 27 aprile

SANG-EUN

La proposta di Ju-ran era incredibilmente allettante. Cinquecento milioni di won erano una somma di denaro che poteva farmi sognare una nuova vita. Altri avrebbero potuto trovarla ridicola, ma per me si trattava di una cifra che non avrei mai pensato di poter toccare.

Il tempo era sempre trascorso in maniera dolorosa. Notizie insignificanti continuavano ad assillarmi, e la gente mostrava una benevolenza infima, mentre nel frattempo mi pugnalava al cuore. Non avevo desideri, non c'erano persone che desiderassi vedere. Da quando era iniziato tutto questo? Cominciai a osservare le cose che mi accadevano facendo un passo indietro, come se non fossero più affar mio. Guardavo la situazione e il dolore di Lee Sang-eun da lontano, con distacco. E, osservandola in quel modo, a volte, vedevo chiaramente cosa avrebbe dovuto fare per liberarsi del suo dolore.

Anche adesso, mi fermai un attimo a giudicare la situazione di Lee Sang-eun. Dovevo pagare i debiti del prestito lasciato da mio marito, senza nemmeno poter ricevere l'assicurazione, e nel frattempo, la bambina continuava a crescere nel mio grembo. Ora che colui che mi aveva criticata e incatenata, non c'era più, non c'era nulla che non potessi fare per sopravvivere. Ero disposta a scommettere tutto su quei cinquecento milioni.

Il piano proposto da Ju-ran era intrigante sotto ogni punto di vista. Avrebbe somministrato personalmente il sonnifero a Park Jae-ho, ma aveva bisogno di aiuto per affrontare ciò che sarebbe accaduto dopo, e sperava che io glielo fornissi. Condivisi con lei uno dei progetti che avevo ideato per uccidere mio marito.

«Dobbiamo fargli ingerire il sonnifero e poi accendere una bricchetta di carbone in macchina. Così sembrerà un suicidio. Sarebbe meglio disporre anche di una lettera d'addio, ma non è essenziale. Park Jae-ho ha già abbastanza ragioni per togliersi la vita. Ma la cosa importante è che sia lui a comprare il carbone in un supermercato provvisto di telecamere di sorveglianza. Deve sembrare naturale.»

«Naturale, dice... Ma... immagino che sarà triste, la sua dipartita intendo.»

Non avevo mai considerato la mia eventuale tristezza prima di pianificare l'omicidio di mio marito. Per me, quel gesto era così ovvio che tutte le mie energie erano state impiegate a giustificarlo. Dopo la sua morte, non avevo provato alcuna tristezza, solo un profondo senso di impotenza. Avevo attribuito ogni mia sofferenza e disperazione a mio marito, convinta che fosse lui la causa del mio personale inferno. Tuttavia, anche dopo la sua scomparsa, il dolore aveva continuato a perseguitarmi, e non sapevo più verso cosa rivolgere il mio rancore. La mia vita non aveva più direzione e solo il denaro poteva assicurarmi una via d'uscita. L'unico pensiero che riusciva a motivarmi era la convinzione che con i soldi avrei potuto fare qualsiasi cosa.

«Non pensi a come si sentirà, altrimenti non riuscirà a combinare più nulla.»

Eppure, nonostante quelle parole, ero io quella che negli ultimi due giorni aveva cercato di placare i propri sentimenti. Una premonizione funesta mi aveva tenuta sveglia la notte. Avevo provato a non badarci, ma pensieri oscuri continuavano ad affiorare nella mia mente.

Infilai nella mia borsa nera due paia di guanti di cotone. Mi legai i capelli stretti con un elastico, poi indossai un cappello, una t-shirt attillata e dei pantaloni, sopra infilai un trench leggero per la mezza stagione. Mi resi conto che con quel cappello e il trench potevo sembrare sospetta, così tornai all'armadio e tirai fuori un vestito beige. Misi quello e poi un altro trench blu scuro, togliendo il cappello. Mi sembrava un abbigliamento meno appariscente. Infine, indossai delle sneakers nere, economiche e comuni, che avevo comprato in un negozio approfittando degli sconti. Non misi alcun accessorio, per evitare che anelli o collane potessero cadere o rompersi, causando problemi.

Controllai nuovamente le tasche del mio cappotto e spruzzai una buona dose di lacca sui capelli legati, per evitare che qualche ciocca si liberasse. Poi presi un paio di occhiali da sole e li infilai nella borsa. Grazie al cappotto e alla borsa riuscivo a nascondere il leggero rigonfiamento della mia pancia, e quando mi guardai allo specchio, vidi solo una donna anonima sulla trentina.

Presi l'ascensore per scendere nell'atrio e uscii dall'ingresso principale, non da quello secondario che usavo di solito. Montai sull'autobus in direzione di Bupyeong. Mi mescolai senza problemi alla folla dell'ora di punta e, tra la gente, tirai fuori il telefono per guardare qualche trasmissione in diretta. Trasmettevano una soap opera quotidiana che non avevo mai visto prima. Controllai anche cosa stessero vendendo sulle reti di shopping: cinque paia di pantaloni a 59.900 won.

Dopo circa un'ora e mezza, arrivai a Pangyo. Presi l'uscita due e aspettai l'autobus locale numero 76. La stazione era affollata di giovani impiegati che tornavano dal lavoro. Quando l'autobus arrivò, salii e guardai fuori dal finestrino. Il paesaggio era dominato da complessi residenziali moderni, puliti e ben tenuti. Poco dopo il pullman si fermò davanti alla scuola media. Scesi e mi diressi verso casa di Ju-ran, camminando con passo noncurante, cercando di non attirare l'attenzione e senza guardarmi intorno. Tuttavia, sentivo su di me le telecamere di sorveglianza disseminate ovunque, come se mi seguissero con il loro sguardo estraneo e inquietante.

Nella mia testa intanto organizzavo i passi da seguire. Entrare nella casa di Park Jae-ho, caricare il suo corpo addormentato insieme a Kim Ju-ran sul sedile posteriore dell'auto di lui. Poi uscire, passare sotto le telecamere di sorveglianza e dirigermi di nuovo alla stazione di Pangyo. Avrei usato la mia carta per registrare l'accesso ai tornelli, ma senza attraversarli. Uscita dalla stazione, sarei andata a Unjungcheon, come suggerito da Ju-ran. Lei avrebbe guidato l'auto dai vetri oscurati fino al punto concordato, poi avremmo spostato Park Jae-ho sul sedile del conducente e acceso la bricchetta di carbone. Dovevo fare attenzione a non lasciare nessuna traccia: niente impronte o DNA, né all'interno né all'esterno dell'auto. Secondo Ju-ran, sotto il ponte pedonale vicino al ruscello c'era un punto cieco, fuori dalla portata delle telecamere, e frequentato molto di rado. Ma se qualcuno fosse passato di lì, non avrei dovuto farmi notare, dovevo essere completamente invisibile.

Dopo aver acceso la bricchetta, Ju-ran si sarebbe recata al centro commerciale Hyundai, dove aveva parcheggiato la sua macchina, mentre io avrei preso l'autobus numero 8601 diretto a Bucheon, pagando in contanti. Una volta lì, avrei preso un taxi per la stazione di Bupyeong, ancora pagando in contanti, e mi sarei mescolata alla folla. Avrei registrato di nuovo la mia carta ai tornelli e sarei tornata a casa come se nulla fosse.

La cosa più importante era scattare delle foto che dimostrassero la mia collaborazione con Ju-ran. Quelle foto sarebbero state la mia assicurazione per ottenere i restanti quattrocento milioni.

Se il corpo di Park Jae-ho fosse stato trovato, probabilmente sarei stata la prima a essere chiamata per un interrogatorio. Alla polizia avrei detto che ero andata da Park Jae-ho per affrontarlo in merito all'omicidio di mio marito, Kim Yun-beom, e di Lee Soo-min. Anche se la polizia sapeva che il dottor Park non aveva ucciso Yun-beom, dato che aveva fornito un alibi verificato dalle telecamere di un appartamento a Gangnam, dove si trovava al momento del crimine, dovevo comunque far credere agli investigatori che sospettavo fortemente di lui.

Alla fine, la polizia avrebbe concluso che Park Jae-ho, gravato dal senso di colpa per l'omicidio di Lee Soo-min, aveva deciso di togliersi la vita, portando con sé la bricchetta di carbone che aveva acquistato al supermercato. Avrei raccontato agli investigatori di una sospetta trattativa tra lui e mio marito, presentando alcune prove a sostegno della mia versione.

La morte di Lee Soo-min e Park Jae-ho. La polizia, sempre focalizzata sull'efficienza, sarebbe stata ansiosa di chiudere entrambe le indagini in un colpo solo, dichiarando il suicidio di Park Jae-ho. Non avrebbero voluto complicazioni, puntando dunque a una soluzione rapida e definitiva. Sarebbe stata quella la fredda logica che alla fine avrebbe giocato a favore mio e di Ju-ran. Non avrebbe avuto senso sospettare di lei, né tanto meno di me. Come potrebbe una donna incinta, alta solo 155 centimetri per 42 chili, spostare e uccidere da sola un uomo alto più di 180 centimetri?

Nascondere il mio coinvolgimento nel caso di Kim Yunbeom era stato più complesso. Ma cancellare ogni traccia di me e di Kim Ju-ran nella morte di Park Jae-ho sembrava un lavoro molto semplice.

Spinsi leggermente il cancello della casa di Ju-ran. Era aperto, come avevamo concordato. Nel garage c'era la Mercedes bianca di Park Jae-ho. Con una rapida occhiata controllai i vetri oscurati, per sicurezza. Prima di entrare, presi un respiro profondo e bevvi un sorso d'acqua dalla bottiglia che avevo in borsa. Fu allora che avvertii uno sguardo su di me. Una donna, appoggiata al balcone della casa accanto, mi osservava pigramente mentre fumava una sigaretta. I nostri occhi si incrociarono per un istante. Distolsi lo sguardo di colpo, spalancai la porta ed entrai in casa, ma il senso di inquietudine mi seguì come un'ombra.

Ju-ran era lì, nell'ingresso, e sembrava ancora più agitata di me. Tremava, e con un gesto incerto mi indicò la cucina. Lì, seduto su una sedia, c'era Park Jae-ho, con la testa china. Sembrava così addormentato che sarebbe bastato sfiorarlo per farlo crollare a terra.

«La vicina mi ha vista.»

Ju-ran aggrottò le sopracciglia, mostrandosi irritata dalla notizia.

«Non doveva succedere!»

«Non si preoccupi, ho preso la strada dove le telecamere mi avrebbero inquadrata. Saranno loro a registrare anche il mio ritorno. Nessun problema. Mi preoccupa di più che la vicina continui a guardare fuori, mentre fuma... Questo mi mette a disagio. Non sa che lei è in casa, vero?»

«Le telecamere... Non avrebbe dovuto evitarle? Non avevamo deciso di spegnerle tutte, anche quelle di casa? Non doveva farsi vedere!»

La reazione di Ju-ran fu stranamente eccessiva. Le avevo chiesto solo di dare il sonnifero a Park Jae-ho, non le avevo spiegato come sarei arrivata lì. Non ce n'era bisogno.

«No, il mio piano era di sfruttarle a nostro vantaggio.»

«Ah...»

Ju-ran guardò confusa il corpo inerte di Park Jae-ho. Io, temendo che potesse svegliarsi da un momento all'altro, volevo sbrigarmi a risolvere tutto, così mi tolsi di corsa le scarpe e mi diressi verso la cucina. Park Jae-ho, con la sua corporatura massiccia, era seduto con le spalle curve e la testa completamente china.

Poggiando delicatamente una mano sulla sua spalla, lo scossi leggermente, ma lui non si mosse di un millimetro.

«Quante pillole gli ha dato?» chiesi, mentre Ju-ran mi si avvicinava.

«Una ventina.»

«Quanto tempo fa?»

Guardò l'orologio appeso al muro. «Non molto, forse venti minuti?»

Annuii, poi tornai a fissare il corpo di Park Jae-ho. Anche insieme, sembrava troppo grande e pesante perché potessimo sollevarlo.

«Ju-ran, potrebbe andare a prendere un asciugamano grande? Anche una coperta va bene.»

«Sì... mi dia un secondo...»

Con il volto teso dalla paura, Ju-ran si diresse verso la camera da letto. Io provai a chiudere i bottoni del mio trench, ma la pancia sporgente me lo impedì. Infastidita, mi tolsi il cappotto e lo poggiai sul divano, poi presi un paio di guanti dalla borsa. Mentre li infilavo, sentii Ju-ran frugare nell'armadio. Mi sembrava assurdo che stesse impiegando così tanto tempo per una cosa tanto semplice. Bastava solo un asciugamano per trascinare Park Jae-ho fuori di casa. Era stato quasi più facile quando avevo spinto mio marito nel bacino idrico. Ero da sola, allora, e tutto era andato esattamente secondo i miei piani. Avevo affrontato ogni imprevisto con facilità. Ora che c'era una complice, sembrava che spuntassero ostacoli a ogni passo.

La lentezza con cui Ju-ran stava affrontando questa situazione non poteva che essere dettata dalla sua stupidità. Era chiaro che non capisse cosa dovesse fare per sopravvivere. Quanto tempo le serviva per prendere una semplice coperta? A quel punto, rinunciai all'idea che potesse essere una buona complice. Avrei dovuto fare tutto da sola, anche la sua parte. Mi girai verso la camera da letto. Un qualunque telo sarebbe bastato per trascinare Park Jae-ho fuori...

Tum. All'improvviso, un suono sordo, mi fece vacillare. Persi l'equilibrio, come se il mondo mi fosse crollato addosso. In quel momento capii che quel rumore proveniva da me. Caddi pesantemente a terra. Nell'istante successivo, prima che tutto diventasse buio, vidi gli occhi di Park Jae-ho che mi fissavano, mentre stringeva in mano una grossa pietra.

JU-RAN

Ero ferma davanti alla porta a osservare l'arma scelta da mio marito: una pietra ornamentale, esposta come trofeo. Mio suocero me l'aveva regalata l'inverno precedente, impacchettata con cura come regalo per il trasloco. Ignorando il suo valore, l'avevo considerata solo un peso. Non si adattava nemmeno all'arredamento della casa.

Jae-ho sapeva già come usarla?

«Quando guardo questa pietra enorme, sento un'inspiegabile sensazione di pace» disse, mentre era intento a fissarla con attenzione, un interesse che non gli avevo mai visto prima. Ma adesso, con quella pietra in mano, si era trasformato in una bestia feroce, pronto a cacciare la sua preda. Sorrideva con un ghigno nuovo, quello di un predatore che si prepara a uccidere per proteggere la sua famiglia. Con un colpo sordo, Sang-eun era crollata a terra, contorcendosi mentre cercava di proteggere il suo ventre con le mani. Il sangue le sgorgava dalla testa. Mio marito sollevò nuovamente la pietra e la colpì senza pietà. Disse che sarebbe dovuta morire per il bene di Seung-jae.

Ma Sang-eun era entrata in casa sotto gli occhi di tutti. Era finita. Anche la mia felicità era svanita. Sang-eun sanguinava e continuava a contorcersi. Non era morta, stava resistendo. Mio marito sollevò ancora la pietra, come se volesse spezzare quella vita così tenace. Urlai senza rendermene conto. Lui si voltò verso di me, incredulo, e cominciò ad avvicinarsi con la pietra ancora in mano.

Fuggii su per le scale, cercando di sfuggirgli. Scivolai ripetutamente sui gradini, finché non riuscii a strisciare fino al piano superiore.

«Che cosa ti prende?»

Mi inseguì. Mi rifugiai nel suo studio, chiudendo la porta dietro di me. Sentii i suoi passi avvicinarsi, poi ci fu un attimo di silenzio. Si udì un colpo leggero.

«Perché ti comporti così? Sei ancora in te?»

Cercai di tapparmi la bocca con una mano, stringendo forte la maniglia della porta.

«Ho fatto quello che desideravi, giusto? Dovevamo farlo, per Seung-jae, non lo credi anche tu?»

Le sue parole erano solo scuse. Voleva uccidere Sang-eun, non per Seung-jae, ma solo per se stesso. Sapeva che quella donna sarebbe venuta a minacciarmi. Desideravo che dalla sua bocca non uscisse il nome di nostro figlio, ma anche Sang-eun aveva tentato di usarlo per ricattarmi. E le parole di mio marito, che non poteva tollerare minacce, mi trovarono d'accordo.

Sang-eun, con i suoi abiti trasandati, era affamata di soldi e aveva la tendenza a guardarmi sempre con disprezzo. Il suo sguardo mi provocava un senso di umiliazione. Non avevo vissuto una vita spensierata perché poi lei potesse prendermi in giro. La mia esistenza non era qualcosa da deridere.

Sang-eun non aveva sospettato della mia proposta di uccidere mio marito. Anzi, una volta sentito ciò che avevo da dire, mi aveva rivolto uno sguardo affettuoso, come se mi avesse finalmente compresa. Ma non avevo mai avuto intenzione di schierarmi dalla sua parte. Avevo registrato la mia conversazione con lei e l'avevo consegnata a mio marito, così da pianificare un crimine insieme. Non gli avevo dato nessun sonnifero né acquistato una bricchetta di carbone.

Jae-ho sosteneva che, anche se Sang-eun avesse ricevuto cinquecento milioni di won, non avrebbe mai smesso di minacciarmi. Appena avesse ottenuto quel denaro, si sarebbe resa conto che era poco. Quella somma non era altro che l'affitto di un appartamento a Seoul, e Sang-eun, che non aveva le basi per una vita stabile, avrebbe sicuramente avuto bisogno di molto di più. Sarebbe stata capace di qualsiasi cosa.

«Non conosce i suoi stessi limiti.»

A Jae-ho sembrava non servire un piano specifico per sbarazzarsi di lei. La considerava una faccenda semplice, un compito da svolgere senza troppi preparativi.

Poco prima che Sang-eun arrivasse, mio marito si era seduto, fingendo di dormire. Quando lei aveva chiesto un asciugamano o una coperta per spostare il suo corpo, ero entrata in camera come se stessi scappando. E avevo aspettato con ansia che mio marito completasse il suo compito. Finsi di cercare la coperta mentre estraevo uno dei bisturi che avevo portato di nascosto dall'ospedale il giorno prima.

«Se mai la polizia dovesse interrogarti, dovrai difenderti. Digli che soffri di un disturbo mentale e che ti ha minacciata; così la tua pena non sarà grave. Inoltre, potrei aiutarti a ottenere una condanna ancora più leggera; potrebbe finire con una sospensione della pena e la possibilità di ricevere delle cure.»

Mio marito stava pianificando di addossarmi la colpa nel caso qualcosa fosse andato storto.

«Sarà utile chiedere un certificato medico al mio superiore.»

Non avrebbe dovuto dirlo. Non si rendeva conto che in questa faccenda la persona con il potere di scelta ero io e non lui.

Nel momento in cui vidi Jae-ho colpire Sang-eun in testa con quella pietra, capii che non c'era più modo di tornare indietro. Era finito il tempo in cui mi illudevo di essere felice.

Mio marito e io avevamo deciso di seppellirla nel nostro giardino, un luogo perfetto per nascondere il nostro crimine. Un posto che ci apparteneva e dove, se solo avessimo mantenuto il silenzio, nessuno avrebbe potuto mettere piede... Ma poiché Mi-ryeong aveva notato la presenza di Sang-eun, era chiaro che la prossima vittima sarei stata io. Era evidente che mio marito avrebbe scaricato tutte le sue colpe su di me, una povera malata di mente, e avrebbe presentato la registrazione della nostra conversazione come prova. Ciò che lui voleva proteggere era la sua famiglia, ma non me.

Ero in piedi davanti alla maniglia della porta con il bisturi in mano. Quando lo avevo afferrato per la prima volta, non sapevo verso chi lo avrei rivolto. Lo consideravo solo uno strumento necessario, il minimo per proteggermi.

«Amore! Apri la porta! Cosa stai combinando?»

Jae-ho, accertatosi che la porta fosse chiusa, riprese a bussare.

«Apri!»

Il tono gentile di mio marito cambiò improvvisamente, diventando spaventoso.

«Non riesco ad aprire questa dannata porta! Datti una calmata e aprimi!»

Ero intrappolata nella stanza e non sapevo cosa fare.

«Ho paura...» Inavvertitamente, lasciai sfuggire la parola "paura" rivolta a mio marito.

«E di cosa dovresti avere paura? Sei stata tu a volere tutto questo!»

«Ho paura di te...»

Lo sentii ridere dall'altro lato della porta. E poi calò un silenzio totale. Sembrava che avesse deciso di affrontare Sang-eun da solo. Caddi a terra, accasciandomi sul pavimento dello studio. Volevo scappare. Nella stanza si sentiva l'odore dei libri mescolato a quello di mio marito. E c'era un volume di testo che Seung-jae aveva usato fino a poco tempo prima.

Se Seung-jae avesse davvero ucciso Soo-min, come dicevano mio marito e Sang-eun, cosa avrei potuto fare? Ah... Una rabbia insostenibile cominciò a montarmi dentro. Perché tutto questo doveva accadere a me e a Seung-jae? Era una sensazione simile a quando avevo perso mia sorella sedici anni prima. Perché doveva succedere proprio a lei, alla mia famiglia e a me? Non poteva essere, ma se davvero Seung-jae avesse ucciso Soo-min, chi aveva incoraggiato e tollerato la situazione attuale... eravamo tutti colpevoli.

Mio marito, sua madre, suo padre e anche io.

Nel calendario sulla scrivania di Jae-ho, la data di oggi era cerchiata in rosso. Già... oggi era l'anniversario della morte di mia sorella. Ed era la prima volta che lo dimenticavo.

Da qualche parte sentii odore di sigaretta. Un odore familiare. Una puzza che detestavo terribilmente. Il fumo filtrava attraverso la finestra. La spalancai, mettendo via il bisturi. Mi-ryeong era appoggiata al balcone e stava fumando. In quel momento, si udì un tonfo. Mio marito stava cercando di sfondare la porta dello studio con un oggetto pesante.

«Riprenditi e apri! Pazza che non sei altro! Riprenditi!»

Gli occhi di Mi-ryeong incrociarono i miei attraverso la grata della finestra. La mia mente tornò a sedici anni prima, quando mia sorella era intrappolata in quella piccola stanza e urlava per chiedere aiuto. Ero come mia sorella in quel momento. Guardai con invidia My-ryeong, che se ne stava lassù. Volevo trasmetterle i miei sentimenti.

Aiutami! Ti prego, salvami!

«Ascolta e apri la porta! È pericoloso se rimani da sola! Dammi retta!» continuò a urlare mio marito.

Mia sorella non sarebbe dovuta morire. Sarebbe dovuta sopravvivere, anche a costo di fare del male al suo aggressore. Mi-ryeong spense la sigaretta e mi osservò.

Aìutami...

Di nuovo si sentì un colpo contro la porta. Sembrava che stesse per crollare. Così, urlai verso la donna.

«Per favore, aiutami! Salvami!»

Quando gridai, mio marito si bloccò. Mi-ryeong entrò in casa in silenzio, senza dire una parola. Non avrei mai potuto sapere cosa le fosse passato per la testa. Rimasta sola, mi avvicinai lentamente alla porta, e ci appoggiai l'orecchio in ascolto. C'era un silenzio inquietante. Afferrai la maniglia con cautela e l'abbassai con delicatezza.

Mio marito mi fissava con le braccia incrociate, un'espressione di determinazione sul volto. Si avvicinò a me con passo deciso e mi abbracciò con forza. O almeno, credevo che fosse un abbraccio. In realtà, mi stava bloccando, impedendomi di muovermi. Quando iniziai a dibattermi, le sue grandi mani mi afferrarono al collo, stringendo con una violenza insostenibile. Non avevo più aria.

«Tu vuoi distruggermi la vita? Sei stata tu a implorarmi! "Uccidi quella donna." E ora hai intenzione di rovinare tutto? Non fingere di essere innocente! Sei stata tu a volerlo, sei tu la colpevole di tutto questo!»

Le sue parole mi gelarono il sangue. Non riuscivo a rispondere, pensavo solo a come respirare. Sentii il bisturi nella mia tasca, il contatto mi provocò un dolore che, paradossalmente, sembrò alleviare la pressione sul mio collo. Con un estremo atto di volontà, estrassi la lama e l'affondai nel suo braccio. Un urlo straziante uscì dalle sue labbra e improvvisamente lasciò la presa, facendo qualche passo indietro.

«Sei completamente fuori di testa!»

Con il bisturi in mano, mi allontanai da lui con cautela. Dovevo trovare un modo per scappare da quella casa. Forse, come diceva, ero davvero pazza. Forse, in effetti, ero io la causa di tutto. O, magari, tutto quello che stava accadendo era solo un'illusione. Se fosse stato così, sarebbe stato magnifico. Con ogni piccolo passo indietro, cercavo di fuggire da quella terribile realtà, ma improvvisamente mio marito si lanciò contro di me. Mi afferrò il polso nel tentativo di togliermi il bisturi dalle mani. Urlai e lottai, ma lui fu più forte e riuscì a strapparmelo, gettandolo lontano.

Fu in quel momento che accadde l'inaspettato. Mentre lottavamo, lui si storse una caviglia e cadde. Rotolammo giù per le scale, avvinghiati. Ma fu mio marito a sbattere la testa contro il bordo dei gradini. Un boato rimbombò nella casa. Sentii il suo corpo contro il mio mentre ci schiantavamo a terra con violenza.

Quando finalmente raggiungemmo il pianoterra, riuscii a liberarmi. Un dolore acuto mi attraversò il corpo. Mi sembrava di essermi spezzata le gambe. Cominciai a piangere, un pianto disperato e infantile per tutto quel dolore insopportabile. Improvvisamente, percepii uno sguardo su di me. Qualcuno ci stava osservando.

Con il sangue che le colava dalla testa, Sang-eun strisciava sul pavimento del soggiorno.

Quella donna è ancora viva...

Incontrai il suo sguardo, i suoi occhi determinati, pieni di istinto di sopravvivenza. Sang-eun si voltò verso mio marito con un'espressione di incredulità. Solo allora mi girai anch'io. Jae-ho giaceva a terra con il collo spezzato e gli occhi spalancati. Fissava il soffitto senza sbattere le palpebre.

SANG-EUN

L'odore del sangue mi risaliva dalla gola. In un primo momento pensai di essermi addormentata al lavoro. Dopo aver venduto materassi ai clienti, mi ero addormentata e adesso ero in preda al panico.

Quando aprii gli occhi, mi trovai di fronte a un ambiente che sembrava molto simile a quello del mio negozio. Mobili di color grigio e avorio si armonizzavano perfettamente con il pavimento di marmo. Il calore di un morbido tappeto mi accarezzava il viso, ma sentivo un dolore lancinante alla testa. Era come se il mio cranio fosse stato spezzato in due. Avevo sentito dire che il cervello di una persona restava attivo per un breve periodo anche dopo la decapitazione, e che chi vedeva il proprio corpo reciso sveniva per lo shock. Forse stava succedendo a me. Provai a muovere la testa per cercare il mio corpo mancante, ma non riuscii nemmeno a girarla. Vedevo solo i colori sfocati dei mobili.

Che stupida.

Non avevo avuto dubbi sul fatto che Ju-ran mi avrebbe dato il resto dei soldi. Non avevo dubitato delle sue parole riguardo alla morte del marito. Finalmente capii: era stata una follia venire qui e mettere a repentaglio la mia vita. Dovevo fuggire. Il mio desiderio di vivere si era intensificato proprio quando mi ero trovata sulla soglia della morte. Anche la bambina che portavo in grembo sembrava stesse lottando per la propria vita. La sua volontà di sopravvivenza era maggiore della mia. Stava urlando dentro di me: «Stupida! Scappa e mettiti in salvo!».

Mi sforzai di muovermi, ma il mio corpo non voleva saperne. La testa girava e non riuscivo a formulare pensieri nitidi. Avevo perso il senso dell'orientamento e ogni movimento era accompagnato da dolore e sofferenza.

Proprio in quel momento, un suono assordante, come un'esplosione, ruppe il silenzio. Seguito da colpi pesanti. Cosa stava succedendo?

In fondo alle scale, Ju-ran e Park Jae-ho si contorcevano. No, lei si stava contorcendo, mentre Jae-ho giaceva immobile. Ju-ran si liberò dal corpo del marito e cominciò a piangere. Una donna di quasi quarant'anni piangeva come una bambina, mentre lui non si muoveva più, il collo piegato in una posizione innaturale. Era morto! Non avevo idea di come fosse successo, ma era chiaro che lui non c'era più. Ju-ran incrociò il mio sguardo, rendendosi conto troppo tardi di quello che era successo. Che cosa avevo visto in quel momento? Sembrava sollevata di scoprire Park Jae-ho in quelle condizioni. Ero io, intenta a strisciare e a gemere, a preoccuparla.

Raccolse un pezzo di metallo luccicante dal pavimento. Poi si accostò a me, avvicinandolo al mio viso.

Era un bisturi, di quelli usati negli ospedali.

Il piano di Ju-ran non era di uccidere il marito o di uccidere me. Voleva eliminarci entrambi.

Ju-ran alzò il bisturi. Io potevo solo gemere, incapace di muovermi.

Per favore, salvami! Per favore, salvami!

Il mio grido disperato rimase silenzioso, emisi solo dei versi gutturali. L'autocritica e il rimorso per la mia stupidità si mescolavano dentro di me, ma mentre pregavo che la mia vita finisse rapidamente, Ju-ran si inflisse dei tagli sul viso e sulle braccia. Il suo sangue rosso gocciolò sul tappeto color avorio.

Dopo aver pulito il coltello sul suo vestito, lo gettò vicino a Park Jae-ho.

«Sa... non ho salvato lei, ma il suo bambino» mi sussurrò nell'orecchio.

«Sono una psicotica e mio marito è un pervertito e un omicida. Era a conoscenza di questo e ha tentato di minacciarmi, e guardi come è andata. Mi dispiace, ma non posso darle il resto dei cinquecento milioni. Non sapevo che sarebbe finita così. Lo consideri come il prezzo per la sua vita. Quattrocento milioni sono un buon prezzo, alla fine...»

Non ricordo se Ju-ran pianse o rise. Sentii una sirena in lontananza, e mentre il suono si intensificava, persi di nuovo conoscenza.

Venerdì 3 giugno 2016

SANG-EUN

Lasciai l'ospedale dopo un mese di ricovero. Secondo la polizia, Park Jae-ho mi aveva colpita alla testa con una pietra e poi aveva continuato a picchiarmi. Aggiunsero che si trattava di un tipo di violenza tipico di chi cerca vendetta.

Durante il ricovero, fui interrogata riguardo agli eventi di quel giorno. Avevo continuato a sospettare di Park Jae-ho come colpevole dell'omicidio di mio marito, e dopo che la polizia aveva chiuso il caso come suicidio, avevo deciso di seguire da sola le tracce degli scambi sospetti tra lui e Yun-beom, fino a scoprire della morte di Soo-min. Dissi che, convinta che Park Jae-ho avesse ucciso Soo-min e mio marito, mi ero infuriata e avevo deciso di andare a casa sua. Dichiarai che accusarlo di essere il colpevole gli aveva fatto perdere la testa, poi io avevo perso conoscenza e mi ero risvegliata direttamente in ospedale.

Anche i detective, che inizialmente avevano sospettato di me a causa di Soo-min, mostrarono segni di comprensione nei confronti delle mie azioni. Mi trattarono come se fossi una brava moglie disposta a fare qualsiasi cosa per ripristinare la reputazione del marito defunto. Comportamenti che si sarebbero aspettati da una "moglie devota", al punto da considerare le mie azioni meritevoli. Mi dissero che le spese per il mio ricovero erano state coperte dalla moglie dell'aggressore, Kim Ju-ran.

Chiesi alla polizia di informarmi anche riguardo agli eventi successivi alla mia perdita di coscienza. Mi dissero che la vicina, una donna delle pulizie di nome Yun Mi-ryeong, aveva fatto una segnalazione per il rumore. Quando era arrivata la polizia, io ero a terra, sanguinante, mentre Kim Ju-ran sembrava svenuta per lo shock. Park Jae-ho era caduto dalle scale e aveva riportato un'emorragia cerebrale, ma la causa diretta della morte era stata l'asfissia dovuta al collo spezzato.

Dopo che il marito mi aveva picchiata, Kim Ju-ran era fuggita al primo piano, ma Park Jae-ho l'aveva inseguita e l'aveva attaccata con un bisturi, continuando a minacciarla. L'indagine si era conclusa affermando che Park Jae-ho era morto dopo essere caduto dalle scale mentre cercava di afferrare la moglie. Successivamente, secondo la dichiarazione di Kim Joo-ran, ulteriori parti del corpo di Soo-min, che Park Jae-ho non era riuscito a recuperare, furono scoperte nell'aiuola del cortile di casa.

Tuttavia, i detective assicurarono che, anche senza questo terribile evento, avrebbero comunque arrestato Park Jae-ho con l'accusa di aver assassinato di Soo-min. Dopo aver esaminato tutte le registrazioni delle telecamere posizionate vicino alla strada e aver interpellato i residenti, era emerso che lui e un'anziana coppia erano i principali sospettati per il trasporto del corpo. Gli investigatori si giustificarono dicendo che le indagini erano molto vicine a scoprire l'identità del colpevole. L'anziana coppia era attualmente in custodia, durante l'interrogatorio avevano ammesso la colpevolezza del figlio, Park Jae-ho. L'indagine, poi, rivelò che Lee Soo-min conosceva Park Seung-jae, il figlio di Park Jae-ho, e la polizia sospettava che il dottor Park avesse violentato e poi ucciso la ragazza.

Inoltre, Park Jae-ho aveva ingannato le persone intorno a sé, presentando la moglie come una donna affetta da malattia mentale, impedendole così di esporre le proprie motivazioni. Kim Ju-ran non aveva denunciato la scoperta del corpo di Soo-min, ma non subì punizioni per questo.

Durante il mio ricovero, medici e infermieri mi ripeterono che ero stata fortunata. Non solo ero viva, ma anche la bambina nel mio grembo era sana, nonostante le violenze subite. Mi dissero che, salvo complicazioni, avrei potuto partorire senza problemi a settembre.

Tornai a casa con l'aiuto di mia cognata dopo circa un mese. L'appartamento, rimasto vuoto per tutto quel tempo, era freddo e pieno di polvere. Sembrava morto.

«Ho pensato che... potremmo riprendere i soldi della cauzione di questa casa, vendere quella di tua madre e unendo i soldi trasferirci in una più grande. Anche fuori dalla capitale, dove ci sono posti con prezzi più accessibili. Con l'arrivo della bambina, tua madre non potrà più aiutarti, e come farai a crescerla da sola? Più siamo in casa, più possiamo aiutarci a vicenda.»

«E tuo marito? Cosa ne pensa?»

«È stato lui a proporre per primo questa idea.»

La guardai, ero consapevole che in un solo mese le condizioni di mia madre erano molto peggiorate. Mia cognata ora aveva addirittura l'alopecia per lo stress.

«Non ci sono risposte.»

«Che intendi?»

«Né io né te abbiamo risposte. Più cerchiamo soluzioni, peggio si mettono le cose. Non abbiamo altra scelta che vivere, giorno dopo giorno, e sentirci fortunate per questo.»

Le mie parole la fecero ridere.

«Desideri una vita diversa? Che cosa ingenua.» La sua risata sembrava rassegnata.

Pensandoci, mi resi conto di aver gettato via la mia vita, ma forse ero troppo attaccata a ciò che mi circondava e avevo sempre sperato in qualcosa di meglio. Mentre mi dirigevo verso la casa di Kim Ju-ran per uccidere Park Jae-ho, il pensiero che, se le cose fossero andate bene, avrei guadagnato cinquecento milioni mi aveva riempita di eccitazione. Con quella somma, avrei potuto mettere mia madre in una casa di cura o aprire un piccolo negozio. Per un attimo avevo pensato che una caffetteria o un minimarket sarebbero stati un'ottima idea. Ora, mi rendevo conto che si era trattato di una mera illusione, proprio come diceva mia cognata.

«Si è fatto tardi...» disse guardando nervosamente l'orologio.

«È ora che tu vada, giusto? Io sto bene. Vai, tranquilla.»

«Domani tuo fratello farà un salto. Sarebbe bello se tornassi insieme a lui a casa nostra.»

«Ah, aspetta un momento.»

Mi alzai dal soggiorno ed entrai nella camera di mio marito. La borsa Louis Vuitton che Ju-ran mi aveva dato era lì, in mezzo alla stanza, aveva un aspetto strano. Aprendo la zip, vidi mazzette di banconote da cinquantamila won. Erano parte dei cento milioni che Ju-ran mi aveva dato come anticipo. Durante il mio ricovero, mia cognata mi aveva chiesto più volte il codice d'accesso dell'appartamento, dicendo che si sarebbe occupata della biancheria e delle pulizie, ma non potevo rivelarglielo. Quella borsa e il denaro erano in bella mostra.

Presi venti banconote e le misi in una busta. Poi la porsi a mia cognata che si trovava in soggiorno.

«Grazie per essere venuta in ospedale, immagino tu abbia avuto problemi al lavoro.»

Lei, sorpresa, prese la busta e guardò all'interno.

«Oddio, che cosa... Non posso accettare tutti questi soldi! No, no, non li voglio! Come posso accettarli? No, ti prego.»

«Sono per il futuro, accettali, te ne prego.»

«Ah, non mi piace questo genere di cose. Anche tu sei in difficoltà... Oh, mi dispiace.»

Con un sorriso imbarazzato, accettò la busta e la mise nella borsa. Mentre usciva di casa continuò a ripetere parole di scuse.

Dopo che mia cognata se ne andò, crollai sul letto. La stanza era fredda, ma la calma e il silenzio che avevo ritrovato dopo un mese mi rassicurarono. Come a voler disturbare quel momento, il mio telefono squillò: era un messaggio da parte di Kim Ju-ran.

> Ho sentito che è stata dimessa oggi. Congratulazioni. Sa cosa ho trovato mentre sistemavo casa? La piccola telecamera che mi aveva dato, dicendo che sarebbe stata utile in caso di divorzio. Quando l'ho avviata, ho trovato dei file che non aveva cancellato. La mostrano mentre è intenta a preparare una medicina dentro un contenitore blu. Se non si farà mai

più vedere, io non tirerò fuori questo video. Da ora in poi, non incontriamoci più, okay? Spero lei stia bene, ovunque si trovi. In questo mondo non esistono vite facili. Non pensi di essere una persona particolarmente sfortunata. Siamo tutti infelici, ognuno a modo suo. Addio.

Leggendo il messaggio, scoppiai a ridere. La telecamera che avevo dato a Ju-ran era stata installata di nascosto nel soggiorno a sostegno delle pratiche di divorzio. Non avrei mai pensato che quell'apparecchio, progettato per registrare la violenza di mio marito, avesse catturato le prove del mio crimine. La mia ingenuità e stupidità nel pensare che quel dispositivo potesse aiutarla nel suo di divorzio mi fece ridere. Si trattava di un errore assurdo. Avevo consegnato a Ju-ran la prova decisiva che attestava che avevo ucciso mio marito.

Kim Ju-ran temeva che io potessi ricattarla di nuovo? Per questo mi stava minacciando per prima? In ogni caso, non avevo intenzione di tornare da lei per ricattarla usando la bambina come movente. Consideravo la faccenda chiusa. Tutti volevano credere che Park Jae-ho avesse ucciso Lee Soo-min, e questa era ormai una verità inconfutabile.

Ero solo stanca. Avevo bisogno di dormire. Ma anche se mi fossi svegliata dopo un buon sonno, il mondo non sarebbe cambiato e la mia vita sarebbe rimasta la stessa. Come aveva detto Ju-ran, tutti eravamo infelici, e anche il mio domani sarebbe stato tale. Stranamente, però, le sue parole mi confortarono: «In questo mondo non esistono vite facili. Non pensare di essere una persona particolarmente sfortunata. Siamo tutti infelici, ognuno a modo suo».

Pensai a lei, che probabilmente stava vivendo una giornata altrettanto infelice. Continuai a ripetere quelle frasi nella mia mente, desiderando solo di cadere in un sonno profondo. Al risveglio, avrei dovuto passare ore alla ricerca di un impiego e pensare a come mandare avanti la mia vita.

JU-RAN

Il giorno in cui mio marito morì era anche l'anniversario della morte di mia sorella. Eppure, facendomi il segno della croce, pregai per Soo-min. Con i miei suoceri in stato di custodia cautelare, non avevo altra scelta che affidare Seung-jae a una casa-famiglia di Incheon e trasferirlo in un'altra scuola. Gli dissi che il papà era morto a causa di uno sfortunato incidente; ma era impossibile che non fosse venuto a conoscenza della verità, dato che era finito persino sui notiziari nazionali. Seung-jae era diventato ancora più taciturno, sempre più triste e cupo.

La notizia di un corpo nascosto nel giardino era più che macabra e tutto il quartiere sapeva dell'accaduto. Alcuni nei dintorni iniziarono a diffondere voci sul fatto che lo spirito di mia sorella avesse ucciso mio marito. Dall'agenzia immobiliare mi dissero che non avrei mai venduto la casa al prezzo che avevo richiesto e che avrei dovuto svenderla a una cifra molto inferiore rispetto a quella di mercato, tutto a causa dei crimini che erano stati commessi al suo interno.

Dopo alcune settimane, tornai per prendere il necessario. Il quartiere era tranquillo, ma cercai comunque di entrare senza attirare l'attenzione. Dentro era buio come fosse notte fonda. Tutte le finestre erano coperte da tende oscuranti. Nessuno poteva guardare dentro quella casa, e io non potevo vedere fuori. Quando l'avevo progettata, mi ero impegnata per trovare la giusta soluzione per le finestre, ma ora era diventata un luogo in cui dovevo assicurarmi di coprire ogni fessura.

Senza badare a nient'altro, salii al primo piano, nella stanza di Seung-jae, e iniziai a mettere insieme velocemente le cose che mi aveva chiesto. Mentre raccoglievo il tablet, le cuffie e i vestiti estivi, trovai un oggetto sconosciuto sul fondo di un cassetto. Era una corda di nylon arancione, arrotolata. Mi chiesi quale fosse lo scopo di quella corda. Avevano detto che la causa della morte di Soo-min era stata l'asfissia: avrebbe potuto essere l'arma del delitto? O era forse qualcosa che Seung-jae aveva preparato per un eventuale suicidio? Ricordai la sensazione che avevo provato mentre mio marito mi strozzava e un brivido mi percorse il corpo.

Non poteva essere. Seung-jae non aveva nulla a che fare con quel crimine. No, era sicuramente così. Cercai di convincermi di questo, ma mi sentii di nuovo sopraffatta, come se il mio cuore e il mio corpo stessero per crollare. Non dovevo sospettare di Seung-jae. Dovevo fidarmi di lui. Solo così avrei potuto continuare a vivere.

Portai la corda di nylon in soggiorno. Presi un accendino dal cassetto della cucina e le diedi fuoco. Man mano che si consumava, un odore acre di fumo cominciò a diffondersi. Per far ventilare la stanza, aprii le tende e la grande finestra della cucina. Quando il vento entrò, il fumo cominciò a fuoriuscire attraverso le aperture.

Guardai oltre la finestra, verso il giardino. Era ancora nel terribile stato in cui la polizia l'aveva lasciato dopo aver scavato. Come sarebbe stata la mia vita adesso, se quel giorno non avessi visto il corpo in giardino? Se non avessi mai visto il cadavere e non avessi sospettato di mio marito, saremmo stati ancora una famiglia felice, con Soo-min dimenticata sotto terra? Cosa avrei dovuto fare con Seung-jae in futuro? Come avrei potuto crescerlo? Potevo davvero costruire un futuro per lui, una persona, mentre non riuscivo nemmeno a prendermi cura di quel piccolo giardino…? Dovevo continuare a vivere con questo pesante fardello di responsabilità. Chiusi la finestra e tirai le tende. Da quel momento in poi, non avrei mai più guardato quel giardino.

Mentre chiudevo la porta d'ingresso, alzai lo sguardo verso il balcone della casa accanto. Non c'era traccia di Mi-ryeong, che solitamente si appoggiava lì intenta a fumare. Pensai di andare a salutarla, ma sarebbe stato strano parlare di quel giorno, così come sarebbe stato strano ignorarla, quindi decisi di non andare. La testimonianza di Mi-ryeong era stata di grande aiuto per risolvere il caso. Aveva già notato che mio marito era una persona particolare. Non aveva creduto alle sue affermazioni, secondo cui io ero affetta da disturbo delirante. Così aveva detto alla polizia che aveva iniziato a osservarci sempre più spesso perché lo aveva trovato pericoloso.

Pensai di chiamare una ditta di traslochi per trasferire le mie cose in un deposito. Mentre giravo la chiave nella porta, giurai a me stessa che non sarei mai più tornata in quel posto. Proprio in quel momento, si alzò il vento. L'aria portò con sé una puzza familiare. Odore di decomposizione. Cominciai a fiutare il giardino, annusando l'erba che calpestavo. Qualcuno aveva seppellito un corpo approfittando della mia assenza? Un pensiero simile mi attraversò la mente, ma scossi la testa, cercando di riprendermi. Dovevo andarmene. Dovevo lasciarmi tutto alle spalle e vivere una nuova vita…

Chiuso il portone, mi girai ed ebbi come l'impressione che qualcuno mi afferrasse per la nuca. Se mi fossi voltata, avrei visto Soo-min... e mio marito... fissarmi dal giardino.

Era tutta una fantasia. Lo sapevo, ma non riuscivo a liberarmene. Per fuggire dall'apparizione di mio marito e di Soo-min, urlai e corsi via, proprio come avrebbe fatto una pazza.

Nota dell'autrice

Gennaio 2016.

Stavo trascorrendo un nuovo anno denso di frustrazioni e ingiustizie, afflitta da una serie di problemi così complessi e confusi da non riuscire neanche a comprenderli. La mia mente era in preda a persistenti sensazioni di ansia, ingiustizia e nervosismo, così giunsi alla conclusione che avevo bisogno di un cambiamento radicale, una vera e propria ricostruzione del mio stato mentale. Fu così che, senza pensarci troppo, decisi di iscrivermi a un corso di meditazione di dieci notti e undici giorni.

Il centro di meditazione si rivelò un luogo austero, ricco di regole da rispettare durante il corso. Innanzitutto era vietato portare il cellulare e non solo non era permesso parlare con gli altri partecipanti ma anche interagire con gli animali che si trovavano nei dintorni. Non si poteva ascoltare musica, né scrivere o leggere. Delle altre cose non mi interessava molto, ma iniziai a provare una crescente ansia per il fatto di non poter annotare le mie sensazioni. Così, di nascosto, infilai tra i vestiti due fogli A4 e una penna e mi diressi verso il centro. Leggendo le testimonianze di chi aveva già partecipato, sembrava che l'impossibilità di parlare e l'assenza di un cellulare per così tanti giorni fossero un grande sacrificio. Ma quando aprii la porta della mia stanza, provai una strana sensazione di liberazione.

Era piccola e angusta, conteneva solo un letto a una piazza. Tuttavia, lì accanto c'era una grande finestra, che consideravo più importante di qualsiasi altro arredo. Aprendola, la vista del Maisan coperto di neve si stagliò davanti a me. Davanti a quella meravigliosa montagna innevata, ebbi la sensazione che non solo mi sarei adattata a quel luogo ma che mi sarebbe anche piaciuto molto. Sebbene il programma prevedesse più di dieci ore di meditazione di gruppo al giorno, io approfittavo di ogni momento libero per tornare nella mia stanza e gustare il caffè solubile che avevo rubato dalla mensa, mentre ammiravo il paesaggio al di fuori della finestra. La vista degli alberi ricoperti di neve, in un silenzio assoluto, mi regalava una gioia tale da farmi desiderare di restare lì non solo dieci giorni, ma anche un mese, o addirittura un anno. Contemplando il Maisan da quella finestra, cominciai a individuare le cause di tutte le emozioni che mi tormentavano. Compresi che la fonte della mia infelicità era la vista. Vivevo in un luogo dove gli edifici erano così vicini da non poter vedere nulla al di fuori di essi. Se avessi vissuto in una casa con una vista spettacolare, ogni emozione cupa si sarebbe rapidamente dissipata. Ma anche il piacere di una bella vista svanì rapidamente; superata la metà del corso di meditazione, iniziai a sperimentare sintomi che non avevo mai avvertito prima. I ricordi dolorosi, che avevo rimosso, tornarono a galla in modo vivido. Improvvisamente, mi ritrovai a pensare a uno spiacevole incidente subito da bambina e mi tornò in mente il volto di un compagno di scuola che mi aveva tormentato alle medie… La frustrazione ricominciò a opprimermi e il petto mi fece male, riempiendosi di una collera tale da rendermi difficile anche respirare. Emotivamente, mi trovai in uno stato peggiore rispetto a quello che avevo prima di andare lì.

Arrivai alla conclusione che non avevo bisogno né di montagne né di mari, né di una vista meravigliosa. Così, tirai fuori i fogli e la penna che avevo nascosto e cominciai a pensare a una storia. Decisi di scrivere di un legame distorto tra una donna con una bella vita e ottime prospettive e una donna che ne è priva. Questa storia è *Le bugie sepolte nel mio giardino*. Sentivo che, avendo finalmente un obiettivo concreto su cui concentrarmi, la frustrazione di cui ero vittima cominciava lentamente a svanire. Durante il resto del soggiorno, abbandonai la meditazione e usai il centro come uno spazio di lavoro per elaborare la mia narrazione. Anche i nomi dei personaggi furono ispirati da quelli dei partecipanti, affissi nella mensa.

Inizialmente, avevo pensato di scrivere una sceneggiatura per un film. Tuttavia, poiché una precedente sceneggiatura per un horror era stata respinta, temevo che anche questa storia rischiasse di fare la stessa fine. Fortunatamente, fui selezionata per un programma di sostegno della Korean Creative Content Agency, e questo mi diede la motivazione per iniziare a scrivere un libro.

Grazie ai consigli e alla guida del caporedattore Lim Ji-ho, che mi ha accompagnata dalla struttura della storia fino all'ultima revisione, sono riuscita a completare questo romanzo. Non avrei potuto farlo senza il supporto costante di famiglia e amici, che mi hanno dato la forza di continuare a scrivere. E grazie a quella casa senza vista, sono riuscita a tenere la mente, normalmente irrequieta, concentrata sullo schermo del computer.

Ringrazio ognuno di voi.

Primavera 2018,
Kim Jin Yeong

Indice

MISTO
Carta da fonti gestite
in maniera responsabile
FSC® C115118

Stampato presso Elcograf S.p.A.
Stabilimento di Cles